マドンナメイト文庫

熟女連姦ツアー　魔の奴隷調教

深山 幽谷

目次
contents

熟女連姦ツアー　魔の奴隷調教

第一章　ＶＩＰツアーの罠

1

地下鉄銀座《ぎんざ》線の末広《すえひろ》町駅から地上に上がって、東に五分ほど歩いたところに一棟のビルが建っている。十数階の高さだが同じ通りに軒《のき》を接する周囲の建物と似たり寄ったりで、特に目立つような特徴はない。強《し》いて言えば秋葉原《あきはばら》に近いせいもあって、一階が中古ゲーム機とソフトの売買ショップとなっていることぐらいであった。二階から上はオフィスビルとなっていて、各フロアごとに複数の事務所、会社などがテナントとして入っている。

そのうちの五階には会計事務所とデンタルクリニックが入居して、両方でフロアの八割方を占めていた。

そして、奥の目立たない位置に第三のテナントが存在していた。扉には「S＆V旅行社」という小さな看板がかけられているが、そこが本社なのかそれとも営業所なのか、部外者には判別できなかった。もっとも、そのどちらであっても規模の小さな会社であることに変わりはなかった。なぜなら、毎朝九時頃に一人の痩せた老人が鍵を開けて中に入っていくが、夕方まで人の出入りはほとんどなく、扉の内外はしんと静まり返っていたからである。

そんなわけでお世辞にも活気のある会社とは言えず、あれでどうやって家賃を払っていけるのだろうかと他のテナントの経営者や従業員が訝《いぶか》しむほどであった。

それでもまったく会社の機能を停止しているわけではなく、週に一度ぐらいは客らしき者が扉を開けて中に入っていくのが見られた。

訪れる客はおもに女性で、年齢層は三十代と四十代が中心であった。たいていグッチやプラダ、シャネルなど、高級ブランドの服や靴、バッグなどで小綺麗に身を整えていて、それぞれ生活に余裕のあることを窺わせた。閑古鳥の鳴く会社にはそぐわない華やかな来訪者であるが、彼女たちがS＆V社の経営を支えているのは間違いないようであった。

五月のゴールデンウイークが終わって街がざわめきを取り戻した頃の或る日、応接用ソファには一人の女性が腰を下ろしていた。

彼女は三十代後半の年頃で、ネイビーのジャケットに同色のタイトスカート、ホワイトシルクのブラウスというでたちであった。ブラウスの襟もとは大きく開いて首から胸のあたりまでを露出しているが、肉体に自信があるのかスカーフなどで肌を覆っていなかった。代わりに、金のネックレスチェーンに吊るされた小さなペンダントトップがふくよかな胸のすぐ上でダイヤの煌めきを放っている。

実際、彼女はかなり豊満な乳房の持ち主だった。もし、ブラウスの襟がもう少し開いていたら、双つの肉塊の膨らみが深い谷間を作っている様子が直《じか》に看《み》て取れたことだろう。

また、顔立ちも目、鼻、唇などの造作《ぞうさく》がくっきりしていて華やかな印象を与え、女盛りの色気と相俟《あいま》って男をぞくっとさせるような魅力を醸し出している。

「いやあ、さすがに桑島《くわしま》さまのお知り合いだ。美人は美人を識《し》るということでしょうな。貴女のような美人が顧客になってくださると、当社の評判も上がるというものです」

女性と向かい合って応対している老人は、肉感的な胸もとやセックスアピールを感じさせる唇など絡みつくような視線を這わせながら、お世辞たっぷりに言った。

老人は初対面の浜本悦美《はまもとえつみ》に一枚の名刺を渡していたが、それにはS&Vという社名とともに「代表取締役　生田昇平《いくたしょうへい》」と記されていた。つまり、S&V社の社長である。

そのような肩書きを知ったうえで老人を見ると、たしかに代表取締役に恥じぬだけの身なりをしていた。

英国製生地を仕立てたグレーのスーツを身につけ、足にはイタリア製の高価な靴を履いている。ワイシャツの袖口から見え隠れするのはロレックスの腕時計であった。

こうしてみると、S&V社は案外儲かっているのかもしれなかった。

だが、身なりはそれなりであっても、肝心の中身のほうは品性に欠けていると言わざるをえなかった。

すでに七十を過ぎた生田昇平は頭の頂上まで禿げ上がり、後頭部や側頭部にわずかに白髪を残すのみである。皺の深く刻まれた顔はぎょろっとした目や大きな鷲鼻、エラ張った頬などによって、いかにもアクの強そうな相貌を作り上げている。

それだけならまだしも、前歯の二、三本欠けた口もとを剝き出しにしてものをしゃべる様子はどことなく卑しげで、相手をする者によっては不快感を覚えることもあるだろう。

　実は浜本悦美も老人と向き合っていて、生理的に多少辟易《へきえき》するものを感じていた。友人の桑島遥菜《はるな》に教えられてS&V社を訪れた彼女だが、他人に言えない目的がなければ早々に立ち去るところであった。

「ヒヒヒ、桑島さまはスリムな知的美人といったところですが、浜本さまは熟れごろの肉感的オーラを全身から発散させていますな。あっちのほうもさぞかしお強いんでしょうな」

「いえ、強いなんて……」

　昇平の言葉の意味をじゅうぶん呑み込んだ悦美は頬を紅潮させて曖昧に返事をした。二人の会話は或る内容を暗黙の前提として進められているので、悦美もぶしつけな質問を無視することはできなかったのだ。

「ヒヒヒ、本題に戻りまして、お愉しみにしているツアーのことですが、今ご紹介したコースなら、じゅうぶん浜本さまの欲望……いや、ご希望に添えると思いますが、いかがですかな」

　昇平は相変わらずいやらしげな目を悦美の体に注ぎながら、商売人らしい慇懃《いんぎん》な口調で勧めた。

「ご自宅から成田まではは高級リムジンでお送りし、空港で落ち合うツアーコンダクターが帰国までつきっきりでお世話をいたします。そして、目的地ではイケメンの逞しいガイドがエスコートして観光名所を巡り、その合間に極上の快楽を味わわせてくれます。一生忘れることのできないすばらしい経験となりましょう。きっと後悔なさらない……いや、後悔しないどころか、一度快楽の味を知れば熱心なリピーターになること間違いなしです」

「そうねえ、どうしようかしら……」

悦美は決めかねた様子でつぶやいた。しかし、彼女がそうとう心を動かされていることは、上気した顔やうわずった声の調子からじゅうぶん窺われた。ツアーの内容が淫らなことを含んでいる……いや目的としているだけに、初めての客はなかなか本音を言うことができなかったのだ。

そこで、昇平は彼女に決断をさせるために、プランの具体的な内容を披露した。

「このコースでは、お客さまの好みでガイドを選ぶことができます。数名の候補をホテルの部屋に呼んで、一人一人の顔立ちやら体つきやらをじっくり検分するんです。ヒヒヒ、もちろんあそこの部分もね。お客さまの指示があれば、彼らはすぐにズボンを下ろしますからな……それで、お客さまは実物を目で見たり手で触ったりして、サイズや硬さをじっくり確かめることができるんです。いわば、女王さまが自分に奉仕する男奴隷の品定めをするというわけですな」

「………」

悦美はゴクリと生唾を飲み込んだ。彼の言葉は女盛りである悦美の好き心を大いに刺激した。実際、下半身を剝き出しにした若い男を立たせて股間のペニスを品定めするというシーンを想像すると、淫らな気分が沸々とわき上がってきた。

「それに、ツアーの日程は一日だけではないので、日替わりで指名することも可能です。お気に入りのガイドを一人に絞って逞しさやテクニックをじっくり味わうか、それとも一日ごとに替えてさまざまなタイプを愉しむか、それはお客さまの一存ということで」

「そ、そうね。じゃあ、おっしゃるとおりに……」

悦美は頰や耳の付け根を熱く火照らせながら掠れた声で同意した。

「ただし、くれぐれも秘密を……」

「ご安心ください。私どもの社名になっているS&VとはSECRET&VIPの略でして、お客さまのプライバシーや秘密を守りつつ最上の快楽を提供することをモットーにしておりますので」

昇平は力強く返事をした。上流の婦人ほど体面を気にすることを知っている彼は、悦美の不安を言葉巧みに拭《ぬぐ》った。

「貴女にこちらを紹介した桑島さまはすでに十回近くリピートしています。ご満足いただけなければリピートなんかしないし、また貴女に当社をお奨めすることなどありえないでしょう。その点でも私どもを信頼していただけるかと存じます」

「わかりました。じゃあ、代金を……」

悦美はようやく決心すると、グッチのバッグから封筒を取り出してテーブルの上に置いた。

「二百入っていますので、確認してください」

「ヒヒヒ、これはこれは……ですが、わざわざ中身を見るまでもございません。このビジネスはお客さまと当社の信頼関係によって成り立っているのですから」

昇平はいったん封筒を手にとって分厚い感触を確かめたが、すぐにもとの場所に戻して鷹揚《おうよう》に言った。

「これは保証金としてお預かりしますが、実際にはこんなにかかりません。ツアー後に精算して差額をお返しするということでよろしいでしょうか」

「はい、けっこうです」

「あと、貴女の場合は特別なキャッシュバックがあるかもしれません」

「特別なキャッシュバック……どういうこと？」

「ヒヒヒ、美人のお客さまにはキャッシュバックがあるんですよ。浜本さまだから、内緒でお教えしますが……」

昇平はテーブル越しに身を乗り出して悦美に顔を近づけ、前歯の欠けた口で低く囁いた。

「ツアー先のT国は東南アジアのなかでは最近経済の発展がめざましく、富裕階級がかなり増えているんです。そんな金持ち連中がセックスで憧れるのは先進国である日本の美女でして、観光にやってくる日本人女性を何とかものにしようと近づいてくる者もいます。ヒヒヒ、うちの商売にとっては迷惑なやつらなんですが」

老人は狡猾《こうかつ》そうな目で悦美の反応を確かめながら言葉をつづけた。

「もっとも、日本人の観光客をナンパしたくても、言葉の壁があるのでなかなかうまくいかない。それで、現地の或る組織が我が社に提携話を持ちかけてきたのです。おたく——つまり、わがS&V社のことですが、お客さんで滞在期間中の一日ぐらい金持ちの男とつき合ってくれる女性がいたら紹介してもらえないかと」

「えっ、それって？……」

「ヒヒヒ、男を買いにいった先で、一日だけ男に買われるんです。そのシンジケートは富裕層を相手に女性を斡旋《あっせん》している組織でして、商売敵《がたき》ながらS&V社とはちょうど逆のことをやっているために、お互い歯車が嚙み合う部分があるというわけです」

「そんな、男に買われるなんて！……」

「ヒヒヒ、これでキャッシュバックの意味がおわかりいただけましたでしょう」

悦美の驚きの表情を見ると、昇平はいやらしげな笑い声をあげた。しかし、すぐに真剣な顔つきになって彼女の表情を窺った。

「ただし、キャッシュバックを受けられるのはお客さんたちのうちのほんの一握りだ。いくら憧れの日本人女性でも、美人でなくては高い金を出す価値がありませんからな。私が貴女に秘密を打ち明けたのは、失礼ながらお顔や肉体を拝見して、貴女にはじゅうぶんその資格があると思ったからです」

「…………」

「あ、いや！　そうしろと言っているのではありません。要するに貴女の顔と肉体なら、大金を出してでも日本人美女をものにしたいと希《ねが》っている金持ちの眼鏡に適《かな》うだろうと言いたかったのです。実際、色気たっぷりの雰囲気があるし、服の上から見てもおっぱいやお尻がむちむちしていることは容易にわかります」

「その場合って……あの、もし男の人に買われたら、どんなことでも相手に従わなければならないんですか」

悦美は、自分の体をじろじろと見つめる老人の視線にいやらしいものを感じながらも、うわずった声で訊ねた。彼の話に少なからず興味を惹かれたのである。

「ヒヒヒ、それは……貴女が彼《か》の地で気に入った男を指名したときのことを想像してみてください。ここを舐めてちょうだいとか、この体位でハメるのはいやよとか、自分の我が侭《わがまま》を平気で押し通すことができるでしょう。反対に買われる立場だったら、そんな我が侭が通用すると思いますか。男を買うときは女王さまですが、男に買われるときは、はっきり言うと奴隷なんですから」

昇平は悦美の反応に手応えを感じると、露骨な表現で狎《な》れなれしく言った。

「ただ、前日に女王さま気分でセックスをしていたのが翌日には奴隷として性奉仕をさせられるという立場の逆転は、女性《ひと》によってはとても刺激的であるようですな。めまいのするようなスリルと興奮を味わったと、あとで告白してくれるお客さまもいるくらいです。そういうかたは、たいていリピーターになってくれますな。というのは、現地の金持ちが支払った金額の大部分が本人にキャッシュバックされるので、次回のツアー資金に充当できるからです」

「じゃあ、遥菜も？……」

「桑島さまは銀座でクラブのママさんをしているそうですが、いくら店が儲かっていても、年に何回もツアーに参加すれば家計を圧迫してしまうでしょう。けれども彼女はあの美貌とキュートな肉体のおかげで毎回かなりのキャッシュバックを得ています。いわば、選ばれた者だけが趣味と実益を兼ねた快楽を享受することができるのですよ……もちろん、その気があるならば、貴女もね」

「でも、急にそんなことを言われても……」

「ヒヒヒ、ここで悩むことはありませんや。向こうに着いてから決めればいいんです。そういうオプションがあることを知っておけば、もうちょっと刺激が欲しいとか、自分の知らない異質の快楽を味わってみたいとか感じたときに役に立つでしょう。同行のツアーコンダクターに申しつければすぐに便宜を図ってくれますよ」

昇平は相手の不安を解消するように言った。そして最後にこうつけ加えた。

「存分に羽を伸ばして快楽を味わっておいでなさい。他人の目を気にすることなく奔放にふるまえるのは、旅に出たときぐらいですから」

2

JR新橋《しんばし》駅の烏森口《からすもりぐち》からほど近い場所に店を構える「フローラ浜精《はませい》」は昭和の初めからつづく老舗の生花店であった。近頃はオフィスやショールームなどへの観葉植物の貸し出し、つまりグリーンレンタルも行なっているが、もともと繁華街に近いため、銀座、赤坂《あかさか》、上野《うえの》などのクラブやバーに生花を提供するのをおもな業務としている。

「社長、今日から旅行ですね」

「ええ。私には二週間遅れのゴールデンウイークよ。留守のあいだよろしくたのむわ」

自社ビル四階の社長室で荷物の点検をしていた悦美は、弟の英二《えいじ》がやってくるとキャリーバッグの蓋を閉めて彼を振り返った。

今年で三十七になる悦美は「フローラ浜精」の四代目社長である。

大学を卒業していったん商社のOLになったが、二年後に先代の父親が亡くなったために就職先を辞して家業を継いだのである。それ以来ずっと浜精の社長の座に君臨し、十数名の従業員とその家族の生活を守ってきた。

彼女は女性であるが経営の才覚があり、得意先である繁華街のクラブやバーに客として積極的に顔を出したり、また人手が足りないときは即席のヘルプとなって店の売り上げに貢献してやったりした。学生時代やOLの頃から評判だった容姿は華やかな雰囲気を併せ持ち、下手《へた》なホステスよりよほど客に喜ばれたのである。

そのようにして営業努力をつづけたおかげで、浜精の業績はむしろ先代の頃をしのぐほどであった。

「私の留守中は専務のおまえがみんなをまとめて商売に精を出すのよ。信用第一だから、出来の悪い商品を納入したり配達時間に遅れたりして、お得意様に迷惑をかけちゃだめよ」

「だいじょうぶですよ、お姉さん……いや、社長！　僕だってきちんとやれますから、安心して旅行を愉しんできてください」

「うん、しっかり気を引き締めて留守を守ってちょうだいね」

悦美は念を押すように言った。独身の彼女はゆくゆくは英二を社長に据えるつもりだったが、一回り年下の彼は末っ子でまだ頼りない面があった。

それで、当分のあいだは自分が会社を引っ張っていくことに決め、旅行の当日も出発が午後なのを幸いに半日出勤して業務をこなしたのである。

「社長、お迎えの車が下で待っています」

女性従業員がインターホンでハイヤーの到着を知らせてきた。裾長のワンピースの上から薄手のカーディガンを羽織った悦美はツバ広の帽子をかぶって旅装を整えると、英二にキャリーバッグを引かせてエレベータで一階に下りた。

店の前の路上に停まっているのは黒塗りの大型リムジンであった。S&V社の手配したハイヤーで、ツアー客はVIPの気分を味わいながら空港までのあいだを送迎されるのである。

「浜本さま、本日はご利用ありがとうございます。成田《なりた》までご案内させていただく村木《むらき》と申します。どうか、よろしくお願いします」

車の外に立っていた運転手は悦美が姿を現すと、深々とお辞儀をしながら丁寧な口調で挨拶をした。五十過ぎの顔つきで濃紺の背広上下とワイシャツ・ネクタイを着用し、頭には制帽をかぶっている。

悦美は彼を見て何となく安心感を覚えた。というのは、彼女はS&V社のツアーを申し込んだものの、不安と後悔めいたものに心を揺らしていたのである。

たしかに、親友の桑島遥菜が同じツアーを何回もリピートしていることから間違いはないのだろう。しかし、異国の地でそんなにうまく望みどおりの快楽が得られるものなのだろうか。

それに、社長である昇平の人品が胡散《うさん》臭くて今ひとつ信用しきれなかった。S&V社は特殊なツアー……いや、はっきり言えばいかがわしいツアーを催行する会社なので、そこの社長の人格を論ずること自体ナンセンスなのだが、悦美の肉体を品定めするように服の上からじろじろと視線を這わせるいやらしげな目つきを思い出すと、ぞっと身の毛がよだってしまうのであった。

そんなわけで悦美は出発当日になってもあまり気乗りがしなかったのであるが、彼女を迎えにきたリムジンの運転手がきちんとした服装をしていて、物腰も柔らかであるのを見て少しばかり安心したのである。

「社長、行ってらっしゃい」

「お気をつけて」

一階の店舗には四、五人の従業員が居合わせたが、彼らも英二とともに悦美の出発を見送った。

「じゃあ、あとはよろしくね」

挨拶が終わると悦美は運転手の村木が恭《うやうや》しく開けて待つドアをくぐってリムジン

に乗り込んだ。

「では、発車いたします」

村木は運転席に戻り、車を静かに発車させた。悦美は車内から見送りの者たちに手を振ったが、すぐに彼らは後ろに遠ざかり、車が角を曲がると姿が見えなくなった。

「…………」

悦美は革製のゆったりしたシートに深々と身をうずめ、いよいよ旅に出たという実感に浸った。期待と不安の半々に入り混じった気持ちである。

悦美がこの旅を思い立ったのは、親友の遥菜の勧めによるものであった。

遥菜は銀座で「トプカピ宮」という名のクラブをやっていて、いつも浜精に花を注文してくれる上得意客であった。悦美は遥菜よりも一つ年上だが、同世代の気安さもあって個人的に親しくつき合っていた。

そして、二人に共通しているのは美人であるにもかかわらず、男に不自由しているという点であった。

二人とも三十路の半ばを越し、またそれぞれ高級店の経営者という社会的ステータスがあるので、体面上若いときのように気楽な恋をすることができなかった。仮に恋愛したとしても、結婚までたどり着かなければ熟女の火遊びと世間から後ろ指をさされてしまうだろう。

だが、悦美も遥菜も家庭向きの性格ではないし金にも困っていないので、夫というものの必要性を感じていなかった。彼女たちは夫婦生活でのセックスよりもむしろ奔放でスリルに満ちたセックスを好む質《たち》だったのである。

そんな独身熟女たちにとってS&V社のツアーは渡りに舟であった。

最初にS&V社を利用したのは遥菜だった。彼女は或るつてを通じてS&V社の存在を知り、そこの催行するツアーに参加した。そして淫らで異常なセックスにはまり込んだ彼女は何回もリピートしたあと、親友の悦美にツアーを勧めたのである。

悦美は遥菜が他聞を憚《はばか》るいかがわしい旅行を繰り返していることを知った当初は驚き呆れ、また生理的不潔感をさえ覚えたが、話を聞いているうちに彼女自身もだんだんその気になってきた。

というのは、彼女も遥菜と同じく女盛りの肉体をもてあまし、淫欲の火照りに日夜悩まされていたからである。S&V社のツアーはいわば行きずりの情事にも似たセックスを斡旋するものだが、日常生活を離れた異国でのセックスならあと腐れなく快楽に身を任せることができるだろう。そう考えると悦美は何度もツアーに行っている遥菜が羨ましくなり、ついに彼女の紹介でS&V社を訪れたのであった。

村木の運転する大型リムジンはラグジュアリーな車内空間に静謐《せいひつ》を保ったまま京《きょう》橋《ばし》ＪＣＴから首都高へ入り、成田に向かって走っていった。

悦美は車が首都高湾岸線を経て東関東自動車道へ入る頃から眠気を催し、うつらうつらしはじめた。午前中仕事をした疲れに加え、空港までの道中は運転手任せにしていられるという安心感が彼女の緊張を解きほぐしたのである。

そうして、しばらくのあいだ心地よいまどろみを貪《むさぼ》ったが、ふと目を覚まして外を見ると車は高速道の本線を外れてパーキングエリアに入ろうとしていた。

「……えっ、ここは？」

「酒々井《しすい》パーキングエリアです」

悦美が問いかけると、村木はちょっと緊張した声で返事をした。

「あの……私的なことで恐縮なんですが、トイレが近くなってしまったものですから」

運転手は寄り道の理由を説明し、飛行機の搭乗時間を気にする悦美を安心させるようにつけ加えた。

「ここから空港までは二十分足らずの距離なのでじゅうぶん間に合いますし、五分と手間を取らせませんのでどうかご容赦を」

「そういうことなら……」

悦美は納得した。彼女の乗る飛行機が出発するにはまだ二時間ほどの余裕があった。搭乗手続きに四、五十分かかったとしても乗り遅れることはないだろう。

だが、そこに落とし穴があることに悦美は気づかなかった。彼女は運転手をすっかり信用していたのだ。

「では、ちょっと失礼を……」

村木はそそくさと車を降りると、速歩《はやあし》でトイレに向かっていった。

車内に残った悦美はコンパクトを取り出し、彼が戻ってくるまでの時間を利用して化粧の点検をはじめた。

そのとき二人の男が左右に分かれて車に近づいてきたが、悦美はコンパクトの鏡面いっぱいに自分の顔を映してチークブラシを使っている最中で彼らの存在に気づかなかった。

いや、仮に気づいたとしても、近くに駐車している車に向かう通りすがりの者とし か思わなかっただろう。悦美は自分の身に危険が迫っているとは夢にも思っていなかったのだ。

――カチャ……バタン！

後部座席の左右両側のドアを同時に開けて、いきなり男たちが乗り込んできた。

「お邪魔するぜ」

「ひゃっ‼　な、何⁉」

ドアの閉まる大きな音と両側から体を男たちに挟まれる衝撃に、悦美は驚愕の叫びをあげた。一瞬彼らが車を間違えて乗ってきたのかと思ったが、すぐにそうではないと悟った。

たちまち驚きは恐怖に変わり、彼女は車内から脱出しようとやみくもにもがいた。

だが、侵入してきた男たちは両側から悦美の腕や手首を掴み、彼女が車外に出ることを許さなかった。

そうやって悦美と男たちが揉み合っているうちに、小用を足しにいった村木が戻ってきた。

「う、運転手さん、助けて！」

村木が運転席のドアを開けて車に乗り込むのを見て、悦美は味方を得た思いで叫んだ。当然彼が加勢してくれると思ったのである。

だが、村木の反応は思いもよらぬものだった。彼は後ろめたそうな目で悦美をちらっと振り返っただけで、黙って車を発進させたのである。

「運転手さん！　どうして助けてくれないの？」

「村木は俺たちの仲間だ」

悦美が運転手をなじると、右側の男が平然とうそぶいた。すると、左側の男もつづけて言った。

「てか、金をもらっているから、俺たちには逆らえないのさ。そうだよな、村木」

「どうか、お手柔らかに願いますよ。私も会社をクビになりたくないのでね」

村木は運転席から後ろの男たちに向かって気の弱そうな声で返事をした。

「安心しろ。帰ったら知らんぷりをして、お客さんを空港までちゃんと送ってきましたと報告すればいいんだ。S&V社の方は俺たちがうまくやる」

「こんなひどいことをして！　あなた方はいったいだれなんですか」

悦美はパーキングエリアを出ていこうとする車の中で懸命に抵抗をつづけながら、男たちに向かって気丈に問いかけた。

「俺たちはお前さんの旅の案内をするツアコンさ」

「嘘！　そんな話聞いていないわ。ツアーコンダクターだったら、空港で落ち合うはずよ」

「フフフ、予定変更になったってわけさ」

右側の男は悦美の手首を恐ろしい力で握りながら落ち着いた声で言った。

「俺は哲《てつ》で、そっちの相棒は悠児《ゆうじ》だ。ひとつよろしく頼むぜ」

「ヒヒヒ、俺たちがこってりエロい旅にしてやるぜ」

自ら哲と名乗った男は三十代半ばの年格好で、麻のジャケットとボタンダウンのシャツをつけている。がっしりした体格で顔の造作が大きく、ぎょろっとした目やいかつい鼻はアクが強くていかにも悪役っぽい印象を与えた。

一方悦美の左側に腰を据えた悠児は黒いジャンパーを着用していて哲よりも二、三歳若く、ややスリムで背が高かった。イケメンの優男《やさおとこ》といった顔立ちだが、口のきき方はあけすけで下品極まりなかった。

「S&Vの社長が言っていなかったか？　スペシャルコースでは専属のツアーコンダクターがつきっきりでお客さんのお世話をしますと。俺たちがそのお世話係なんだ」

悠児は悦美の頬や耳もとに顔を寄せて芳《かぐわ》しい肌の匂いを嗅ぎながら、ネチネチした口調で話しかけた。

「つまり、男日照りでチンポに飢えた熟女の牝穴を、目的地に着くまでのあいだ俺たちのぶっ太いマラでお世話をしてやるってことだ」

「……！」

露骨な卑語を交《まじ》えた悠児の説明に、悦美はぞっと背筋を凍らせた。彼女は自分がレイプされかけていることを悟ったのだ。

「ほらっ、パンティなんか穿いていると、まともにチンポを味わうことができないぞ」

悠児はスカートの下に手を突っ込み、パンストごとパンティを引き下ろしにかかった。

「ひゃーっ、いやあっ！　やめてぇ！」

恐怖に駆られた悦美は車内じゅうに響く金切り声をあげた。

しかし、彼らを乗せた大型リムジンはすでに高速道路の本線上を走っている。悦美がいくら大声で叫んでも他の車のドライバーの耳に悲鳴を届けることは不可能であった。

「男に飢えているんだろう、悦美？　そうじゃなければ、こんなツアーには行かねえよな」

反対側にいる哲も悠児に加勢しながら、野太い声で狎れなれしく名前を呼んだ。

「男買いの旅行に出かけたのだから、今さらお上品ぶることはないだろう」

「あうっ……」

哲に痛いところを衝かれ、悦美は苦しげに喘いだ。彼の言うとおり、彼女は自らの欲望に駆られていかがわしいツアーを申し込んだのである。

「さあ、従順《おとな》しくしろ。俺たちがお世話をしてやるって言っているんだから」

「いやよ、やめて！　そんなお世話なんかしてもらいたくないわ」

悦美は足をジタバタさせて必死に抵抗したが、両側から二人がかりで責められてはどうすることもできなかった。たちまちパンストとパンティは膝の下まで引きずり下ろされてしまった。

「おい、手錠をよこせ」

哲は前の運転手に向かって声をかけた。

「車の中では乱暴しないでください。こんなことが会社にばれたら、私はクビになってしまいますから」

小心者の村木はくどくどと哀願を繰り返したが、助手席に置いた巾着袋《きんちゃくぶくろ》の中から手錠を取り出して哲に渡した。彼は悠児の言ったとおり、金に目がくらんで男たちの仲間に引き入れられていたのだ。

哲は村木から手錠を受け取ると、悠児が摑んで差し出す悦美の左手首にカチッとはめ、ついで右の手首にも金属の輪を通した。

いったん手錠をはめられると、悦美の抵抗力は奪われたも同然であった。男たちはパンティとストッキングをさらに引きずり下ろし、足の先から難なく抜き取ってしまった。

こうして彼女はスカートの下をまったく無防備な状態にされ、レイプの予感に身を震わせながら喘ぎを洩らすのだった。

3

「さあ、股を開いてみろ。男日照りの牝穴がどんなになっているか調べてやるぜ」

男たちは悦美の抵抗力を奪ってしまうと、ワンピースのスカートをまくり上げて股間の性器を剝き出しにした。

「い、いやっ！……やめて！　やめてください！　これ以上乱暴したら、社長さんに言いつけますよ」

「あんな社長、屁でもねえ。言いつけたければ言いつけな」

悦美が昇平のことを口にすると、悠児は吐き捨てるように言った。

「あなたたちは本当にS&V社の社員なの？」

「一週間前にクビになったので、元社員というところだな」

哲が落ち着いた声で返事をした。

「ヒヒヒ、会社の金を横領して二人仲よく懲戒免職になったってわけだ」

「だから、お前さんの肉体《からだ》を元手にしてひと儲けし、退職金代わりにしようというわけさ」

「商売をするには売りものの価値をあらかじめ知っておかなければならねえんだ。つまり、牝穴の価値をな……ほらっ、股を開け。俺たちがじっくり検分してやるぜ」

悠児と哲はサンドイッチにした悦美の両側から彼女の脚を一本ずつ持ち上げ、自分たちの膝の上に乗せた。

「ひいっ、いやあっ！　変な格好をさせないで」

悦美は懸命にもがいて脚を下ろそうとした。しかし、男たちの手に脹《ふく》ら脛《はぎ》を摑まれた彼女はシートに座ったまま、否応なしに開脚ポーズを強いられてしまった。

「ほう、ちゃんと手入れをしているな」

哲が剝き出しになった股間を覗き込み、感心したように言った。

「さすがにハメられ好きの女だけあって、周りの毛をきれいに剃ってあるぜ。このいやらしい割れ目にペニスを咥え込もうってんだな」

「………」

悦美は恥ずかしげに顔を背けた。哲の指摘したとおり、彼女の性器は陰唇の周囲がトリミングされ、恥丘以外の陰毛はすべて除去されていた。

「旅に出る前に牝穴のおめかしをしたってか。あっちの男の目の前で大股開きのご開帳をして、『ここをお舐め』なんて女王さま気取りの命令をしようという魂胆だったんだろう」

「ううっ、いやらしいことを言わないで……」

左右から交互に言い嬲られ、悦美は呻くように声を絞り出した。男たちの膝に脚を乗せられて股間を大きく割り開いたポーズでは、抗議の声も掠れがちであった。

それでも彼女は必死に抵抗をつづけ、手錠をはめられたまま両手で性器を覆い隠そうとした。

だが、それも無駄なあがきで、股間を押さえる手はたちまち胸もとまで引き戻されてしまった。

「往生際の悪い牝だな。村木、袋をよこせ」

「へい……」

運転手は渋々返事をすると、黒いベロア製の巾着袋を哲に渡した。村木はあらかじめ彼らから袋を預かり、それを助手席の上に置いていたのである。

袋の中には手錠のほかに、男たちの悪巧みを助けるためのさまざまな道具が詰め込まれていた。

哲は袋の中をまさぐって革製の首輪を取り出すと、悦美の咽喉を扼《やく》してうなじで尾錠を留めた。さらに手錠のはまった両手を胸もとから頭の後ろまで引きずり上げ、左右を結ぶ鎖を首輪に付属するナスカンに通してしまった。

「ああっ、やめて！　いやだって言っているのに……」

悦美はおろおろと狼狽《うろた》えながら弱々しく呻いた。両手を首輪のうなじに繋ぎ留められると、彼女はもう完全に無防備、無抵抗の状態に置かれてしまった。そのことが悦美の反抗心を急激に萎えさせてしまったのである。

「高速を出るにはまだ間がある。この格好をさせていても他の車から見られることはないだろう」

「両側には俺たちが座っているからな」

哲に応じて悠児が言った。悦美は大型リムジンの後部座席の真ん中で男たちに挟まれているので、車高の高いトラックやバスが隣の車線を走ったとしても運転席から彼女の姿を見下ろされることはないはずであった。また、車高の低いバンや乗用車の運転手がウインドウ越しに視線を送っても、両側に陣取っている男たちの体の陰になって悦美の体はごく一部しか観察されないだろう。もっとも、車内にいる者たちは別であったが……。

「どれ、穴の中はどんな様子だ」

哲が隣から手を伸ばして、無防備にさらけ出された性器の中に指を挿し入れた。

「うひいっ、やめて……」

ラビアを押し割って哲の指が侵入してくると、悦美は哀しげな声で呻いた。肉体の自由を奪われた彼女は声によってしか抵抗できなかったのだ。だが、絶望的な状況に打ちのめされた今ではその声も力なく響くだけであった。

「……うん、柔らかい肉襞だ。じとっと湿っていて、ちょっと前戯をしてやればすぐにも濡れてきそうな勢いだな」

哲は二本の指を割れ目の中に挿し込むと、媚肉の粘膜を遠慮なくえぐり回した。

「ひっ、痛い！　やめてください」

「悦美！　男が欲しくて、飛行機に乗る前からウズウズと体を火照らせていたのか」

「ち、違うわ！　それに、狎れなれしく名前を呼ばないでください」

「ヒヒヒ、VIPに相応《ふさわ》しく『悦美さま』と呼んでほしいのか。だが、おまえがチンポに飢えた淫乱女《スケ》だってことはとっくにばれているんだぜ」

悦美が抗議の声をあげると、シートの反対側に座った悠児が小馬鹿にしたように笑った。

「今だってチンポを欲しそうに股をおっぴろげているじゃねえか」

「そんな！　あなたたちがこんな恥ずかしい格好をさせているんじゃないの」

悦美はみるみる頬を赤くした。悠児の下品な言い回しがひどく堪えたのは、実際に真っ昼間、高速道路を走るリムジンの車内で脚を拡げさせられ、剝き出しの性器を男の指に弄《もてあそ》ばれているからであった。

そんなあさましい姿を自覚すると、手で顔を覆ってしまいたいほどの恥ずかしさが込み上げてきた。

だが哀しいことに、彼女は手錠をはめられて、それを首輪のうなじに留められている。男たちの目に顔を晒しながら、屈辱的な性器嬲りに耐えなければならないのだ。

「感じているようだな。ヌルッとしてきたぜ」

哲は悦美が抵抗できないのをいいことに、ラビアやヴァギナ、クリトリスなどを指で存分に嬲った。女体の媚肉を刺激する指遣いが巧みなのか、それともガラス張りの車内での露出プレイが異常な興奮を呼び覚ますのか、哲の言葉どおり性器は以前よりも潤いを増していた。

「もうちょっとで入れられるぜ。高速の上で一発抜けそうだな」

「わひゃっ！　こんなところでレイプをしないで！」

悦美は哲の言葉を聞くと甲高い悲鳴をあげた。彼は悦美を車内で犯そうとしているのだ。

「レイプ？　そんな無粋なことはしねえよ。濡れてないのに無理に突っ込めばたしかに強姦、つまりレイプだが、じゅうぶん濡れていれば、おまえもその気があるってことだ。ハメられたくなければ、これ以上マンづゆを垂らさないことだな」

「ヒヒヒ、それでも垂らしてしまうんだろう、悦美？　なんせ、おまえはでチンポ欲しさに男買いツアーを申し込むほどの淫乱女《スケ》なんだからな」

「ううっ……」

哲や悠児に意地悪く言い嬲られると、悦美は苦しげに呻いた。男たちはS&V社の元社員を名乗るだけあって、悦美の旅の目的をちゃんと知っていたのだ。

「ほら、俺も濡らすのを手伝ってやるぜ」

悠児はそう言うと、性器の指嬲りをしている哲の反対側から乳房を揉みしだいたり、耳朶に舌を這わせたりした。

「うーん、うっとりする匂いだ。香水と牝の体臭がミックスして、チンポをおっ立てさせてくれるぜ」

「いやあっ、そんなところを舐めないで！」

悠児が肌の匂いを嗅ぎながら耳朶や穴の周囲を舌でペロペロ舐めると、悦美はぞっと怖気《おじけ》をふるって叫んだ。彼女は虫酸《むしず》の走るような嫌悪感に鳥肌を立て、うなじに繋がれた手首を懸命に揺らしてもがき立てた。

「いやと言いながら感じているんだろう。どれ、おっぱいは……」

悠児はまくり上げたスカートの下からワンピースの内側に手を突っ込み、乳房を守っているブラジャーを強引にずらした。そして、ワンピースの下で剝き出しとなった肉塊に直接手を触れて、マッサージでもするかのように勢いよく揉み込んだ。

「ウヒヒ、隣に座ったときから胸の大きさに注目していたんだ。パット入りのブラジャーかと思っていたが本物だったぜ」

悠児の口から満足げな笑いが洩れた。彼は悦美の耳や顎にナメクジのような舌を這わせながら、カップの外れた乳房をいやらしげな手つきで何度も揉み立てた。

「こいつはとんでもない巨乳だ。乳搾りができるくらいだぜ。ついでに上も脱がせて素っ裸に剝いてしまおうか。そうすれば、チンポ好き熟女の全裸姿が拝めるってものだ」

「ひぃっ、やめて！　車の中では裸にしないでください」

悠児の脅しを聞くと、悦美は泡を食ったように叫んだ。本当に脱がされると思ったのである。しかし、悠児と哲は薄ら笑いを浮かべながら、嬲るような視線で彼女の怯えるさまを愉しんだ。

「まあ、とりあえずはこのままにしておいてやるぜ」

悠児は悦美をビクビクさせておいてから恩着せがましく言った。

「渋滞に巻き込まれたら隣の車から覗かれてしまうからな。合意のうえのお愉しみといっても、公道を走る車の中で素っ裸でいる女を発見したら、一一〇番通報するやつが出てくるかもしれない。その点ワンピースを着ていれば、いざというときにはスカートを下ろしていやらしいところを隠すことができる」

「あうっ、合意なんかじゃないのに……」

「もう合意だろう。こんなに濡れているんだから」

執拗に指嬲りをつづける哲が意地悪く訂正した。彼の言葉に違《たが》わず、膣口からはとろりとした淫蜜があふれ、ラビアの内外を濡らしはじめていた。彼はクリトリスの包皮を剝き、硬くしこった肉芽を指の腹でこすった。

「あひっ、いやっ！　ああっ……あぁーん」

悦美は必死でこらえようとしたが、巧みな指遣いに屈して淫らな喘ぎを込み上げさせてしまった。あさましい格好で左右から肉体をオモチャにされる屈辱感に加えて、隣の車から見られるかもしれないという恐怖に羞恥心を煽られ、異常な興奮に引きずり込まれたのだ。

「フフフ、さすがハメられ好きの女だけあるな。いやよ、いやよと言いながら、大股開きのポーズを自分からつづけてよがり声をあげているじゃねえか」

「……！」

哲の指摘に悦美ははっと気づいた。たしかに、彼女は卑猥な開脚ポーズを自ら保っていたのだ。両側の男たちは最初のうちこそ彼女の脚を膝の上で押さえて無理やり股を開かせていた。だが、そのうち性器や乳房を弄ぶのに夢中になって、脚を押さえつける力を緩めたり、手を脚から離したりしていた。それでも彼女は〝く〟の字に曲げた膝裏を男たちのズボンの上に乗せたまま、媚肉嬲りに喘いでいるのであった。

「さて、合意が成立したところで本番といこうか」

「いやあっ！　合意なんかしていないわ。合意というのは、本人の意思でしょう。私にはその意思はないから」

「濡れただけじゃ合意の証拠にならないと言いたいのか。それなら、もっと時間をかけてその気にさせてやろう。ドライブの時間はまだたっぷりあるからな」

「私をどこへ連れていくの」

悦美はあらたな不安に捉えられて訊《たず》ねた。村木の運転するリムジンは彼女を監禁したまますでに成田を通り過ぎていた。目的地が空港でないことは明らかだった。

「もちろん、男巡りのツアーさ。あいにく旅行先は海外じゃなくて日本国内だが、ペニスに飢えた淫乱女《スケ》にはうってつけの旅だぜ。俺たち二人を手はじめとして、何人もの男がおまえを愉しませてくれるんだから」

「!……」

悦美は哲の言葉を聞いてぞっとした。彼らだけでなく、他の男たちにもレイプされると悟ったのである。つまり、彼女は見知らぬ男たちに輪姦される旅に連れていかれるのだ。悦美は下半身剝き出しのあさましい姿を明るい車内に晒しながら、どうかこの出来事が夢であってほしいと思うのだった。

第二章　高速車線上の強姦絶頂

1

「悠児、おまえのナニはテンパっているか」

「ああ、もちろんだ。淫乱女《スケ》の巨乳をモミモミしているうちに、息子がズボンの下で突っ張ってきやがって苦しくてたまらんぜ」

哲と悠児は悦美の体越しに卑猥な言葉を交わした。二人の言っている〝ナニ〟とか〝息子〟とかいう語が男性器を指していることは悦美にも理解できた。それだけに彼女は男たちの会話を聞いて生々しい想像をかき立てられ、胸をドキドキと高鳴らせるのだった。

「じゃあ、こうしようぜ。俺が指マンをしているあいだ、おまえはナニをしゃぶらせてやれ」

「いやよ、こんなところでフェラチオなんかしないわ」

悦美はすぐに哲の意図を悟って拒絶した。

「悦美、俺たちはツアコンなんだぜ。お客さまのお世話をするのが俺たちの仕事だって言っているじゃねえか。哲が指で牝穴をほじってアヘアへとよがらせてくれ、俺が硬くて活きのよいチンポの味見をさせてやろうってんだ。至れり尽くせりのお世話だろう。これ以上のサービスをしてくれるところはないぜ」

「あなた方はもうS&V社の社員じゃないって、さっき言ったじゃない」

「ヒヒヒ、あそこから業務を引き継いだってわけだ。お客さんに金だけ払わせておいて、お目当てのチンポ巡りをさせなかったら詐欺になっちまうからな」

悠児は薄ら笑いを浮かべて屁理屈を言った。彼はすぐにチャックを下ろし、ズボンの中で窮屈そうにしていたペニスを取り出した。

「ほら、よく見ろ！　これに飢えていたんだろう」

「……！」

悠児に首輪の咽喉もとを引きずり寄せられて、悦美は股間から鎌首を持ち上げているペニスに顔を向けさせられた。

「男日照りの淫乱女《スケ》には応えられぬ眺めだろう。生唾がわき上がってきたんじゃないのか」

「うっ、そんなことは……」

悦美は必死に顔を背けようとしたが、否応なく視界に入ってくるペニスのサイズと生々しい迫力に息を呑むしかなかった。

悠児のペニスは彼が自慢するだけあって、太さも長さも巨根という語がぴったり当てはまるものだった。

だが、ミミズがのたくったように青黒い血管の浮き出た太竿は見るからにグロテスクで、大きく張り出した竿先もまるで得体の知れない生物の頭部であるかのように不気味な印象を与えた。

もっとも、悠児が言い当てたように、そんなペニスの発するフェロモンが男日照りの熟女に生唾のわき上がってくるような興奮を覚えさせるのであった。

「帽子を脱ぎな。チンポ好きの淫乱女《スケ》がどんな顔で俺の息子を舐めるのか、じっくり観察してやるから」

「な、舐めるなんて言っていないわ」

悦美は戸惑ったように口ごもった。しかし、その声には喘ぎとも吐息ともつかぬトーンが含まれていた。

「さあ、もっと顔を近づけろ」

「うひっ……」

首輪の咽喉もとを掴んだ手に引き寄せられ、悦美はつんのめるように悠児の股間に倒れかかった。

「片膝をシートについて、もう一方の脚を床に下ろすんだ。そうすれば尻がこっちを向くから、俺が後ろからサービスしてやる」

哲が彼女の取るべきポーズを指示しながら、膝に乗せていた右脚を床に下ろしてやった。そして、左脚を悠児の膝から移動させ、足首を掴んで膝から下の部分をシートの上に乗せた。そうすると、彼女は二人の間に挟まれたまま素っ裸の臀丘を哲に向け、上体を屈して顔を悠児のペニスに近寄せることになった。

「いうことをきくなら、手を使えるようにしてやるぜ。そうすればこの格好でも体を支えることができて、ペニスが舐めやすくなるだろう。どうだ、いうことをきくか」

「………」

悦美は返事をしなかったが、黙ったままわずかにうなずいた。だが、彼女の無言の返事はフェラチオをすることを前提にしたものだった。悦美はこの期《ご》に及んでは観念するよりほかないと悟ったのである。

「ヒヒヒ、いうことをきくようだな」

悠児は悦美のしおらしい様子を見ると、ペニスをそばだてたまま勝ち誇ったように笑った。彼は約束どおり手錠の鎖と首輪のナスカンを分離して両手を体の前に戻してやったが、手錠そのものはかけたままにしておいた。

「さあ、舐めな。せっかく手が使えるようになったのだから、ペニスの根もとを握っておしゃぶりするんだ」

「……………」

悠児に促《うなが》されると、悦美は手錠のかけられた手を伸ばしてペニスの竿を握り、恐るおそる唇を亀頭に近寄せた。そして、遠慮がちに舌を出して膨れ上がった肉塊に触れた。

「お上品ぶらなくてもいいんだぜ。おまえがチンポに飢えた女だということはもうお見通しなんだから」

悠児はシートの背もたれに背中を預けたまま彼女の髪を摑み、顔をゆっくりと引き回した。男の手の動きにつれ、悦美は亀頭の上やカリ溝、竿周りなどに舌を這わせていった。

「嬉しいか、悦美？」

「……………」

「黙っていても、舌の動かし方でおまえの気持ちがわかるぞ。いやいやながらじゃなくて、嬉しがって舐めているんだろう。言っておくが、おまえにチンポをおしゃぶりさせるのは、俺が悦ぶためじゃなくて、おまえを悦ばせるためだ。それがお客さんをお世話するツアコンの役目だからな」

「……………」

悦美は悠児に恩着せがましく言われても、言い返すことができなかった。まさしく、彼女の旅の目的は、男の逞しいペニスを堪能することだったのだから。

「さあ、もっと旨そうに舐めろ。いつまでもお上品ぶっていると、せっかくのご馳走を食いそこなうぞ」

「あむ、ぺろ……」

「ヒヒヒ、いいぞ。そうやって旨そうに太いチンポを味わうんだ」

悦美が躊躇《ためら》いを捨てて熱心に舌を動かすと、悠児は彼女を見下ろしながら満足そうに笑った。

「俺たちに感謝するんだな、悦美。他のツアー客はこんなサービスは受けられないんだから。他人に見られるんじゃないかとドキドキするようなスリルを味わいながら、車の中でチンポをおしゃぶりすると、ゾクゾクと感じるだろう」

「か、感じるわ……あむ！」

悦美はペニスに舌を絡めながらうわずった声で同意した。異常な環境でのフェラチオプレイにめまいのするような興奮を覚え、ついに本音を吐いたのだ。

「ほう、こんなに早く正直な返事が聞けるとは思わなかったぞ」

悦美の告白を聞くと、哲が感心したように言った。

「もっとも、嘘をつきたくても、牝穴をとっぷり濡らしていては言い逃れはできないだろう。とろとろの液が指に絡まってヌラヌラしているからな」

哲の指は、すっかり抵抗をあきらめた悦美の秘部を恣《ほしいまま》に弄《もてあそ》んでいた。彼はスカートがめくれて丸出しになっている尻の後ろから二本、ときには三本の指をヴァギナに挿《さ》し込み、粘膜の襞をえぐったりこすったりして淫らな刺激を与えつづけた。

「あひっ！……あむ、ぺろ」

「上の口も下の口も快楽を味わっているわけだな。ちょっとした女王さま気分だろう。二人の男を両脇に従えてにサービスをさせているんだから」

「いや、俺の見るところ、この女《スケ》は女王さまにしてもらうよりも、マゾの奴隷にされたほうがよほど興奮するようだぞ。その証拠に俺が髪を手荒く引き回しても、文句一つ言わずにあてがわれた場所をいそいそと舐めるからな……ほれ、カリ溝を丁寧に舐めろ」

「むむ……あむ、む……ぴちゃ」

悠児が悦美の唇を亀頭の稜線に押しつけると、彼女は舌を溝に挿し込んで熱心に舐めた。悠児の見破ったとおり、悦美は乱暴に扱われることに悦虐の情感をわき上がらせながら、屈辱の奉仕にいそしんでいるのであった。

「亀頭を咥え込め。口の中で舌を動かして、チンポをたっぷり味わうんだ」

「あむ、むぐ……んむ！」

「なるほど。そういうことなら、サービスを変えてやるか……それっ！」

──パシーン！

「ひゃーっ！」

大きく振りかぶった手のひらが臀丘を勢いよく打ち懲らし、プリプリした柔肌に灼けるような痛みを覚えさせた。悦美は強烈な痛みに思わずペニスから口を離して甲高い悲鳴をあげた。

「たしかにマゾっぽい泣き声だ。こういうサービスをしてほしかったんだな、悦美？」

「ち、違うわ！　勝手にきめつけないでください。こんな目に遭わせるなんてひどいわ」

悦美は懸命に抗議した。しかし、彼女の語調は憤然と怒るというにはほど遠く、むしろ泣き言《ごと》や哀願に近いものであった。

彼女はペニスを口に含み直し、舌を亀頭やカリの稜線に絡めた。これ以上哲の相手になっていると、ボロを出してしまうのではないかと恐れたのである。だが、そのことがかえって男たちにつけいる隙を与えてしまった。

「ヒヒヒ、感心、感心！　哲に打たれて服従心がわいてきたってわけだな。以前《まえ》よりも熱心に舐めるじゃねえか」

「…………」

「S&V社の社長が特別なオプションがあると言っていただろう。あっちの金持ちに買われて奴隷となるコースがあると。おまえはそのオプションを期待していたんだろう」

「ひ、ひがう（ち、違う）……」

哲の指摘に悦美はビクッと体を震わせた。彼女は呂律《ろれつ》の回らぬ口で否定したが、すっかり動揺していることは男たちの目に明らかだった。

「むぐ、あむ、ぺろ……」

悦美は狼狽《うろた》えた様子でフェラチオをつづけた。精神的に追い詰められた彼女はペニスを口に咥えること以外に男たちの追及をかわす道はなかったのだ。

——パシーン！

「ひゃむーっ！」

二発目が臀丘に打ち込まれると、悦美はまたしても悲鳴をあげた。しかし、今度はペニスを咥えたままなので、鼻にかかった悲鳴はどことなく哀調を帯び、いっそうマゾヒスティックな雰囲気を醸し出した。

「フフフ、ボリュームたっぷりの尻だな。そのうえ張りがよくてプリプリしている」

哲は尻朶の肉塊を鷲摑みにし、揺すったり左右に拡げたりした。そのたびに茶色いアヌスや淫蜜に濡れそぼった性器が見え隠れして、彼の情欲をそそり立てた。

「おっぱいも負けてねえぞ。乳牛《ちちうし》……ほら、あのホルスタインってやつにも劣らねえ」

悠児もワンピースの上から乳房を揉みながら哲に応じた。彼女の乳房はすでに彼の手によってブラジャーをずらされ、ワンピースの内側でぶらぶらと揺れていた。

「要するに、色気むんむんの肉体派熟女ってわけだ。こちとらもサービスのし甲斐があるってものだぜ……うん、旨そうに舐めるじゃねえか。マゾってことがばれちゃったのだから、もう気取っていられませんって勢いだ」

「ひ、ひがうのに（ち、違うのに）！　あむ、ぺろ、あんむ……」

悦美は悠児に意地悪くからかわれると、狼狽えた声でおろおろと言い訳をした。それでもペニスを熱心にねぶるのは、ひとたび目覚めてしまった熟女の淫乱な血を抑えることができなかったからである。

「あんむ、ぺろ、ぴちゃ……わひゃっ！　な、何？」

突然ラビアやクリトリスに激しい振動を受け、悦美は激しく取り乱した。振動と同時にビーンという不気味な音が耳を搏ち、恐怖と狼狽をいっそう増大させた。

「フフフ、飢えた牝をよがらせるための道具だ」

哲が性具を悦美の股間にあてがいながらニヤニヤ笑って教えた。巾着袋の中には手錠、首輪などの肉体拘束具だけでなくピンクローターまで忍ばせてあったのだ。

「このローターで前戯の仕上げをしてやる。イク寸前までよがらされれば、合意なんかもうどうでもいいから、早くハメてくださいと狂ったようにわめき立てること請け合いだ」

――ビーン！　ビビ、ビーン！

「あひゃあっ、やめて……ひーッ！」

性感帯の媚肉を揺るがすローターの振動に、悦美は激しく惑乱した。前戯無しでいきなりローターを押しつけられれば苦痛と嫌悪しか感じないだろうが、彼女の秘部は哲の指嬲りによってじゅうぶん下地ができていた。ヌルヌルした粘膜をローターの振動によって刺激される感覚はこのうえなく淫らで、悦美の平常心をどこかへ吹っ飛ばしてしまった。

――ビ、ビーン！　ビィーン！

「や、やめて……ああっ、あーん！」

「ほらっ、おしゃぶりをつづけな。牝穴《スケ》をローターで刺激されながら、上の口でチンポを咥えるなんて、男日照りの淫乱女にとっちゃ、滅多に味わえない贅沢だろう」

「あむ、ぺろ、ぴちゃ……あひっ、あぁーん！」

悠児の手に髪の毛を摑まれた悦美は、心ならずも彼の言いなりになって亀頭に舌を絡めたり肉竿を咽喉の奥深く咥え込んだりした。そのあいだじゅう哲の操るローターはクリトリスやラビアにあてがわれて、おぞましくも淫らな振動で彼女を興奮の坩堝《るつぼ》に巻き込んでいった。まさしく悦美は哲のいう〝前戯の仕上げ〟をされて快楽地獄へ堕ちようとしているのであった。

2

――ビィーン、ビビビ、ビィーン！

「あひ、あひ……ひーん、もうやめてぇ！」

悦美はローターの振動がもたらす刺激に理性を狂わせ、あられもない悲鳴を車内にまき散らした。懸命にこらえようとしても、ペニスを咥えた口の隙間からあさましいよがり声がほとばしり出てしまうのである。

「今度はローターを膣の中に入れてやろう。ヌルヌルしているから、スポッと収まるぜ」

「ひいっ、いやよう！　中に入れないで……あわっ、わひゃっ、おひーん！」

ビリビリ振動するローターをヴァギナの中に押し込まれると、悦美は双臀を激しく揺すって泣き悶えた。哲の予言どおり長楕円体のピンクローターは淫蜜で濡れそぼったラビアを割って完全にヴァギナの中に埋もれ、強烈なバイブレーションで膣の粘膜を刺激したのである。

「こいつを入れたままハメてやろうか。ローターの振動と太いペニスの相乗効果で狂ったようによがりまくることができるぜ」

「やめて、やめてください！　どうか、ローターを抜いてから入れてください」

「抜いてから何を入れるんだ」

「あわっ！　そ、そうじゃなくて……」

悦美は思わず口走った台詞の重大性にはっと気づき、慌てて言い直そうとした。

しかし、哲はここぞとばかりに彼女を追い詰めた。

「ちゃんと言え、淫乱牝！」

——パシーン！

「ひゃいーん！」

高く振り上げた手が優に百センチを越えるヒップに炸裂し、悦美にマゾヒスティックな叫びをあげさせた。

「男に飢えた淫乱熟女の本音を言うんだ。ぐずぐずしていると、本当にローターを入れたままハメてやるぞ」

「ああっ、ローターを抜いてからペニスを入れてください」

「それなら、おチンポをハメてくださいと言うんだ」

「お、おチンポをハメてください」

悦美は震える声でペニスの挿入を懇願した。淫らな前戯に自分を見失った彼女は、男たちに屈服するよりほかなかったのである。

「悦美！　おまえにぴったりの台詞だぜ。いやいやながら言っているようには聞こえねえな。いかにも欲しくてたまりませんていう気持ちがこもっているじゃねえか」

隣から悠児が下卑た口調で意地悪く嬲った。

「ほら、俺のチンポに名残《なごり》を惜しめ。哲にハメられている最中は舐めることができないのだから」

そう言いながら髪を掴んだ手に力を込めて、悦美の口に二度、三度ピストン運動をさせた。

「あんむ、あむ……あむぅ」

「さあ、ハメてやるぜ。尻をこっちに向けろ」

哲はローターのコードを引っ張ってヴァギナから引き抜くと、ズボンのベルトを外して下半身を剝き出しにした。そして、悠児のペニスに舌を絡めている悦美を引き起こし、両膝をまたがせた。

もちろん彼の膝のあいだには怒張したペニスが聳《そび》え立っている。ストッキングもパンティもとっくに脱がされて下半身を剝き出しにした悦美が哲の膝の上に座れば、秘部がペニスに突き当たるのは必然の成り行きであった。

「ペニスの上に尻を落としていけ」

「あ……あうっ！」

聳え立つペニスに向かって腰を沈めていくと、哲は亀頭をラビアの綴じ目にあてがった。彼のペニスが硬く勃起しているのは言うまでもなく、鈴口からとろりとした粘液まであふれさせている。

「…………」

「ううっ……」

粘膜と粘膜が触れ合うヌラヌラした感触に男女は淫らな気分を昂《たかぶ》らせた。哲も熟女の蠱惑《こわく》的な女体にすっかり魅了されていたのだ。

とはいえ、やはり興奮の度合いは悦美のほうが大きかった。なぜなら彼女はフェラチオ、ピンクローター、さらには平手の打擲《ちょうちゃく》などによって淫牝の本性を暴かれ、セックスへの情欲を解き放たれていたからである。

もっとも、合意を装ったレイプをされる彼女にしてみれば、どうしても屈辱感と無念さを拭《ぬぐ》うことはできなかったが……。

「……うむ、ヌルッとしていて、奥まで入っていくぜ」

哲は後ろから悦美の体を摑み、半分ほど腰を下ろしかけた彼女をぐいっと下に引っ張った。

「あひゃっ、あうーっ！」

悦美の口からうわずった叫びがほとばしり出た。尻餅をつくように男の股間に腰を落とした彼女は、否応なくペニスを根もとまで膣に咥え込まされてしまったのだ。

「おうっ、気持ちいいぜ」

じんわり締めつけてくるヴァギナの感触を肉竿全体に感じると、哲は満足そうにうなずいた。彼は背中から両脇に手を添えて悦美を中腰に支えながら、耳朶に熱く湿った息を吐きかけた。

「どうだ、久しぶりのペニスの味は？　ハメてほしくてたまらなかったんだろう」

「あうっ、そんなことは……」

「おチンポをハメてくださいとおねだりしたのはだれなんだ。忘れたなんてとぼけても通用しないぞ」

「あっ、あいっ……あひっ！」

意地悪く問いかけながら腰を上下に揺さぶると、悦美はたまらずに喘ぎを込み上げさせた。屈服の果てに強制されたセックスなので悦びにはほど遠い心境であるが、肉体は太竿のもたらす淫らな快感に卑しく反応してしまうのだった。

「俺のペニスに興奮するか」

「か、感じる……ひゃっ、あーん！」

「悠児のものより太いか」

「あひいっ、わからないわ。あっちは舐めただけで、まだ入れていないから」

「悠児、聞いたか。この女は俺のつぎにおまえのペニスを所望だぜ。『まだ入れていないから……』ときたもんだ」

「ああ、聞いたぜ。だが、驚くことはねえよ。悦美が淫乱女《スケ》だってことは先刻ご承知さ。俺のチンポをがつがつと旨そうにおしゃぶりしたからな。まったく飢えた牝犬ってところだったぜ」

「ううっ、あなたたちは、どうしてそんなに意地が悪いの。根拠のないことばかり言って……」

悦美は哀しそうに抗議した。男たちによってたかって言い嬲られるのは、レイプされる以上に口惜しかった。

「俺のチンポから口を離すときに、唇から涎の糸を引いていただろう。つまり、舐めるのに夢中になって、お行儀作法も忘れてしまったってことだ」

「う、嘘よ……」

「嘘じゃねえよ。そのあと、おまえが未練がましく舌なめずりをしたのもちゃんと見たぜ」

懸命に否定しようとする悦美の言葉にかぶせて、悠児はとどめを刺すように言った。

「おまえは花屋の社長で従業員を何十人も使っているんだろう。そんなお偉い女社長さまが、いくら男に飢えているからといって、涎の糸をチンポに架けるのはちょっとみっともないんじゃないか」

「い、言わないで……」

悦美は顔を真っ赤にしておろおろと声をあげた。たしかにペニスから口を離すとき、唇に残った淫蜜を舌で拭った覚えがあったのだ。彼女は恥ずかしさに全身を熱く火照らせながら、雰囲気に呑まれてフェラチオなどという浅はかな行為に及んだことを死ぬほど後悔した。

「つまり、おまえは二本のペニスを両方とも舐めて両方にハメられなければ比較できないと言うんだな」

「ヒヒヒ、そういう理屈をこねて、俺たちのチンポを上と下の口で味わおうっていう魂胆か。男日照りの熟女は食い意地が張っているぜ」

「ううっ、そんないやらしいことは言っていないのに……」

「悠児にペニスをハメられるのはもうちょっと待っていろ。とりあえず俺が愉しませてやるから……そらっ！」

「あひひっ……あーん！」

悦美は男たちに言葉虐めをされて口惜しいと思うものの、哲が動きを再開するとたちまち卑しい泣き声をあげた。あさましい欲望を暴かれた彼女はもはや体裁を取り繕うことができなかったのだ。

「さっきのように両手を頭の後ろにやれ」

「あうっ、もう変な格好をさせないで……」

彼女は嫌がったが抵抗らしい抵抗もできず、すぐに手錠のはまった両手をうなじの首輪に繫がれてしまった。

「こうすれば、レイプの気分を味わえるだろう」

「レイプはいやだって言っているのに……」

「レイプはいやでも、レイプの真似はいやじゃないんだろう」

「どうして？」

「それは、おまえが異常なセックスに興奮する質《たち》だからだ。車内で運転手に見られながら俺たちにオモチャにされるのがよくて、マゾづゆをあふれさせたんだろう。だからこうやってすんなりハメられたんだ」

「あうっ……」

悦美は反論することができず、苦しげな喘ぎを込み上げさせるばかりであった。たしかに彼女は異常な状況の中で男たちに弄ばれ、かつてないほどの興奮を感じてしまったのだ。

「俺たちは優秀なツアコンだから、お客さんが何も言わなくても気持ちを察して、こちらからサービスをしてやるのさ。どうだ、レイプゲームを愉しみたいか」

「………」

「それっ！」

「あっ、あいっ……あぁん！」

「フフフ、言っただろう。返事をしなくても、おまえが何を望んでいるかわかるんだと」

哲は膣にはめ込んだペニスを上下に動かしながら、得意げに言い聞かせた。

「手錠を首輪に繋がれているから、何をされても抵抗できないだろう。つまり、快楽は俺たちにお任せってわけだ。それがレイプゲームってやつさ」

「あっ、あおっ……ああっ、太いのに擦られるぅ」

「だが、これはあくまでゲームだからな。おまえの欲望をかなえるためにレイプのふりをしてやっているのさ。おまえもレイプをされていると思えば、淫乱牝のやましさを感じないでセックスを愉しむことができるだろう……さあ、もっとよがりな」

「ああっ、あん……いひっ、あひいっ！」

太いペニスに子宮を突き上げられる強烈な被虐感に、悦美はビクッと痙攣して逃げるように腰を浮かせた。だが、哲が彼女の腰を摑んで二度、三度と打ち込むと、かえってその刺激がたまらなく淫らなものに感じられ、ついにはペニスを迎えるように腰を上下させはじめた。

「あひひっ、あおーん！……ああっ、太い！」

両手を頭の後ろに組んだ悦美はリムジンの天井に頭を届かせるほど体を上下に揺しながら、哲の繰り出すペニスを貪《むさぼ》るように味わった。彼女は膣襞や子宮に受ける圧迫感によって、彼の持ちものが悠児のそれに優るとも劣らぬサイズであることを知ったのだ。

3

「どれ、自慢の巨乳を俺にも触らせろ」

哲は膝の上に跨がった悦美が自らの肉体をピストン運動させてペニスに迎合するのを見届けると、片手をスカートの裾からワンピースの中に侵入させて胸の乳房をまさぐった。

「うん、でかいな。悠児が感心するわけだ」

乳房をガードするブラジャーは外れていないものの、すでに悠児の手で大きくずらされ、本来の役目を果たしていなかった。それで、生の乳房に行き当たって彼の手はむちむちした肉塊を鷲掴みにしたりもみくちゃにしたりと自由自在に弄ぶことができた。

「あひっ、そんな乱暴にしないで」

哲が乳房を摑んだ指を荒っぽく食い込ませると、柔らかな肉塊は根もとから大きくくびり出された。

「さすが肉体派の熟女だ。こういうデカパイをもてあまして毎晩悶え、ついに我慢できなくなって男買いのツアーに出かけたのか」

「し、知らないわ、そんなこと……ああっ、あーん！」

悦美は男の無礼な問いにつんと横を向いた。だが、そのあいだにもヴァギナを貫通したペニスは膣壁や子宮をえぐって、男日照りをかこってきた熟女にえもいわれぬ悦楽感を与えた。

——ビ、ビ、ビ……ビィーン！

「わひゃっ、またぁ！」

乳首にローターの不意打ちを食らい、悦美は甲高い悲鳴とともに大きくのけぞった。

哲がワンピースの内側にローターを潜入させ、スイッチを入れると同時に乳首に押しつけたのだ。

——ビーン、ビィーン！

「ひゃっ、ひゃっ！　ああっ、やめてぇ！」

「フフフ、快楽は俺たちにお任せと言っただろう。それがレイプゲームの醍醐味だ」

哲は不気味な笑い声をあげながら、ローターを操って左右の乳首を往ったり来たりした。

「どうだ、極悪非道な男たちに無理やりハメられ、ローターで肉体をオモチャにされるという設定は？　ゾクゾク興奮してこないか」

「ああっ、いやぁ！　あなたたちは本当に極悪人よ……ひい、いひーん！」

「フフフ、よがっているな。さあ、もっと腰を使って勢いよくピストン運動をしろ。レイプゲームをたっぷり味わうんだ」

「あひっ、あひひっ……ああっ、どうにかなっちゃいそう……いひーんっ！」

悦美は車内じゅうに悲鳴を響かせながら、狂ったように腰を動かしてペニスの感触を貪った。ホルスタインにも引けをとらない乳房をピンクローターで振動させられると、いてもたってもいられない焦燥感に駆られて身悶えしてしまうのだ。しかも、手錠を頭の後ろに固定されて抵抗できない状況はまさにレイプを彷彿《ほうふつ》させ、口惜しさとみじめさの入り混じったマゾヒスティックな情感をかき立てた。

「哲、ローターをこっちにくれ。ハメられている最中の牝穴を嬲ってアヘアへよがらせてやるから」

悠児は哲に催促してピンクローターを譲り受けた。彼も当然レイプゲームに参加する権利があるのだ。

「この女《スケ》ときたら、男にペロペロ舐めてもらうためにマン毛をカットしてきたというから、よほど気合いが入っているな」

悠児は身を乗り出して悦美の股間を覗き込んだ。彼女の性器は恥丘を残して毛がきれいに除去され、ヌラヌラしたラビアやクリトリスが剝き出しになっていた。

「パイパンの性器が旨そうにチンポを咥え込んでいるじゃねえか」

「うっ、パイパンじゃありません。身だしなみのためにむだ毛をカットしただけですから」

「ヒヒヒ、説得力がねえな。どう見ても、セックスを愉しむために手入れをしてきたとしか思えないぜ」

悠児は性器とペニスの接合部をしげしげと見つめながら、小馬鹿にしたように応じた。

「だが、毛を剃ってきてくれたおかげで、いやらしいクリちゃんが丸見えだ。どれ、硬くなっているか……」

「ああっ、触らないで」

「触ってほしいからパイパンにしてきたんだろう」

悠児は意地悪くうそぶくと、指で急所の媚肉をいじり回した。

「肉芽がすっかり剝き出しになっていて、コリコリするぜ。ハメられながらここを刺激されるとさぞかし感じることだろう……ほら、レイプゲームのつづきだ」

——ビィーン！

「ひゃあっ！」

指を引っ込めるのと入れ違いにローターを押しつけられ、悦美は甲高い悲鳴をほとばしらせた。小さなローターはクリトリスの核をピンポイントに襲い、ビリビリする振動で彼女の正気を狂わせた。

「ひゃっ、ひゃっ！　わひゃあっ！」

悦美は身をのけぞらせたり腰を引いたりしてローターの攻撃から逃れようとした。しかし、後ろからワンピースを摑まれているために、いくらもがいても哲の膝から下りることができなかった。

——ビーン、ビーン……ビィーン！

「ひゃっ、ひゃっ……いひーんっ！　いやよぅ！」

悠児の操るローターは急所の肉芽を狙ってしつこく追いかけてくる。彼女はビリビリする振動がクリトリスに届くたびに体を上下に激しく動かして狂ったように泣き悶えた。

だが、そうするとヴァギナの粘膜とペニスが勢いよくこすれ合い、彼女をいっそう惑乱させた。

――ビビ、ビーン……ビビーン！

「ひいっ、ひぃーん！　気が変になるぅ！」

「ヒヒヒ、それがレイプゲームってものだ。哲にぶっ太いチンポをハメられ、俺からはローターでクリットをオモチャにされる。男日照りの淫乱女《スケ》には願ったりかなったりのプレイだろう」

悠児は執拗にローターを急所に押しつけながらせせら笑った。

「そらっ、もっとよがりな」

――ビビーン！

「あひーん！　死ぬぅ！」

「ゲームにすっかりはまったようだな。ピストン運動がぐんと勢いを増したぜ。ズンズンと尻餅をつくように俺のペニスを擦ってくるじゃねえか」

「あん、あいーん！」

「いいのか」

「おひーん、いいっ……いいですぅ！」

悦美はあられもないよがり泣きを車内にまき散らして快楽を告白した。彼女は、ペニスに飢えた淫乱熟女という、男たちの見立てを裏切らなかったのである。

「村木も気の毒だな。悩ましいよがり声を聞かされちゃ、運転に集中できないだろう」

哲が皮肉っぽくいった。すると、横から悠児が意地悪くきめつけた。

「悦美、村木が事故ったら、おまえのせいだぞ」

「ああっ、虐めるから……あなたたちが虐めるから……」

悦美は卑猥なピストン運動をつづけながら、うわごとのように言い訳を繰り返した。いくら自制しようとしても、異常な状況で行なわれるセックスに正気を狂わされ、あさましい声をほとばしらせてしまうのだった。

「村木、おまえも愉しんでいるか」

「あっ、ええ……」

村木は哲に声をかけられると小声で返事をした。彼はバックミラーの角度や向きを調節して、悦美が哲に凌辱される姿をチラチラと盗み見していたのだ。

「俺にペニスをハメられた股の部分がミラーに映っているか」

「映っています、ばっちりと……」

「聞いたか、悦美。おまえのあそこが村木から丸見えになっているとさ」

「ううっ、恥ずかしくて死んでしまいたいわ」

「ヒヒヒ、観客がいる中でのレイプなんて、めったにできない経験だぜ。俺たちはそれだけおまえの好みに合わせてサービスしてやっているんだ」

「あひっ、好みなんかじゃないのに……」

「嘘をついても通用しないぜ。おまえがマゾの淫乱女《スケ》で、虐められながら犯されるのが大好きだってことを、こちとらちゃんと見抜いているんだから……さあ、村木にいい声を聞かせてやれ！」

——ビ、ビ、ビィーン！

「あーん、あひーん！」

悠児の操るローターに敏感な肉芽を責められ、悦美はたまらずに腰を上下させて身悶えた。だが、おぞましい感覚に追いたてられて体を動かせば動かすほど膣とペニスの接触圧は強まり、彼女の理性を狂わせていくのだった。

「あひひっ、あひひっ……あいーん！」

悦美はローターとペニスの二重攻撃によって肉体をもみくちゃに弄ばれながら、頭の中が真っ白になっていくのを感じた。彼女は自分がレイプの真似をされてイキかけているのか、それとも実際にレイプをされて絶頂に達しようとしているのか、もう区別がつかなかった。

第三章　魔の拉致監禁ツアー

1

「……フフフ、ハメられ好きの淫乱熟女も少しは飢えが収まったようだな」

悦美が絶頂の果てにぐったりと尻を落とすのを見届けると、哲は彼女を膝から下ろしてもとのように二人のあいだに座らせた。

「どうだ、悦美。満足したか」

「ううっ……」

哲に問いかけられても、悦美は低く呻きを込み上げさせるばかりだった。「いえ」と否定したくても否定できなかった。二人の男に肉体をオモチャにされたあげく、車内セックスで絶頂の叫びをあげてしまったのは紛れもない事実なのだから。

「いや、満足したとしても、きっと一時的なものだろうぜ。なんせ、この女《スケ》は割れ目をパイパンにおめかしして男買いのツアーに出かけるくらいなんだから」

悠児が例の下卑た口調で皮肉たっぷりに哲に応じた。彼は悦美が隣に座ると早速剝き出しの股間に手を伸ばし、凌辱プレイを終えたばかりの性器を指嬲りした。

「チンポに飢えたおまえのことだから、またすぐに欲しくなるだろう。そうしたら、今度は俺がハメてやるから愉しみに待っていろ」

「ううっ、もう、いや……」

悦美は哀しげに声を絞り出した。しかし、彼女がもうすっかり観念していることは、淫蜜にべっとり濡れたラビアやクリトリスを指でいじられてもほとんど抵抗しないことからも明らかであった。

「ただし、俺がハメてやるのは車を乗り換えてからだ」

「乗り換えって？……」

悦美は不吉な言葉を聞いたようにビクッと体を震わせた。

彼女を拉致したリムジンは成田を素通りして大栄《たいえい》ジャンクションから圏央道に入り、筑波《つくば》方面に向かっていた。行く手には常磐道、東北道、関越道などと交わるジャンクションが次々に現れるので、それらを経由すれば思いのままに進路を変えることができる。男たちは悦美をリムジンから別の車に乗り換えさせ、どこか遠い場所へ連れていこうとしているようであった。

「ヒヒヒ、ベッド付きの特別車に乗り換えるんだ。そうすれば、目的地へ着くまでのあいだ、俺と哲が交代でさまざまな体位のセックスをしてやれるぜ」

(じゃあ、キャンピングカーに？……)

ベッド付きと聞いて悦美はすぐにそう思った。ベッドの設備された車といえば、キャンピングカー以外に考えられなかった。

だが、彼女の想像は的外れであった。悠児は性器を指でいじり回しながら、前方のトラックを指し示した。

「あれだ」

「えっ、あれって、トラック？」

悦美は怪訝《けげん》そうな声をあげた。

悠児の指したのは、リムジンの前を走っている大型トラックであった。アルミの箱形荷台を備えた四トン車で高速道路ではよく見かけるものだが、それがどうして乗り換えの車になるのか理解できなかった。

「気がつかなかったのか。あれはパーキングを出たときからずっといっしょに走っているんだ」

「！……」

悠児の説明は意外なものであった。トラックは偶然前を走っているのではなく、リムジンが酒々井PAを出たあと、つかず離れず一定の距離を保って彼らを先導していたのである。

「おまえは俺のチンポを咥えたり哲にハメられたりして、ずっとお愉しみだったからな。久しぶりに味わうチンポに舞い上がって、外の様子などちっとも気にかけなかったのだろう」

「………」

悦美は顔を真っ赤にして羞じらった。彼の言葉によって、自分がレイプゲームでどれほどあさましくよがり狂ったのか思い出したのだ。

いや、悦美とて外の様子を気にしなかったわけではない。むしろ、他の車から見られるのではないかと常にビクビクしていたのだ。

もっとも、気にしたのは隣の車線を走る車で、まさか前の車が彼らとつるんでいたなどとは夢にも思っていなかった。

「じゃ、じゃあ……もう一人仲間が？」

「そりゃそうよ。仲間がいなければどうやってパーキングにやってくることができるんだ」

悠児は当たり前のことのようにうそぶいた。男たちは三人でパーキングに乗りつけ、そのうち二人が悦美を襲ったのである。

「あの荷物室はエアコン付きで快適だぜ。中は広々としているし、外から覗かれる心配もない。つまり、他人の目を気にしないで、さまざまな体位でやれるってことだ」

「あうっ、トラックの荷台でセックスするなんて……」

「ついでに教えてやるが、トラックを運転しているのは俺たちのボスだ。残忍で情け容赦のない人だから、逆らわないほうが身のためだぜ」

「………」

悦美は哲の脅しにいっそう恐怖を募らせた。三人の男からつぎつぎにレイプされる。つまり、輪姦されるのだ。

「もうしばらくしたら、高速を降りる。そこであっちの車に乗り換えるんだ……悠児、料金所を通過するための準備をしておけ」

「ああっ、わかっているぜ。悦美、お愉しみはまたあとだ」

悠児は性器の指嬲りを中止すると、まくれ上がっていたスカートを膝下まで戻して秘部を覆い隠した。そして、うなじに繋がれていた手錠を背中の側にはめ直した。

「サングラスにガムテープ、それからマスクと……うん、ちゃんと揃っているな」

哲は悠児が作業をしているあいだに巾着袋をまさぐって中から各種の小道具を取り出した。

「従順《おとな》しくしているんだぞ」

そう言うとまず口にガムテープを貼って声を出すことができないようにし、その上から白いマスクをかけて口もとを隠した。

「ほらっ、帽子をかぶれ」

悠児が足もとに転がっていた旅行用のツバ広帽を頭に乗せ、さらに色の濃いサングラスをかけさせた。

「ヒヒヒ、おまえがレイプゲームで俺たちになついたことは知っているが、万一変な気を起こされちゃかなわんからな」

悠児は反対側の哲とともに彼女の腕を押さえながら言い聞かせた。

「料金所ではETC専用レーンを通るが、車が多いと並ばなくちゃならない。そのとき隣のレーンの車から見られてもいいように、口におまじないの札を貼ってやったというわけだ」

「ううっ……」

ガムテープで口を塞がれた悦美は鼻から低い呻きを洩らしたが、とうてい大声をあげられる状態ではなかった。彼女は男たちの処置によって、助けを求める手段を奪われてしまったのだ。

「さあ、この先から降りるからな」

先行するトラックは常総ＩＣと書かれた案内板に従って、左ウインカーを点滅させながら本線を離れようとしていた。

リムジンもトラックのあとに随《したが》って出口に向かうランプに進入した。大きなカーブに沿ってほぼ一周すると料金所であるがＥＴＣ専用の出口レーンは無人で、しかも男たちにとって幸いなことに、車を停止させなければならないような渋滞はなかった。

それで、リムジンは易々《やすやす》と高速を出て一般道に入ったが、哲と悠児は悦美の腕を摑む手を緩めなかった。むしろ一般道を走っているときのほうが人や他車と接近することが多く、怪しまれないために細心の注意が必要だったのである。

トラックとリムジンが降りた常総ＩＣは北から南に向かって並行する鬼怒川《きぬがわ》と小貝川《こかいがわ》に挟まれた地域にあった。リムジンとトラックは相前後して交通量の多い国道を北上したが、五、六キロ行ったところで脇道にそれて田んぼの広がる田園地帯へ入っていった。先導するトラックの運転手は土地勘があるのかそれともカーナビに導かれているのか、迷ったり大きな車体をもてあましたりすることなく幾つかの角を曲がり、ついに小貝川のほとりに出た。

そのあたりは人影もほとんどなく、悦美に乗り換えをさせるのに絶好のロケーションをなしていた。

やがてトラックは川沿いの一地点に停車し、後続のリムジンもその後ろにぴたりとつけた。

すぐにトラックからドライバーが降りてきたが、悦美は運転手の姿を見て意外の感に打たれた。

（えっ、女？）

トラックの後ろに回ってドアを開けようとしている運転手はまさしく女性だった。上下水色の作業着をつけて、髪を肩まで垂らしている。年齢はまだ三十に達していないようであった。

しかし、驚いている暇《いとま》もなく、彼女はすぐに恐怖に捉えられた。荷物室に閉じ込められたら最後、もうだれからも助けを期待することができなくなってしまうのだ。

「さあ、乗り換えるんだ。村木、おまえはトランクから女の荷物を出してトラックに移せ」

トラックの後部ドアが開くと哲と悠児はいやがる悦美をリムジンから引きずり出した。そして左右から両脇をがっちり固めてトラックのところに引っ張っていった。

「ううっ……うひっ！」

悦美は、ガムテープで塞がれた口から呻きを洩らしながら懸命にあと退《ずさ》りをしようとした。だが、後ろ手錠をかけられているのでほとんど抵抗らしい抵抗はできず、たちまち荷台の後ろに連れていかれてしまった。

「ご苦労。首尾は上々ね」

女は哲と悠児が悦美を引っ立ててやってくると彼らをねぎらった。男たちからボスと呼ばれるだけあって、女だてらに堂々とした態度であった。

しかし、顔立ちは整っているが高慢そうな表情をしたその女は悦美をじろりと睨みつけ、容赦のない口調で言った。

「おまえが悦美ね。あとで私がみっちりお仕置きをして、どんな男のケツの穴でも悦んで舐めるマゾ牝に仕込んでやるよ」

「……！」

悦美はぞっと背筋を凍らせた。三人目の仲間が女性だと知ったときは何となくほっとしたものだが、哲の言ったとおり彼女はむしろ男以上に質《たち》が悪そうであった。

「さあ、ぐずぐずしてないで片付けておしまい。だれかに見られたら大変だからね」

トラックは荷台の後端に昇降機を備えていた。荷物の積み下ろし作業を楽にするためのエレベータである。哲と悠児は悦美を連れて地上に下ろされている昇降機の鉄板の上に乗った。

すぐに女がリモコンを操作して板を上昇させ、荷台の面と同じ高さにした。

「ほらっ、入れ。新居でゆっくりくつろぐんだ」

「うひいっ、ひやあ（いやあ）」

悦美は男たちに押され、つんのめるようにして荷台の内部に入った。こうして悦美は四トントラックの荷物室に閉じ込められ、行く先の知れぬ恐ろしい旅に連れていかれることになったのだ。

女は悦美が男たちといっしょにアルミの箱の中に入るのを見届けると、観音開きのドアを閉めて、昇降機を荷台の下に格納した。

「村木、今回の手間賃よ」

女はポケットから封筒を取り出し、運転手の村木に手渡した。犯罪の協力者への褒賞金である。

「またよろしく頼むわね」

「へ、へい……」

村木は渋々返事をしながらも、金の入った封筒を急いでポケットに入れた。悪事に加担するのはあまり気が進まなかったが、さりとて金の魅力には勝てなかったのだ。

女は村木に金を渡すとさっさと運転席に戻り、慣れた手つきでトラックを発進させた。そのあとを村木の運転するリムジンがついていったが、来たときのように車間距離を縮めず、むしろ疫病神が早く遠ざかってくれるのを待っているかのように、ずっと後ろをのろのろと走っていった。

2

「どうだ、悦美？　広くて快適だろう」

悠児は床にうずくまっている悦美の肩を摑んで顔を上げさせ、狎《な》れなれしい口調で訊ねた。

「う、ううっ……」

悦美はガムテープで塞がれた口から呻きを洩らしながら、恐るおそる周囲を見回した。

扉が閉められて外の世界から遮断されても、密閉された空間の様子は目で確認することができた。天井にLEDライトが取り付けられ、内部を明るく照らしていたのである。

たしかに、四トン車の荷台をベースとした空間なので、広々としていて横になることも立って歩くこともできそうであった。

車内の二カ所に床から天井まで届くステンレス製ポールが立てられているのは、走行中に立ち歩くときにそれを摑んで体を支えるためであろう。

そして、床には仰向けになって手足を大の字に開いてもあまるほど大きなマットが据えられ、壁際には三脚の椅子がしっかりと固定されている。

だが、果たしてそこが快適かどうかとなると話はまったく別であった。

彼女は二人の強姦魔とともに密室の中で過ごさなければならないのだから。しかも、リムジンに乗っているときに比べて空間的な制約がないということは、彼らが予告したようにさまざまな体位で犯されたり辱めを受けたりすることを意味していた。

事実、マットや椅子には革のベルトが付属しているし、壁からは何本もの縄がぶら下がっている。それらの縄や革ベルトが荷造り用のロープやシートベルトでないことは確かであった。

「どうやら高速に入ったようだな」

しばらくすると、哲が外の気配を窺って言った。

アルミで囲まれた荷物室の中からは外の景色を見ることができなかったが、トラックが高速に入ったことは車の動きで推察することができた。一般道にいるときのように曲がったり停止したりせず、スピードを上げたまま一定の速度で走るようになるからである。

事実、トラックはもとのインターチェンジに引き返して再び圏央道に乗り、さらに西を目指して快走しはじめていた。

「これで一安心だぜ。事故でも起こさないかぎり、トラックの中に女が閉じ込められているなんてことはばれないからな」

「少し楽にしてやるか」

「ああ、女もどうせハメられるなら、チンポを存分に味わって思いきりよがり泣きをしたいと思っているだろう」

男たちはそんなふうに言葉を交わしながら、悦美の顔や頭から帽子、サングラス、マスクなど変装用の小道具を取り外していった。そして、口をぴったり覆っていたガムテープも剝がしてやった。

これで悦美はもとのように口をきけるようになったが、今となってはいくら悲鳴をあげても徒労に終わることを知っているので、黙ってため息をつくばかりだった。

男たちはさらに手錠も外してやったが、これは親切から出た行為ではなく、むしろ彼女を徹底的に辱めるためのものであった。

「ほらっ、脱げ！　着ているものを全部脱いで、頭のてっぺんから足の先まで素っ裸になるんだ」

哲と悠児は命令するだけでなく、二人がかりで悦美の体から着ているものを剝ぎ取った。すでにパンティとストッキングを脱がされている彼女はワンピース、ブラジャー、ビスチェなどを奪われると正真正銘の素っ裸になってしまった。

「ヒューーッ！　むちむちの肉体だな」

哲は全裸に剝かれた熟女の肉体をじろじろ見ながら感心したように口笛を吹いた。

恥ずかしくて床にうずくまろうとする悦美の髪を摑んで顔を上げさせ、深い谷間を作っている乳房をじろじろと覗き込んだ。

「ヒヒヒ、プリプリのおケツに、ゆっさゆっさ揺れるパイオツってか。ケツ揉みも乳揉みもやりたい放題だ」

悠児も熟女の豊満な裸体を見て興奮の面持《おも》ちを隠せなかった。彼は後ろから左右の臀丘に手をかけると、供え餅のように肌理《きめ》細かな尻朶を開いたり閉じたりして、性器やアヌスが見え隠れする様子を愉しんだ。

「レイプゲームの第二ラウンドは、悠児にハメられて、俺のペニスをおしゃぶりするという約束だったな」

「ううっ、そんな約束なんかしていないわ」

「両方にハメられて両方のペニスを咥えてみなければ、サイズを比べることができませんと言っただろう」

「あうっ、それはあなたが勝手にきめつけただけで……」

「ヒヒヒ、嘘をつくんじゃねえぞ。男のチンポをあれこれ品定めしたり味わったりするのがツアーの一番の愉しみだったんだろう。男日照りの淫乱女《スケ》の望みをかなえてやろうっていうのに、何が不満なんだ」

「ううっ、バイブを使った変態的なセックスじゃ……」

「こいつめ、まだ贅沢を言うのか。ローターとチンポの二重攻撃を食らって、気違いみたいにわめき散らしたのはいったいだれなんだ。イクときの顔もしっかり見てやったぜ」

「……」

意地悪く問い詰められると悦美は顔を真っ赤にしてうつむいた。たしかに悠児の指摘したとおり、彼女は倒錯的なセックスに激しく乱れてあられもないよがり声を何度もあげてしまったのだ。

「少し痛い目に遭わせてやるか。この女はマゾだし、どっちみちボスからお仕置きをされるんだから、その前にＳＭに馴れさせておいてやろうぜ」

「！……」

悦美は哲の言葉を聞いてぎょっとした。変な意地を張ったことを後悔したが、もうあとの祭りであった。

「よし、それなら俺が仕込んでやろう。マゾ牝調教は俺も大好きだからな」

悠児は立ち上がると、運転席寄りの壁際に固定してある大きな木箱の中から一本の革鞭を取り出した。

「あわわっ、そんなものがあるなんて！」

「ヒヒヒ、この車はおまえのような淫乱女《スケ》を監禁調教するために改造してあるんだ。つまり、責め具は何でも積んであるってことさ」

悠児は悦美の怯える様子を面白そうに見ながら自慢げに言った。

「あわっ、いやよ……来ないで！」

鞭を構えた悠児が近づくと、恐怖に駆られた悦美は哲の手を振り払って立ち上がった。

「ヒヒヒ、立ち上がってどこへ逃げようっていうんだ。いうことをきかないと、もっと痛い目に遭うぞ」

――ピシーン！

「ひゃあっ！　いやよぅ！」

相手から離れようと後ろを向いた途端、鞭が素っ裸の尻に打ち込まれた。悦美は肌を灼き焦がす痛みに度を失い、車内をやみくもに逃げ回った。

だが、閉ざされた空間の中では直線的に遠ざかることは不可能で、逃げるためには同じ場所を往ったり来たりして鞭を避《よ》けなければならなかった。悦美は揺れる車内でよろけそうになりながらポールを頼りに移動し、少しでも鞭の射程から離れようと試みた。

「どうした、マゾ牝？　ぐずぐずしていると、おっかない鞭がプリプリのケツにぶち当たるぜ」

鞭を手にした悠児は悠揚として迫らぬ足取りで悦美のあとについて歩きながら、いやらしげな口調で脅した。

「素っ裸の女を追いかけるんだから、男も裸にならなくちゃ不公平だな」

悠児は思いついたように途中で服を脱ぎはじめた。

「一枚脱ぐごとに一発仕置きをしてやろう」

悠児はジャンパーを脱ぎ捨てると巧みなフットワークで車内を移動し、懸命に逃れようとする悦美の細腰に鞭を炸裂させた。

――ピシーン!

「あひゃーうっ!」

「今度はTシャツを脱ぐぜ」

悠児は立ち止まってシャツを首から引き抜いた。そんなことをしていても、悦美がどこにも逃げられないことを知っていたのだ。彼は上半身裸になると、すぐに悦美をコーナーに追い詰めた。

――ピシーン!

「ひゃーっ、痛ぁっ!」

「ヒヒヒ、男は裸になれば野獣の本能が甦《よみがえ》ってくるんだ」

悠児は苦痛に顔をしかめる悦美を見つめながら、ニタニタ笑ってうそぶいた。

「待っていろよ。今からズボンとパンツを脱ぐからな」

「あ、あうっ……もうやめて！」

「ほらっ、見ろ！　おまえがリムジンの中で夢中になっておしゃぶりしたチンポが、またこんなに元気になったぜ」

ズボンもパンツも脱ぎ捨てた悠児は、股間のペニスを高々と勃起させていた。だが、恐ろしい鞭を手にしているだけに、彼の全裸姿は悦美にとって恐怖の対象以外の何ものでもなかった。

「さあ、これで野獣の本能が全開になったぜ」

悠児はぎらぎらした目で悦美を見据えながら言った。彼自身鞭を使っているうちにサディスティックな興奮をわき上がらせたのである。

「ズボンとパンツをいっしょに脱いだから、今度は二発だぞ」

「いひっ、いやっ！　寄ってこないで……」

悦美は必死に逃げ場所を探した。だが、後ろに下がれば壁際に追い詰められるし、前に飛び出して悠児の鞭をかいくぐることも不可能である。彼女はポールを握ってそれを盾にしながら、ビクビクと悠児の出方を窺った。

「ヒヒヒ、こんなときでも俺のチンポをチラチラと見ているな。早くハメられたいのか」

「ち、違う……」

「だが、あいにくだな。今度はチンポにありつく前にお仕置きをされなくちゃならねえのさ。二度と逆らう気を起こさなくなるまでぶちのめしてから『おチンポを恵んでください』と言わせてやるぜ」

「うひいっ、いやよう……ひゃあーっ！」

悠児が右側に一歩踏み出したのを見て、ポールを盾に懸命に左に回ろうとする尻をめがけ、振りかぶった鞭が炸裂した。以前とは比べものにならないほどの痛みを肌に感じ、悦美は悲痛な叫びをアルミの壁にこだまさせた。彼女は悠児が本気であると悟り、恐怖のどん底に突き落とされた。

「ほらっ、マゾ牝！」

悦美の後ろに回り込んだ悠児は彼女の髪を摑むと、マットに向かって体を突き飛ばした。

そして、倒れ込む彼女の後ろから二発目の鞭を見舞った。

――ピシーン！

「ひぃーん！　痛あーいっ！」

悦美はベッドに突っ伏して泣き叫んだ。もはや逃げる気力も失せ、マットをかき抱《いだ》いて痛みに身を震わせるばかりであった。

「よし。ふん縛《じば》ってしまおうぜ」

哲が壁に吊るされた荒縄を手にして悠児に合流した。彼も着ているものをすっかり脱ぎ、悠児同様ペニスを生々しく聳え立たせていた。

二人の男は悦美をベッドの上に引き据え、首から胸、鳩尾《みぞおち》へと縄をかけていった。彼らはSM緊縛の心得があると見えて、たちまち乳房を亀甲形にくびり出し、左右の腕を固めて後ろ手に縛り上げてしまった。

「うつ伏せになってケツを持ち上げろ。さっさとするんだ、マゾ牝！」

――ピシーン！

「うひゃっ！」

厳しい命令とともに革鞭が容赦なく打ち込まれ、悦美は悲鳴をあげながら言いつけに従った。

後ろ手に緊縛された肉体をベッドに突っ伏したまま膝を立て、素っ裸の尻を宙に持ち上げた。彼女は剝き出しの性器を男たちの視線に晒しながら、彼らの股間に聳え立つペニスを味わうためには苦痛と屈辱を伴《ともな》う仕置きを受けなければならないと悟ったのである。

第四章　走る監禁調教室《ダンジョン》

1

「悠児、この牝にシートベルトは必要か」

「そりゃ、必要に決まっているじゃねえか。ここは車の中だからな」

悠児は哲に話を振られると、すぐに意味を悟って皮肉っぽく返事をした。

「しっかりシートベルトをかけて、体を安定させてやろう」

男たちはベッドの隅に付属した革ベルトを悦美の足首に巻きつけ、左右に引っ張った。

「ううっ、恥ずかしい格好をさせないで……」

悦美は泣くような声で哀願したが、抵抗することもできないですぐに左右の脚を引き離されてしまった。

「うん。これで車が多少揺れてもだいじょうぶだ」

「ヒヒヒ、牝穴もケツ穴も丸見えだ」

「フフフ、見れば見るほどプリプリしたケツだな。こんなにでかくて形のいい尻を見るのは初めてだ」

悠児と哲はニヤニヤ笑いながら全裸の緊縛囚を見下ろした。うつ伏せのまま膝を立てた悦美の肉体は宙に浮いた尻の大きさがいっそう強調されて観察者の目を大いに惹きつけた。

「しかも、マゾっ気じゅうぶんで『欲情牝のおケツを早く打ってください』と差し出しているようだぜ」

（ううっ、欲情牝だなんて！　差し出しているんじゃなくて、あなたたちに命令されて、しかなく恥ずかしいポーズをしているのに……）

悦美は口惜しさに唇を噛んだ。そして、嫌々をするように尻を揺すり立てた。だが、皮肉なことに、その仕種は男たちの目には正反対の意思を表すように映った。

「ヒヒヒ、やっぱりマゾの欲情牝だぜ。ケツを振り立てて催促しているじゃねえか」

「うひいっ、違うのに……」

悦美は苦しげに呻いた。彼女は男たちに意地悪く言葉嬲りをされ、今にも泣き出しそうであった。

「おねだりをしているのは鞭か、それともペニスか。二者択一で返事をしてみろ。どっちでもないという選択肢はないぞ」

悠児に代わって哲が革鞭を握り、緊縛裸囚に向かって意地悪く問いかけた。

「あうっ、そんな！」

「そりゃ、哲！　悦美が可哀想だぜ」

悠児が口を挟んだ。だが、彼は悦美に同情しているのではなく、いっそうの屈辱を味わわせようとしているのであった。

「鞭か、チンポか、それとも鞭とチンポの両方か、という三択にしてやらなくては返事のしようがねえだろう」

「フフフ、そのとおりだな。じゃあ、悦美！　その三択で返事をしろ」

「ううっ、虐めないで……」

「返事をしないのなら、さっきのローターをケツの穴に埋め込んでやるぞ」

「この車にはピンクローターよりもっと強烈なバイブが積んであるんだぜ。そっちを使ってやろうか」

「ひいっ、やめて！　やめてください！」

「じゃあ、返事をしろ」

「お……お、おチンポを、ハ……ハメてください」

悦美は声を震わせながら、途切れとぎれに屈辱的な懇願をした。

「ヒヒヒ、こいつは愉快だ。美人の社長さまが『おチンポをハメてください』ときたぜ」

「そりゃ、無理もあるまい。第一ラウンドでそう言ったのだから。言い方を変えちゃ、ハメてもらえないと思って必死なのさ。つまり、ハメられたい一心でレイプゲームの決まりを守っているわけだ……そうだな、悦美？　俺にハメられるときも同じ台詞を言ったな」

「い、言いました」

「だが、おまえの返事は選択を間違えているぞ」

「間違ってる？……ひいっ、いやっ！　鞭なんか選びたくない」

悦美は哲の意を悟ると狼狽《うろた》えたように悲鳴をあげた。

「フフフ、悠児が予告しただろう。第二ラウンドはみっちりお仕置きをしてから『男日照りの淫乱熟女におチンポを恵んでください』と言わせてやると」

「ヒヒヒ、そのとおりだぜ。せっかくぶっ太いのをハメてやろうっていうのに、変態セックスはいやだとか我が侭《まま》をぬかしやがって。そういう生意気な女《スケ》に自分の立場をわからせてやるためには、痛い目を見させるのが一番だ」

「わかったか。正しい選択肢はペニスと鞭の両方をおねだりすることだ」

「うひいっ、鞭は堪忍！　どうか、もう打たないで」

悦美は緊縛された裸体を懸命に揺すって哀願した。だが、哲は無防備な緊縛裸体を見下ろしながら自信たっぷりにきめつけた。

「おまえが打たれ好きなマゾだってことは、リムジンの中で確認済みだ。俺に平手でケツを打たれてマゾ蜜をこぼしたのだからな……そらっ！」

――ピシーン！

「ひぃーん！　お尻が灼《や》けるぅ」

「フフフ、マゾよがりの声が何とも悩ましげだぜ」

「よがってなんかいないのに……ひゃいーっ！」

懸命に打ち消す間もあらばこそ、反対側の臀丘をしたたかに打たれてまたしても悲鳴をあげた。

「こういう格好で打たれると、マゾ奴隷になった気分を満喫できるだろう」

哲は悦美を見下ろしながら意地悪く話しかけた。

「乳房を亀甲掛けされて後ろ手に緊縛され、牝穴の丸見えになっているケツを俺に差し出しているというわけだ」

「……………」

哲の言葉によって、悦美は己《おのれ》のあさましい姿を意識させられた。まさしく彼の言うとおり、彼女は鞭を打たれるために素っ裸の尻を高く持ち上げているのであった。しかも、左右の足首を革ベルトに引っ張られているために双臀を大きく割り開き、性器もアヌスも丸見えの格好を強《し》いられている。

「ゾクゾク興奮しながらマゾ奴隷の気分を味わっているんだろう」

「ううっ、嘘よ。そんな気分なんか味わっていないわ」

「さっきのようにケツを振れ」

――ピシーン！

「あひーん！」

湿った音を立てて革鞭が打ち込まれると、悦美はたまらず悲鳴をあげながら双臀をこねくり回した。実際、彼女は肌を灼き焦がす痛みにじっとしていることができなかったのだ。

「さて、もう一度質問だ。ケツを振って何をねだっているんだ」

「お、おチンポを……」

「それはもう聞いた。あと一つは？」

「うひいっ、鞭なんかねだっていません」

悦美は泣き声で否定した。たしかに、ペニスを欲しがる気持ちはないと言えば嘘になるが、鞭打ちをねだる気持ちなど針の先ほどもなかった。

「フフフ、いくらS&V社のツアー客でも、自分が鞭打ちの好きなマゾだなんてなかなか言い出せないからな。だから、俺たちツアコンが客の気持ちを察してひそかな欲望をかなえてやろうというんだ。さあ、おねだりをしてみろ」

「いやっ！　言わないわ……」

「自分がどんな格好をしているかわかっているだろう。俺がその気になれば、もっと痛い場所も打ってやることができるんだぞ……どうだ、ここを打たれたいか」

哲は鞭の革ヘラで性器とアヌスの連なる媚肉地帯を掃き撫でた。

「ひいっ、そんなところを打たないで！　性器やお尻の穴だけは打たないでください」

悦美は恐怖に駆られて叫んだ。粘膜の上を這い回るヘラのぞっとするような触感で、敏感な急所を無防備に晒していることを実感したのだ。

「じゃあ、返事を聞かせろ」

「ああうーっ！　お尻を……お尻を鞭でお仕置きしてください。でも、お尻の穴と性器は絶対に打たないって約束して」

「約束だと？　淫乱牝が何様のつもりだ」

――ピチィーン！

「ひゃいーん！」

言わずもがなの台詞はかえって哲のサディスティックな情欲を刺激し、悦美の恐れていたアヌス打ちを実際のものとした。それは悶死するかと思えるほどの激烈な痛みをアヌスの媚肉にもたらし、哀れな犠牲者に車内じゅうに響く甲高い悲鳴をあげさせた。

「ヒヒヒ、言葉には気をつけな。生意気なことを言うから哲にお仕置きをされたんだぜ」

悠児が泣き悶える虜囚を見下ろしながらおためごかしに忠告した。さらに、鞭を握った哲が畳みかけるように問い質《ただ》した。

「どうだ、おまえは鞭打ちの好きなマゾ牝か」

「ううっ、うひっ、マゾ牝です……悦美は、鞭打ちの好きなマゾ牝です」

アヌスも性器も丸見えの緊縛裸体を男たちの目に曝した悦美は、目に涙をため込んで屈従の返事をした。

「鞭を打たれてマゾの悦びを感じたいんだな」

「ううっ、感じたいです。どうか、鞭でお仕置きをして、マゾの悦びを感じさせてください」

「ケツの穴も打たれたいんだな」

「ひーっ、お許しぃ！　お許しくださぁい！」

悦美は恐怖に駆られて叫んだ。アヌスを一発打たれただけで、その痛みが言語を絶するものであることを知ったのだ。完全に屈服した彼女は言葉遣いも卑屈なものになっていた。

「お二人さまのいうことを何でもききます。どんな言いつけにも逆らいませんから、お尻の穴を鞭でお仕置きするのは堪忍してください」

「お二人さまとは、だれとだれだ？」

「て、哲さまと悠児さまです」

すっかり卑屈になった悦美は憎むべき強姦魔たちに敬称をつけて返事をした。

「ボスが言っていただろう。おまえをどんな男のケツの穴でも悦んで舐める奴隷に躾けてやると。覚えているか」

「ううっ……」

「俺たちの奴隷になってケツの穴を舐めるか」

「な、なります。悦美は哲さまと悠児さまの奴隷になって、お二人に命令されたら、悦んでお尻の穴を舐めます」

「その言葉を忘れるんじゃないぞ。ちょっとでも変な気を起こしたら容赦をしないからな」

「ヒヒヒ、哲！　この女《スケ》はかなりのマゾだから、口では怖がっていても内心では打たれたがっているかもしれないぜ」

「それを察してやるのが俺たちツアコンの役目ってわけだな……悦美！」

「は、はい！　哲さま」

「おねだりをつづけろ。ケツの振り方を俺が見て、アナル打ちをねだっていると判断したら、望みどおりそこを打ってやる」

「そんな！　一方的にきめつけるなんて……」

「哲に気に入られるように、うんといやらしく振るんだぜ。嫌々ながらやっていると、即座にケツの穴をお仕置きされるからな。もっとも、興奮しすぎてマゾっ気たっぷりに振ると、今度はケツの穴の鞭打ちをおねだりしていると思われるぜ」

「ううっ……」

悦美は絶望の呻きを込み上げさせた。どのみち恐ろしい仕置きを免《まぬか》れることは不可能なのだ。

だが、男たちに屈服した命令に従うよりほかなかった。彼女は恐怖と恥ずかしさに胸を締めつけながら、高く持ち上げた双臀をクネクネと振りはじめた。

2

――ピシーン！

「ひいっ！」

四トントラックは高速道路を走りつづけているが、周囲の車はアルミで囲まれた荷物室に三人の男女が収容されていることにまったく気づかなかっただろう。ましてや、残虐なＳＭ調教が行なわれていることなど。

――ピチィーン！

「おひぃーん！　かんにぃーん！」

悦美の予感は不幸にも的中した。哲は揺れる車内でポールを支えに悦美の後ろに立ち、素っ裸の尻に何発もの鞭を見舞ったが、数発に一発は無防備にさらけ出された双臀の谷底に打ち込んだのである。

――ピチィーン！

「ひぃーん、哲さまあ！　お許しくださぁーい！」

悦美は強烈な痛みに泣き悶えながら、恐ろしい仕置き人に向かって哀願した。すっかり服従した彼女は、言葉遣いも奴隷を彷彿させるように卑屈なものに変わっていた。

「うっ、うっ、うひっ……」

全裸の緊縛姿でベッドにうつ伏せになった彼女は呻きを込み上げさせながら、高く持ち上げた尻を懸命に振り立てた。その仕種は哲に向かって許し乞いをしているともご機嫌取りをしているともつかなかったが、一メートル以上のヒップサイズを誇る白い肉塊がぷるぷると震えるさまは巨大なマシュマロを想わせ、ヌルヌルに濡れそぼった性器や飴色の皺を集めるアヌスなどとともに男たちの目をじゅうぶんに愉しませた。

「悦美、ケツ振りダンスがよく似合っているぜ」

悠児がニヤニヤ笑って声をかけた。彼も哲も裸囚の泣き悶える姿を見てサディスティックな興奮を大いに催し、硬く勃起したペニスの先から淫液をあふれさせていた。

「マゾねだりが上手《うま》くなったおかげで、ちゃんと哲が察して鞭をケツの穴に当ててくれるだろう」

「ううっ、おねだりなんかしていないのに……」

悦美は低く呻いたが、悠児にからかわれても卑屈な仕種をやめようとしなかった。そうしなければならない立場にあるし、また彼女自身名状しがたい興奮に駆られて尻を振り立てずにはいられなかったのだ。

——ピチィーン！

「おひぃーん！　もう死ぬぅ！」

またしても急所の媚肉を打たれ、哀れな囚人は激しく身悶えた。とはいっても、後ろ手に緊縛されている身では、むちむちした尻肉をいっそう激しく揺らすことしかできなかったが……。

「ヒヒヒ、ケツ悶えも見応えがあるぜ」

悠児は下品な言葉で悦美の身悶えるさまを表現した。

「悦美、おまえはケツ悶えをしているのか。ほれ、ちゃんと悠児さまといって返事をしてみろ」

「うひっ、うひいっ……おっしゃるとおりです、悠児さま。悦美は哲さまにアヌス打ちのお仕置きをされて、おケツ悶えをしています」

「フフフ、雰囲気たっぷりのマゾ奴隷に仕上がってきたな」

悦美が半分泣きながら卑猥な語句を復唱すると、哲はようやく鞭の手を休めて満足げに笑った。

「鞭の味を覚えたか、マゾ牝？」

「覚えました。奴隷悦美は鞭の味を覚えました」

「鞭の味を覚えてどうなったんだ」

「ううっ、興奮しておつゆをいっぱいこぼしました」

悦美は正直に告白するよりほかなかった。鞭を打たれている最中に淫蜜があふれ出てきたことは男たちの目にしっかり捉えられていたのだ。

「マゾ奴隷は鞭を打たれると、何が欲しくなるんだ」

「ああっ、おチンポが欲しくなってしまいます……ど、どうか、哲さまのオチンポを悦美の口にお恵みください」

「ヒヒヒ、その台詞が言いたくてウズウズしていたんだろう」

「おっしゃるとおりです。悠児さまも、どうか男日照りの淫乱熟女の牝穴に太いおチンポを恵んでください」

悦美は自分を卑下しながら懸命に訴えた。男たちに向かってあられもない言葉でペニスをねだる恥ずかしさと情けなさは言葉に尽くせなかったが、反面そのような台詞を言うことによってマゾの興奮がいっそう昂《たかぶ》ってきた。いわば、彼女は男たちの仕掛けたレイプゲームにすっかりはまってしまったのである。

「フフフ、それほど飢えているなら恵んでやろう。ありがたくちょうだいしろ」

哲は恩着せがましく言うと、マットの上に突っ伏している悦美の前に胡座《あぐら》をかき、髪を摑んで顔を上げさせた。

「ほらっ、『いただきます』と言え」

「い、いただきます。哲さまのおチンポをいただきます……あむ、ぺろ」

ようやくフェラチオを許された悦美は、胡座をかいた股間から聳えるペニスに舌を絡めた。恐ろしい鞭打ちの仕置きを受けたあとで行なうフェラチオは、マゾヒスティックな興奮をかき立てられた彼女にとってひとしおの味わいがあった。悦美はともすれば突っ伏してしまいそうな上体を哲に支えられながら、硬く勃起したペニスに覆いかぶさるようにして亀頭や肉竿に舌を絡めた。

「あむ、ぺろ……あむ、ぴちゃ」

「縄で縛られてペニスをおしゃぶりするのは好きか」

「うっ……す、好きです」

悦美は一瞬躊躇《ためら》ったが、思い直したように小さな声で返事をした。実のところ、手を用いることができない状態にもどかしさを感じていたのだ。裸体に亀甲掛けをされて後ろ手に縛られているために、自分主導のフェラチオを行なうことができなかったからである。

だが、相手主導のフェラチオも別の意味で彼女を興奮させずにはおかなかった。髪を摑んだ哲に引き回されて彼の好みの箇所を舐めさせられると、肌に食い込む荒縄の痛みとともにマゾヒスティックな情感が沸々とわき上がってきた。

「あむ、ぺろ……奴隷になったような気がして、ドキドキとスリルを感じます」

「ヒヒヒ、奴隷になったような気がするんじゃなくて、おまえは本当に奴隷になったんだよ」

悦美がおずおずと説明すると、悠児がいやらしげに笑いながら口を挟んだ。

「しかも、おまえは責め甲斐のあるマゾ奴隷だってことだ。哲に打たれてヒイヒイ泣きながらケツ悶えをする様子は見応えじゅうぶんだったぜ」

「まったくだ。ケツやおっぱいが大きすぎると感度が悪くなるというが、悦美は感度良好だ。それもマゾの感度ってやつが」

哲も笑って悠児に応じた。マットの上に胡座をかいた彼は悦美の頭髪を摑んで上体を支えてやりながら、もう一方の手を乳房に伸ばした。悦美は前屈みで哲の股間に顔をうずめるようにしてペニスを咥えているので、荒縄によってくびり出された巨きな乳房は下からの支えがなく、宙でぶらぶらと揺れていた。

「こっちの感度はどうだ」

「あひゃっ！　ひゃむうっ！」

男の指に乳首を思いきりつぶされると、悦美はペニスを咥えた口からくぐもった悲鳴をあげた。

「うん、巨乳の感度も上々だ……悠児、クリップを取ってきてくれ。悦美は緊縛フェラが好きだと自分でも認めるマゾだから、それに相応《ふさわ》しい扱いをして悦ばせてやろう」

「ヒヒヒ、今度は泣いて悦びながら乳悶えをするってか」

悠児は早速哲の注文に応じて木箱から乳首嬲りのための小道具をもってきた。長さ二十センチほどの細いチェーンで、両端にクリップが取り付けてある。クリップの鰐口を開いて乳首を挟むと、強力なバネによって苦痛を与えることのできるSMアクセサリーであった。

「そら、指で挟まれるよりも、もっとマゾの気分を味わえるぞ」

「あむ、わっ！　ひゃむーん！」

クリップの鰐口に右側の乳首を挟まれると、悦美はあまりの痛さに身を捩って泣き悶えた。だが、クリップは二個セットであるし乳房も二つあるので、残りの一個が左側の乳首にはめられるのは必然の成り行きであった。

「おひっ、おひーん！」

「フフフ、早速乳悶えをはじめたな。こうされると、ますます奴隷になった気分がしてくるだろう。おまえは乳首責めのお仕置きを受けながらペニスのお舐め御奉仕をする奴隷だ。どうだ、わかったか」

「ひいっ、わかりました。悦美は哲さまのペニスをお舐め御奉仕する奴隷です」

「身を入れて御奉仕をしないと、もっと乳悶えをさせるぞ」

「ひっ、ひっ、一生懸命に舐めます！　あむ、ぺろ、あむ……」

悦美は身悶えながらもグロテスクなペニスに懸命に舌を絡めた。後ろ手に緊縛されている彼女はいったん責め具を取り付けられると、もう自分では外すことができなかった。彼女にできることは、せいぜい哲の機嫌を取って情けを期待するよりほかなかったのである。

「あむ、あむ……ぴちゃ、ぺろ」

「そっちが巨乳なら、こっちはメガヒップってところだな。こうやって宙に浮かせているのを間近で見ると迫力満点だぜ」

哲の相棒は悦美の後ろにしゃがみ込むと、両手で尻を割り開きながら今さらのように感嘆の声をあげた。

たしかに悦美のヒップは一メートル以上のサイズがあって腰がほどよくくびれているために、前屈ポーズで膝を立てるとむちむちした肉塊が悠児の視界いっぱいに迫って、いかにも蠱惑《こわく》的な雰囲気を醸し出した。

「しかも、鞭を打たれてぷっくり腫れ上がっているから、ますますでかく見えるぜ」

そう言いながら、平手でピタピタと打ち嬲った。悦美は後ろ手に緊縛されて革ベルトに両脚を拡げられているので、尻をオモチャにされてもどうすることもできず、咽喉から微かな呻きを込み上げさせばかりだった。

「まだ痛いか?」

「ヒリヒリします……あむ、ぺろ」

悦美は悠児に問われると、赤く浮腫《むく》んだ双臀をぷるぷると揺らした。肌をピンクに染めた巨きな肉塊が悩ましげに揺れるさまはいかにもマゾの哀感を表現しているようで、悠児の情欲を刺激せずにはおかなかった。

「じゃあ、軟膏を塗ってやろう。痛みが和らぐようにな」

悠児は彼女の返事を待っていたかのようにチューブからクリームを押し出して手のひらに乗せた。彼は乳首責めのクリップといっしょにチューブも持ち帰っていたのだ。だが、彼はそれを鎮痛の目的で持ってきたのではなかった。

「ほらっ、気持ちいいだろう」

「………」

ヌルヌルした感触が臀丘の肌に広がり、悦美はほっとため息をついた。たしかにクリームを塗られると肌が滑らかになって痛みが和らぐような気がしたのだ。

だが、クリームを乗せた指はすぐに双臀の谷底にあるアヌスを撫ではじめた。

「あわむっ！　わむちゃ……」

哲の手に支配されて亀頭を咥えさせられた悦美は、ペニスと唇のあいだから狼狽と惑乱の叫びをほとばしらせた。クリームにまみれた指で菊蕾を揉みほぐされる触感は、彼女に鳥肌の立つようなおぞましさを覚えさせたのだ。

「ヒヒヒ、ケツの穴をだいぶ痛めつけられたからな。特に念入りに塗ってやらなくては痛みが消えないだろう」

悠児は、懸命に尻を揺らして嫌がる悦美を無視して、円を描くように菊蕾の周囲を撫で回した。そして、だんだん範囲を狭めながら圧力を強め、ついには窪みの中心に指先をめり込ませた。

「あむ、ひやあ！　ひやあーむ！……」

悦美は必死になって拒絶の意思を表そうとしたが、ペニスを咥えた口から明瞭な言葉を発することができず、ただ、双臀をヒクヒクと震わせるばかりであった。

「穴の中にもたっぷり塗ってやるぜ。奴隷になればここも使われるんだから、今のうちから慣れておくんだ」

「……！」

悦美は愕然とした。悠児の言葉によって、ヴァギナだけでなくアヌスも犯されることを知ったのだ。彼女は肛門の内部を動き回る指の感触に身を捩りながら、恐怖と絶望感に捉えられた。

だが、悦美には未来のことに思いを馳せてあれこれ心を痛めている余裕などなかった。現実に彼女は悠児の指に直腸の粘膜をえぐり回されておぞましい感覚に気を狂わされているのだから。

いや、それだけではない。彼女は乳首を挟むクリップの痛みにも苦しまなければならなかった。

こうして悦美は彼女のひそかな自慢である巨乳とメガヒップを男たちに嬲られながら、屈従の奴隷御奉仕であるフェラチオに精を出さなければならなかったのである。

3

「ぺろ、ぴちゃ……あひゃーむ！」

「マゾ牝！ケツの穴に気を取られて御奉仕をおろそかにすると、うんと痛い目を見るぞ」

マットの上にどっかりと胡座をかいた哲は、おぞましいアナル感覚に気もそぞろになっている悦美に向かって厳しく言った。

「舐めてばかりいないで根もとまで咥え込め。ディープスロートをするんだ」

「わひゃっ、こんなに太くて長いのを根もとまで咥えるなんて……」

悦美は哲のペニスを見下ろして尻込みするように言った。胡座をかいた股間からほぼ垂直に聳える肉竿は長さが二十センチに達するほどの巨根で、根もとまで咥え込むことはとうてい不可能のように思われた。

だが、言いつけに逆らうことのできない悦美は臆しながらも亀頭をすっぽり咥え、唇で太い肉竿を締め込みながら口を下方に移動していった。

そのとき、哲は髪の毛を掴んでいた手を離して、悦美の体の支えをなくしてしまった。

すると、ペニスを呑み込むために腰を曲げてぎりぎりまで前屈《かが》みになっている彼女は、胸からはみ出すほどの巨乳の重みにバランスを崩して哲の股間に突っ伏しそうになった。後ろ手に緊縛されている悦美は自分の力では折り曲げた上半身を支えることができず、哲の手だけが頼みの綱だったのである。

「あんむ……わ、わむ！……むぐう！」

悦美は肉竿を包む唇を懸命に窄めて踏みとどまろうとしたが、唾液と淫蜜にヌラヌラしたペニスは滑りやすく、彼女はずるずると体を前のめりにさせていっそう深くペニスを咥え込まされていった。

「ひゃひいっ！　ひゃんむーっ！」

太いペニスに口腔を塞がれる苦しさは並たいていのものではなく、悦美は必死にもがいて体を起こそうとした。だが、その途端に乳首に激痛が走り、彼女はペニスを咥えたまま哲の股間に突っ伏してしまった。乳首クリップのチェーンを指に巻きつけた哲がそれを思いきり下に引っ張ったのである。

「ひゃぐうっ！　ひゃんむぐーっ！」

ズキズキする痛みとともに、太い亀頭に咽喉を突き上げられる絶息感に襲われ、悦美はペニスを根もとまで呑み込んだまま激しく咽《むせ》んだ。

「フフフ……」

哲は数刻の間を置いてから悦美の髪を掴んで肉竿の中ほどまで顔を持ち上げた。

「むぐ、むひい……」

ようやく呼吸ができるようになった悦美はペニスと唇の隙間から涎をたらたらとこぼしながら、ゼイゼイと息を継いだ。

「しっかり舐めろ、牝奴隷！　上手に舌を絡めて俺を悦ばせるんだ」

「んむぐっ、あんむ……ひやっ！　ひゃんむーっ！」

悦美は言いつけに従って懸命に舌を太竿に絡めたが、哲は彼女の髪を掴んで前屈ポーズの上体を支えてやる一方で、指に絡めたチェーンをクイクイと引っ張って、クリップに噛まれる乳首の痛みを増幅した。

まさしく奴隷に堕とされた悦美はサディストの支配者である哲によって、ホルスタインにも匹敵する巨乳の感度を検分されているのだった。

だが、乳首の感じる痛みもさることながら、強制イラマチオの苦しみはそれに数倍するものであった。

「わひゃっ……あひゃあーっ！　ひゃんむうっ！」

再び哲の手が髪を離れ、指に巻いたチェーンがぐいっと引っ張られた。乳房ごと上体を前のめりにした悦美はバランスを失って哲の股間に突っ伏し、太くて長いペニスを根もとまで咥えさせられた。

「むぐ、むぐぐ……んぐうっ！」

悦美は咽喉もとまで突き上げる亀頭に息継ぎを絶たれ、目に涙を滲ませながら咽び喘いだ。

「どうだ、男日照りの発情牝？　久しぶりのペニスを存分に味わっているか」

哲はそうやって何度も悦美にイラマチオを強いながら、口がきけるまで頭を持ち上げてから訊《たず》ねた。

「うひいっ、味わっています、哲さま……奴隷悦美は太いおチンポをお恵みいただいて、心ゆくまで味わっています……あむ、ぺろ！」

悦美は声を掠れさせながら卑屈に返事をした。ペニスを咥えた口を亀頭まで戻された彼女は、息を切らしながらも懸命に舌や唇をカリの稜線や鈴口に這わせた。クリップとイラマチオの拷問に完全に屈した彼女は、哲のご機嫌を取って彼に悦んでもらうことしか念頭になかったのだ。

「哲だけじゃなく、俺のことも忘れてもらっちゃ困るぜ」

「忘れていません、悠児さま。悦美は悠児さまの指にお尻の穴を虐められて、さっきから気が狂うほど感じています」

悦美はヒクヒクと尻うごめかせて悠児の問いに返事をした。彼女はイラマチオの責めに遭っている最中もアヌスの指嬲りをされて、アブノーマルな感覚に悦虐心を昂らせていたのだ。そして、哲の責めが小休止すると、あらたに知ったアナル感覚への傾斜がいちだんと強まってきた。

「指でケツの穴を虐められるのがいいんだな」

「うひいっ、いいかどうかは……あわっ、二本も！」

悦美が同意を渋ると、悠児は人差し指と中指を束ねてアヌスに挿入し直した。潤滑用のクリームでヌルヌルになった菊蕾はいくら窄めても指の侵入を食い止めることができなかった。

「ひん、ひぃーん！　ああっ、気が変になりますぅ……おひーん、いいですぅ！」

悦美はたちまち屈服して快感を白状した。つけ根まで挿し込んだ二本の指で直腸の粘膜をえぐり回される感覚は背筋がぞっとするほど蠱惑的で、とうてい抗《あらが》うことができなかったのだ。しかも、彼女の置かれた状況はあまりにも異常であった。

前は上半身を亀甲縛りされて乳房を荒縄にくびり出され、クリップで乳首を苛《さいな》まれながら哲のペニスをねぶらされている。

そして後ろは小手高手に緊縛されたうえに革ベルトに両脚を開かされ、まったく無防備に双臀を浮かせているのだ。そんな状態で悠児の指に尻の穴を深く穿《うが》たれると、無抵抗な悦美は双臀をぷるぷる震わせて泣き悶えるよりほかなかった。つまり、彼女は倒錯的な悦虐感にすっかり溺れ込んでしまったのだ。

「ヒヒヒ、おねだりをしたくて、もうたまらないんだろう。例の『お恵みください』を言わせてやるぜ」

「あっ、はいっ！　お恵みください、悠児さま！　悦美に、太いおチンポをお恵みください」

悦美は哲にねだったときと同じ表現で悠児にもねだった。ツアーの目的が男買いであることを知られてしまっている悦美は、卑屈な台詞でペニスの挿入を懇願するよりほかなかったのだ。

「どっちの穴に恵んでほしいんだ。ケツ穴か、それとも牝穴か」

「あわっ、お尻の穴のセックスなんて、したことがないのに……ど、どうか、ヴァギナに！」

「おまえはケツの穴を虐められるのがいいですと言ったばかりだぜ。それなら『おケツの穴にチンポをお恵みください』とねだるのが筋だろう」

「うひいっ、お許しください！　お尻の穴を犯すのは、どうかあとにしてください」

「あとにしてくださいだと？　つまり、二つの穴にチンポを恵んでほしいんだな」

「わひゃっ！　ち、ち……違います！」

悦美は慌てて叫んだ。苦し紛れの台詞がさらに彼女を追い込んでしまったのだ。

「こんなに欲の皮の突っ張った女《スケ》を見たのは初めてだ。よほどチンポに飢えているらしいな」

悠児は悦美の尻を平手で一発打ちはたくと、わざと呆れたように言った。

「飢えているのか、男日照りの淫乱女《スケ》？」

「う、飢えています……」

「俺のチンポを両方の穴に恵んでもらいたいんだな」

「ううっ、おっしゃるとおりです」

「そういうことなら最初に牝穴にぶち込んでやるぜ。さあ、俺をその気にさせるように、もう一度おねだりをしろ」

「お、おチンポをお恵みください、悠児さま。牝奴隷悦美はおチンポが欲しくてたまりません。どうか、悠児さまの太いおチンポを悦美の牝穴に恵んでください」

悦美は自らを卑下してあさましい懇願を繰り返した。そして、いかにも物欲しげに、大きく桃割れした双臀をクネクネと揺らした。

「ヒヒヒ、チンポを欲しがるのも無理はねえな。とろとろに濡れているじゃねえか」

悠児はニヤニヤ笑って悦美の秘部をいじり回した。彼の言うとおり、無防備に晒された性器はラビアもクリトリスもとろりとした淫蜜でとっぷり濡れていた。

「ケツの穴をちょっといたずらされただけでこのざまだ。おまえは上の口も下の二つの穴もチンポを咥えるのが大好きな発情牝ってわけだ……そらっ！」

「あっ、あーん！」

悠児がペニスを勢いよく挿入すると、悦美は感に堪《た》えぬように掠れ声をあげた。鞭打ちとアナル嬲りですっかりマゾの興奮に染まった彼女は、ヴァギナを奥深く穿つペニスの感触にたちまち悦楽の情感をわかせたのだ。

「あっ、あいっ！……あぁーん！」

悠児が速射砲のようにペニスを繰り返し撃ち込むと、悦美は尻をヒクヒクうごめかせてあられもないよがり声をあげた。激しくピストン運動をする極太ペニスの胴部に膣をえぐられ、あるいはまたカリ高の亀頭に子宮を突き上げられる感触は脳天が痺れるほど官能を刺激した。

「おひいっ、太いおチンポがいいですぅ！」

「聞いたか、哲？　この女《スケ》はおまえのチンポより俺のチンポのほうがいいんだそうだ。リムジンの中じゃそんなことは言わなかったからな」

悠児は自慢げに哲に向かって話しかけた。すると、哲はすぐに言い返した。

「いや、そうじゃあるまい。さっきは気取っていただけさ。こっちのトラックに移されてから徹底的にお仕置きをされ、マゾ奴隷になると誓っただろう。だからもう淫乱牝の本性を隠す必要がなくなって、本音が出たってわけだ。俺のペニスだって、実に旨そうに舐めているぞ……悦美、旨いか」

「おいしいです、あむ、ぴちゃ！　哲さまのおチンポは大きいうえにカリが張っていて、本当に食べでがあります……ぺろ、あんむ」

悦美は頭髪を摑む哲の手に引き回されて亀頭のカリ溝や鈴口に舌を這わせながら、

上気した顔で返事をした。彼女はまさしく上品気取りの仮面をかなぐり捨てて淫乱マゾの本性を露《あらわ》にし、ヴァギナと口で二本のペニスを同時に貪《むさぼ》り味わっているのだった。

「あむ、あむ……おいしいです、哲さまの硬いおチンポ！……あひっ、あーん！　悠児さまのおチンポに子宮を突かれますぅ！」

「フフフ、男買いのツアーに参加するくらいだから、それなりの好きものだろうと思っていたが、予想を遥かに上回る淫乱熟女だったな」

「まったくだ。緊縛セックスをいやがるどころか、ハメられている最中もケツをクイクイと後ろに突き出してチンポをお迎えしてくれるぜ……それっ！」

「あいいっ！　あん、あむ……ひゃんむーっ！」

異常で倒錯的なセックスに溺れ込んだ悦美は、口とヴァギナで二本のペニスを味わいながら、快楽と苦痛の入り混じった悲鳴や喘ぎを何度も込み上げさせた。

レイプゲームの第二ラウンドと称するセックスはSMの色彩を濃厚に帯び、奴隷に堕とされた悦美はペニスの挿入前に鞭打ちやアナルの指嬲りという責めを受けなければならなかった。

全裸の肉体を亀甲縛りされて後ろ手ポーズでベッドのマットに突っ伏し、自慢のヒップが赤剝けするほど鞭を打たれたり指をアヌスの奥深く挿し込まれて直腸の粘膜をえぐられたりした。

それらの仕置きは彼女に耐え難《がた》い苦痛と恥辱を与えたが、わき上がるマゾの被虐感はかえって興奮の度合いを高め、そのあとのセックスをよりいっそう淫らなものに感じさせたのである。

そして、レイプ魔たちは悦美がサディスティックな責めに興奮していることをちゃんと知っていて、セックスの最中も縄を解いてやらなかった。

悠児は尻を高々と持ち上げた悦美の後ろから荒々しくペニスを撃ち込んで彼女に悦虐の悲鳴をあげさせ、哲は屈従の口淫奉仕を強いながら指に巻いたチェーンを何度も引っ張ってクリップに噛まれる乳首の痛みを増幅させた。

いわば、彼らは悦美に向かってツアーコンダクターの使命を自慢げに語ったように、客が黙っていてもひそかな欲望を見抜き、こちらからサービスをしてやっているのである。

「あーん、いいっ！　ぺろ、あむ……ひゃむーっ！」

四トントラックの荷物室はまさしく走る監禁調教室《ダンジョン》であった。アブノーマルな性戯に没頭する三人の男女を乗せたトラックは都心を大きく迂回する圏央道をたどって海老名《えびな》ジャンクションに達し、そこから東名高速に乗って一路西へと疾走していた。

第五章　奴隷市場への旅立ち

1

　トラックは渋滞に巻き込まれることもなく快調に走りつづけているが、その荷台に設置された監禁調教室《ダンジョン》には宴《うたげ》のあとのようなけだるい空気がよどんでいた。マットを敷いたベッドからやや離れた壁ぎわにはバケットタイプの二脚の椅子が並び、ボルトで床にしっかりと固定されている。悠児と哲はそれぞれのシートにどっかりと腰を下ろし、足もとの悦美にセックスの後始末をさせていた。

　彼らはＳＭ責めを伴《ともな》うレイプゲームで緊縛虜囚の裸体を思いのままに犯し嬲り、彼女にアクメの絶頂感を何度も味わわせた。そして、最後に彼ら自身も膣と口の中に大量の精液を放出してゲームを終えたのである。

「あむ、ぴちゃ……」

悦美は悠児の膝のあいだに緊縛裸体を割り込ませ、半勃ちのペニスに舌を這わせていた。セックスのあと、左右の足首を拘束していた革ベルトは外されたが、乳房を亀甲形にくびり出す縄掛けはそのままで、彼女は後ろ手に緊縛されたまま悠児のペニスに付着している精液を舐め掬《すく》って飲んでいかなければならなかった。

「ぺろ、あむ……ひくっ、ひくうっ！」

悦美は悠児のペニスに舌や唇を絡ませながら、わき上がってくる嗚咽をこらえることができなかった。淫蜜と精液にまみれた不潔な肉棒を口で清めるみじめさとともに、自責の念に胸を塞がれたのだ。ＳＭセックスに我を忘れてよがり声をあげ、何度も絶頂に達してしまったことを思い出すと、取り返しのつかない罪を犯したように悔やまれた。

「こら、メソメソしやがって！　せっかく太いチンポを恵んでやったのに、いったい何が不満なんだ」

悠児は悦美がさめざめと涙をこぼすのを見ると、苛立ったように叫んだ。ついさっきまで貪婪《どんらん》にセックスに耽《ふけ》っていた淫乱熟女が急に泣き出したのが、彼には理解できなかったのだ。

「まあ、そんなに責めるな。悦美にしてもいろんなことがありすぎて感情が一気に爆発してしまったのだろう」

隣から哲が悦美のために取りなしてやった。彼はすでにズボンを穿いてシャツを身につけていた。フェラチオで悦美の口の中に射精したついでに、悠児よりも一足早く清めの奉仕をさせたのである。

「鞭あり、ローターあり、緊縛ありのセックスだったからな。しかも、久々にありついたペニスが二本とも半端ない巨根だったからには、男経験の豊富な熟女でも感激の涙を流すってものだぜ」

「なるほど、俺たちにでかいチンポを恵んでもらったので、感涙に咽《むせ》びながら清めの御奉仕に励んでいるってわけか。そう言われてみると、たしかに感謝の気持ちがこもっているようだな」

悠児は哲の説明を聞くと途端に機嫌を直した。

「悦美、怒鳴りつけて悪かったな。おまえがそういう気持ちで俺のチンポを舐めているとは知らなかったぜ。おまえも奴隷の心構えができてきたってわけだ」

「うひくっ……あんむ、ぺろ」

悦美は男たちの勝手な解釈にいっそうみじめな気分にさせられながらも、舌を丁寧に絡めて精液の残滓《ざんし》を舐め掬った。悠児の言うとおり、心ならずも奴隷の服従心を躾けられてしまったのだ。

「うん、気持ちいいや。おかげでまた硬くなってきたぜ。これなら、すぐにでもケツの穴にハメてやれるぜ」

「うひっ！」

悦美は悠児の台詞を聞くと、ビクッと裸体を震わせた。彼女は尻の穴も犯される運命にあったのだ。

だが、そのとき、哲のズボンのポケットの中で携帯が鳴った。彼はそれを取り出して相手と二、三語言葉を交わしたが、通話を打ち切ると悠児に向かって言った。

「ボスからだ。もうすぐパーキングに入るから、用意をしておけ」

「ヒヒヒ、期待していたご馳走をケツの穴で食いそこなってがっかりだな、悦美」

「………………」

悠児は口からペニスを抜くと、意地悪くからかった。しかし、悦美にしてみれば九死に一生を得た思いであった。悠児の指嬲りによってアナルの快楽を覚え込まされたとはいえ、不潔な排泄器官に無理やりペニスをねじ入れられる思うと恐怖とおぞましさに鳥肌が立ってくるのだった。

とはいえ、彼女は自分が未知の恐ろしい場所に一歩一歩近づいていることを実感して、不安に胸を締めつけられた。トラックの荷物室に乗せられてからすでに三時間近くが経過している。本来の目的地である空港から遥かにかけ離れた地点にいるに違いなかった。

「どこら辺までやってきたのかな」

悠児はズボンを穿きながら哲に向かって訊《たず》ねた。

「東名の足柄ＳＡ《あしがらサービスエリア》だそうだ。しばらく休憩するから、俺たちが車の外に出る前に悦美をもう一度縛って口を塞いでおくんだ」

「ううっ、助けを呼んだり逃げたりしませんから……」

「フフフ、悪く思うなよ。ボスの命令には逆らえないんでな。仮に声を出せても、助けを呼ぶのが恥ずかしくなるような格好にしておいてやる」

男たちは悦美を一本のポールを背にしてしゃがみ込ませ、立ったり動いたりすることができないように首輪のうなじをポールに繋ぎ留めた。

「あ、あの……おトイレが我慢できないんです」

悦美は恥ずかしさに顔を赤くしながら訴えた。リムジンに乗ってから一度もトイレに行っていないので、彼女の膀胱はすでに満タン状態であった。

「ヒヒヒ、トイレの設備ならちゃんとあるぜ」

悠児はSM用具の入っている木箱から琺瑯《ほうろう》引きのオマルを取り出すと、悦美の両足のあいだに置いた。

「やりたくなったら遠慮なくやりな」

ついで、仕上げに哲が口にガムテープを貼った。

「おまえもこんな格好を他人に見られたくないだろう。このまま従順《おとな》しくしているのならいいが、それでもまだ変な了見を起こすというのなら、さっきのクリップを乳首につけて、鉛のオモリを吊るしてやるぞ」

「………」

哲に脅されると、悦美は懸命に首を横に振った。

「従順しくしているな」

「………」

そう念を押されると、今度は首を縦に振って服従の意を表した。後ろ手に緊縛されてポールに繋がれた状態では逃げることなど不可能で、仮に声を出せたにしても、卑猥な緊縛裸体を晒してまで助けを呼ぶ気にはなれなかったのである。

そうしているあいだにトラックはサービスエリアに入り、大型車専用の駐車場に停車した。

運転手がトラックのエンジンを切ると、男たちは早速荷物室側面の扉をスライドさせて車外に出た。トラックは後部だけでなく、横側にも扉を備えていたのである。あとに取り残された悦美はオマルをまたいだまま、全裸の緊縛ポーズでじっとしていなければならなかった。

(ううっ、どこへ連れていかれるのだろう)

悦美はポールに背中をもたれさせながら、不安と恐怖の中で自分の運命に思いを馳せた。扉が開いたときちらっと外の様子が目に入ったが、もうすっかり日が暮れているようだった。

多少は地理的な知識のある彼女は、東名の足柄SAと聞いてトラックが東海地方から関西方面に向かっていることを悟った。

(きっと、あの二人だけではなくて、他の男にも犯されるんだわ)

悦美を監禁したトラックが西へ向かっているのは、そちらに目的地があるからなのだろう。彼らは悦美をその目的地に連れていき、別の男たちに凌辱させるに違いなかった。

哲と悠児はS&V社をクビになったというが、依然としてツアーコンダクターを気取っている。だが、彼らの言うことにも一理があり、二人は悦美を凌辱する旅の案内人になっているのであった。

きっと、彼らがリムジンやトラックの中で彼女を犯したのは、他の男たちに引き渡す前にツアーコンダクターの役得を利用したのだろう。つまりツアー客をお世話するという名目で、男に飢えている悦美の肉体をオモチャにしたのだ。

いや、単なる役得だけではない。哲と悠児は鞭打ちやアナルの指嬲りなどによって、悦美の抵抗力を奪ってマゾの服従心を叩き込んだ。そのことも悦美を従順な奴隷としてだれかに売り渡すための準備作業だったのだろう。

(ああっ、また別の男から変な目に遭わされることを想像すると、ドキドキして心臓が爆発してしまいそうだわ)

悦美はいても立ってもいられないように、ポールに繋がれた裸体をもじもじと動かした。

だが、彼女がじっとしていられないのは恐怖のためばかりでなく、生理的な欲求に苦しんでいるからであった。

しゃがみ込んだ悦美の両足のあいだには白いオマルが置かれている。彼女はそれを何度も見下ろしながら、放尿しようかどうしようかと迷っているのだった。

排泄への欲求は切実に募っているので、このまま我慢することはとうてい無理だろう。彼女としては思いきってオマルの中に放尿したいのだが、ポールに繋がれているために自分で後始末をすることができない。排泄したあと汚れた股間をさらけ出したまま、尿のたまったオマルの上にしゃがみ込んでいなければならないのだ。それでなかなか踏ん切りがつかず、高まる尿意に苦しみながら躊躇しているのであった。

だが、ぐずぐずしていると、もっと恥ずかしい思いをしなければならない。男たちが帰ってきたら、彼らの目の前で放尿しなければならないのだから。そのことを考えると、一人でいるあいだにやってしまったほうがましであった。

（！……）

ようやく決心して膀胱の筋肉を緩めると、尿は勢いよく放出されてオマルに落下した。悦美は液がジョボジョボと音を立てて琺瑯の容器にたまっていくのを見ながら、わずかに安堵のため息をついた。恥ずかしくても、生理的な欲求を解消することには代えられなかったのだ。

しかし、排尿が終わってあたりに静寂が戻ると、悦美はあらためて自分の不幸を嘆かずにはいられなかった。

海外旅行に出かけるはずだったのに、どこでどう暗転したのか、トラックの荷物室に監禁され、男たちに交互に犯されながら国内を移動しているのだから。今になって思えば、村木の誠実そうな顔に騙されてリムジンに乗り込んだ瞬間に男たちの仕掛けた罠にはまってしまったのだ。

いや、それよりも、S&V社のツアーを申し込んだこと自体が間違いであった。東南アジアの男買いツアーなどといういかがわしい旅行を企画する会社を信用したために、そこをクビになった社員の起こした事件に巻き込まれてしまったのだから。

そう考えると、悦美はS&V社社長の生田昇平だけでなく、ツアーを勧めた遥菜に対しても恨みを覚えずにはいられなかった。

だが、彼女の一番の気がかりは、なんといっても恐ろしいツアーの行く末だった。

男たちはS&V社をクビになった腹いせに悦美を誘拐したと言っていたが、あらかじめリムジン運転手の村木を仲間に引き入れたことといい、虜囚《りょしゅう》を監禁調教するための改造トラックを所有していることといい、また、二人の上に女ボスがいることといい、彼らが一時の出来心や単なる思いつきで彼女を襲ったとはとうてい思えなかった。

(きっと、暴力団か何かの関係する組織に誘拐されたんだわ……ううっ、どうなってしまうの、私?)

次から次へと恐ろしいイメージがわき上がり、悦美を恐怖と絶望に突き落とした。

彼女は排泄後の後始末をすることもできないまま、オマルの上にしゃがみ込んで強姦魔たちが戻るのを待っていなければならなかった。

2

男たちは三十分ほどして戻ってきたが、トラックを運転していた女もいっしょに荷物室に乗り込んできた。

女は哲と悠児のボスということだが、たしかに彼女は若いながら男たちを左右に従え、堂々とした貫禄を滲ませていた。

「悦美、おまえはとんでもないスケベ女だったのね」

悦美の前に仁王立ちになった女は、左右の腕を腰にあてがいながら甲高い声できめつけた。

「哲と悠児が呆れていたわ。よっぽど男に飢えていたのか、それとも根っからの淫乱なのか、二人ともおチンポがへなへなになるまで精を吸い取られてしまったと」

「…………」

悦美はビクビクしながら女ボスを見上げた。スリムで小柄であるが、姿勢がよくてピンと背筋を伸ばした彼女は実際以上に背が高く見えた。

「もっとも、こいつらのチンポもたいして自慢できるものじゃないから、発情しまくりのおまえにとっては物足りなかっただろうけれど」

「そ、そりゃないですぜ、お嬢！……いや、ボス」

悠児が慌てて言い返したが、彼の語調には相手に対する遠慮が含まれていた。

「悦美は感激の涙を流すくらい俺たちのチンポを堪能したんですぜ。物足りなかったなんてことは絶対にありませんや」

「それは、おまえたちが二人がかりで犯したからだろう。つまり、たかが牝一匹を満足させるのに、二本の粗チンを使わなければならなかったってことよ」

女は部下の男たちに対してあけすけにものを言った。整った容貌の小顔で黙っていればそれなりの可愛らしさが感じられるが、口をきくとまるでじゃじゃ馬のような跳《は》ね返りぶりであった。

「へへへ、お嬢はわれわれをいつもけなしますが、もうちょっと評価してくれなくちゃ」

哲がお愛想笑いをしながら悠児に代わって口を出した。

「たしかに二人がかりでしたが、俺たちは悦美を満足させるだけではなくて、奴隷として完全に支配したんですから……ほら、悦美。口をきけるようにしてやるから、ボスにご挨拶をしろ」

哲は悦美の口からガムテープを剝がしてやった。

「ううっ……」

「綺羅羅《きらら》さま、と言って奴隷のご挨拶をするんだ」

「き、綺羅羅さま！ 奴隷の悦美でございます」

女の名前が綺羅羅であることを知った悦美は、怯えた目で彼女を見上げながら挨拶をした。相手は部下の男たちが「お嬢」と呼んでいるように二十代半ばで、悦美より十以上も若いだろう。

新橋で年商数億円の花卉《かき》店を営む自分がどこの馬の骨とも知れない年下の女にへりくだって挨拶するのは何とも口惜しいものであった。しかし、小水のたまったオマルの上に素っ裸でしゃがんでいる現状では社会的地位も年上の権威も形無しであった。

「悦美は哲さまと悠児さまに服従を誓って、奴隷にしてもらいました」

すると、すかさず哲が念を押した。

「ただの奴隷じゃないだろう。ケツの穴を悦んで舐めるマゾ奴隷になると誓ったな」

「うう、はい……悦美はお尻の穴を悦んで舐めるマゾ奴隷にしていただきました」

「ほら、どうです。お嬢が手を下すまでもなく、この牝はどんな男のケツの穴でも悦んで舐めるマゾ奴隷に仕上がっているんですぜ」

「いちおうは従順な奴隷に躾けられたようね。でも、口先だけの言葉を信用してはだめよ。ちょっとそれを貸してごらん」

綺羅羅は哲から鞭をひったくると、先端の革ヘラで膝の内側をピタピタと打ち嬲った。

「股をお開き、牝奴隷。オマルを見せるのよ」

「あ、あうっ……」

悦美は膝を左右に拡げ、尿のたまった便器を露《あらわ》にした。オマルをまたいでしゃがみ込んだ彼女は懸命に膝を寄せ合わせて、それがなるべく目につかないようにしていたのである。

「ヒヒヒ、ずいぶん出したな、悦美。さぞかしすっきりしただろう」

悦美が恥ずかしげに股を開くと、悠児が早速意地悪な口調で嬲った。だが、綺羅羅は彼の言葉をぴしゃりとはねつけた。

「お黙り！　下っ端がよけいな口出しをするんじゃない」

「へ、へい……」

途端に悠児はシュンとなった。さんざん悦美を言い嬲ってきた彼も、綺羅羅には頭が上がらないようであった。

「牝奴隷！　これは何なの」

「お、おしっこ……悦美のおしっこです」

悦美はおどおどした声で返事をした。悠児とのやりとりを聞いていた彼女は、綺羅羅にたいして逆らいがたい恐怖を感じたのである。

「なぜここにあるの」

「あ、あの……おしっこをしたくてたまらなくなったので、オマルを借りてさせてもらいました」

「オマルを使ったあとの始末はどうするの」

「うっ！　そ、それは……」

思いもよらぬ問いに、悦美は言葉を失ってしまった。オマルに排泄をしたあと、男たちにからかわれたり嬲られたりすることは覚悟していたが、後始末のことを言われるとは思っていなかったからである。

「ほらっ！」

すると、綺羅羅は鞭の革ヘラをオマルの液に浸してたっぷり尿を含ませ、それでもって剝き出しのラビアを左右にかき分けた。

「あっ？　あひゃっ！」

悦美は思いもよらぬやり方で性器を嬲られ、恐怖と恥ずかしさにすっかり度を失ってしまった。

「ひいっ、お許しを！　お許しください、綺羅羅さま」

エッジを立てた革ヘラでクリトリスやラビアをこすられる痛みは並たいていのものではなかった。しかも、オマルに浸されたヘラには自分の尿がたっぷり染み込んでいる。彼女は恥ずかしさと屈辱感におろおろと狼狽《うろた》えるばかりだった。

「おまえは『奴隷にしていただきました』なんてしおらしい顔をしているけれど、実際のところはいやらしい肉体で男たちをたぶらかして、二本のチンポを思う存分に食いあさったんだろう」

「そ、そんなことは……」

——ピチィーン！

「ひぃーんっ！」

言い訳をする暇《いとま》もなく性器から離れた鞭が一閃し、荒縄にくびり出された乳房をしたたかに打ち弾いた。尿で濡れた革ヘラは重みを増し、いっそうの威力を発揮して柔肌に耐え難《がた》い痛みを与えた。

「おまえの武器は、色気ムンムンのおっぱいなんだろう。世の中の男どもは巨乳や美乳にはイチコロだからね」

「………」

「悠児も哲も根がスケベだから巨乳女の色気に迷って、ついお仕置きを手加減してしまったのよ。だから、おまえは奴隷なんて楽なものだと勘違いして、SMごっこを愉しむことができたというわけさ」

綺羅羅は二人の部下も容赦なく槍玉に挙げたが、彼らは女ボスの剣幕に恐れをなして異論を唱えようとはしなかった。

「でも、ションベンまみれのおっぱいじゃ、だれが相手にしてくれるものかね……ほらっ、白豚！」

──ピチィーン！

「ひゃいーっ！」

「ホホホ、たしかに白豚そっくりの泣き声ね」

綺羅羅は豊満な乳房を再度打ち懲らして甲高い泣き声をあげさせると、それまで眉一つ動かさずにいた顔をようやくほころばせた。だが、その笑いには悦美の背筋を凍らせるような響きがあった。

いや、それどころか、彼女の発するサディスティックなオーラは哲と悠児さえも黙らせてしまうほどであった。

本来の彼らなら、オマルをまたいでしゃがみ込んでいる悦美に向かって卑猥な冗談を言ったり意地悪な言葉を投げかけたりするところだが、今はじっと息をひそめて残虐な奴隷嬲りの成り行きを見守るばかりであった。

「SMごっこの似非《えせ》奴隷じゃなく、本物の奴隷に私が仕込んでやるよ」

そう言うと、再び革鞭をオマルの尿に浸し、それを悦美の口もとに突きつけた。

「お舐め、白豚！」

「あっ、あうっ……ぺろ、んむっ」

悦美は苦しげな喘ぎを込み上げさせながらも、革ヘラを口に咥えて自分の排泄した尿を舐め取った。真性サディストの発するオーラに恐怖心を植えつけられた彼女には、生理的嫌悪感を催す命令でも拒む勇気がなかったのである。

そうやって綺羅羅は部下の男たちが固唾を呑んで見つめるなかで、悦美を白豚ときめつけながら、尿にまみれた革ヘラを何度も舐めさせた。

「どう? 口で誓いをするよりも、行いで服従を示すほうが、よほど奴隷の心構えができるだろう」

「は、はい……」

悦美は吐き気を催す仕事からようやく解放されると、綺羅羅の顔を恐るおそる見上げながら服従の返事をした。

「悦美は綺羅羅さまに本物の奴隷に躾けていただきました。どんな命令にも悦んで従います」

「その言葉を忘れるんじゃないよ……悠児、後始末をしておやり」

「へい!」

悠児はすぐにティッシュを取り出して尿にまみれた股間や乳房を拭いてやった。そして、オマルを黒いビニール袋に入れて外に持ち出し、サービスエリアのトイレで流してきた。そのあいだに悦美は縄を解かれて肉体の自由を得た。ただし、服をつけることは許されず、依然として素っ裸の状態に置かれた。

「さあ、夕食にするわ」

悦美への仕置きがすむと、綺羅羅は売店で買ってきた食べ物と飲み物を一同に配った。悦美にも牛肉弁当とウーロン茶が与えられたが、午後のあいだじゅう何も口にしていなかっただけに、虜囚の境遇を差し引いても久しぶりの食事に蘇生する思いであった。

「今度はおまえたちが運転席に行きなさい」

綺羅羅は食事が終わると二人の部下に向かってドライバーの交替を命じた。

「一人が運転して、もう一人は運転席の後ろの仮眠用ベッドで休憩するのよ。私はここで悦美といっしょに寝るから」

綺羅羅の命令は絶対であった。彼らは窮屈な運転室に追いやられ、広々とした荷物室を女二人で占有することになった。

悦美にとってはそれが幸いなのか不幸なのか予測がつかなかった。二人の強姦魔から隔離されたが、代わりに彼ら以上に恐ろしい女といっしょに夜を過ごさなければならないのだから。

3

悦美はその晩は何とか無事に過ごすことができた。

綺羅羅は長時間トラックを運転したことで疲労が蓄積されていたのか、男たちと交替するとと着の身着のままでベッドにごろりと横になり、すぐに眠ってしまったからである。

悦美は綺羅羅の寝息を聞くと一安心したが、彼女自身はなかなか寝つくことができなかった。

哲や悠児さえ黙らせてしまうほどの恐ろしい女がすぐ隣にいるかと思うと生きた心地がしなかったのである。

綺羅羅は顔色一つ変えることなく、尿まみれの鞭で悦美の性器をえぐったり、彼女の自慢の乳房を容赦なく打ち懲らしたりした。そして、服従の証《あかし》をさせるために、尿をたっぷり含んだ革ヘラを舐めさせた。悦美にとってはあまりにも屈辱的な仕置きであったが、彼女は悔しいと思う以上に綺羅羅への恐怖を覚えさせられたのである。

そのため悦美はすっかり萎縮して、綺羅羅と二人だけになっても彼女に復讐しようなどという気は起こさなかった。

とはいえ、綺羅羅はその点では用心深く、寝る前に悦美の左足首をベッドの拘束ベルトに繋ぎ、後ろ手錠を掛けておいた。そのため、悦美は不自由な状態で横になっていなければならず、満足に寝返りも打つことができなかった。

だが、悦美は二度にわたるレイプゲームで心身ともに疲れきっていた。いわば、久しぶりに堪能したセックスで体や心がくたくたになってしまったのである。それで彼女もいつしか夢の世界に落ちていった。

悦美が眠りから覚めたのは、夜が明けてしばらくたってからであった。

もっとも、彼女が朝だと知ったのは、荷物室の扉が開いて、外の景色が数秒見えたときであった。

「お嬢、朝飯を買ってきました」

哲がコンビニの袋を提げて荷物室に入ってきた。悠児の姿が見えないのは彼が運転を担当しているからで、トラックは三人が荷物室でコンビニの弁当を広げているあいだも走りつづけた。

「だいぶ距離を稼いだようね。どこまできたの」

「交替で夜通し走りましたから、すでに松江《まつえ》を過ぎて一般道に入っています」

哲は朝食の弁当を口に運びながら、綺羅羅に向かってトラックの現在地を報告した。

「そうすると午前中に到着するから、ゆったり温泉に浸かって疲れをとることができるわね」

「温泉に入ってうまいものを食い、夜に備えて英気を養おうってわけですね。俺たちもスタミナをつけておかなくちゃ。何しろ悦美ときたら女盛りの真っ最中で、飽くことを知らないほどペニスを欲しがりますから」

「私たちの商売におあつらえ向きじゃないの。色気たっぷりのむちむち美人で、マゾの淫乱牝ときているから、文句のつけようがないわ」

綺羅羅はそばでビクビクしている悦美の肉体をあらためて観察しながら哲に向かって言った。

「どれだけの値がつくか愉しみね。それじゃあ、ちょっとミーティングをしておこうかしら」

朝食が終わると綺羅羅は鞭を携《たずさ》えながらバケットシートに腰を下ろし、全裸の悦美を足もとに正座させた。

「バッグをもっておいで。持ちもの検査をしてやるから」

女ボスの要求に応じ、哲は荷物室の片隅に置いてあった悦美のキャリーバッグを運んできた。悦美をトラックに乗り換えさせるときに、荷物もリムジンのトランクから移し替えていたのである。

「中身を出して」

「へい」

哲は綺羅羅に命じられるままにキャリーバッグを開けて中のものを取り出していっ

た。悦美はそれを見ておろおろと狼狽えた。彼女は綺羅羅や哲の前で裸体を晒していたが、バッグの中身を検査されるのは別の意味で素っ裸に剝かれるような気がしたのだ。

しかし、囚人である悦美は哲の行為をやめさせることができなかった。彼女は恥ずかしげに顔を赤らめながら、自分のプライバシーがつぎつぎと暴かれていくのを黙って見ているよりほかなかった。

財布、パスポート、化粧品、着替えの服などが床の上に広げられていき、最後にハイヒールのパンプスを収めた箱と下着を入れた布製のバッグが取り出された。

「フフフ、この牝ときたら、やる気満々のようだな」

哲はバッグの中にさまざまな種類の下着が詰め込まれているのを見ると、ニヤニヤ笑って言った。

「露出度満点の下着ばかりだぜ。ほら、お嬢！　見てください」

彼は一枚の下着を取り出すと、両手で広げて綺羅羅に見せた。それはデルタを覆う三角巾がごく小さな黒のパンティで、レースのフリルに縁取られた布地は薄く透け、さらに股布は真田紐のように細いTバックとなっているものであった。

いや、その一枚だけでなく、彼がつぎからつぎへと広げるパンティは黒のほかに赤、ピンク、パープルなど扇情的な色合いで、すべてTバックの卑猥なデザインをしていた。

「よほどTバックがお気に入りなんだな。男に飢えている淫乱牝だけのことはあるぜ」

「呆れた牝奴隷ね。花屋の社長か何だか知らないけど、ふだんからこういうものを穿いて紐を股に食い込ませ、男のチンポを想像してウズウズと体を火照らせているんだろう」

「ううっ、そうじゃなくて……」

悦美は哲と綺羅羅に意地悪く指摘されると、懸命に言い訳をした。

「旅行のために買ったんです。いつもいやらしい下着をつけているわけじゃありません」

「どういう旅行か言ってごらん」

「あ、あの……男の人とセックスをするための……」

「こら、気取るんじゃない!」

——ピシーン!

「ひゃっ、お許しを!」

悦美がおずおずと言いかけた途端に鞭が一閃し、剝き出しの乳房をしたたかに打ち懲らした。

「男日照りの牝のくせに、お上品ぶってセックスなどと言うんじゃない」

「ごめんなさい、綺羅羅さま。悦美が言い間違えました。おチンポを味わうためのツアーです。悦美はおチンポを割れ目に咥え込むために、いやらしい下着を用意しました」

悦美は慌てて言い直した。恐ろしい女サディストの鞭がいつまた飛んでくるかと恐れたが、彼女の機嫌を損ねないように自ら両手を背中に組んで双つの乳房を無防備にさらけ出した。

「パンティのほかにどんなものがあるの」

「ブラジャーとか、ストッキングとか、ガーターベルトとか、いっぱい持ち込んでいますぜ……ほう、このブラジャーはカップが刳《く》り抜いてあって、乳房が丸出しになるやつだ。自慢の巨乳をアピールして、男をムラムラさせようっていう魂胆だな」

哲はカップレスの真っ赤なブラジャーを取り出すと、面白がって自分の胸にあてがった。彼の言うとおりブラジャーの双つのカップは空洞で、周囲を扇情的な赤いフリルで縁取ってある。

「いわゆる勝負ランジェリーをつけて男を悩殺しようってわけね。おチンポに飢えた発情牝の考えそうなことだわ」

綺羅羅も哲に同調して軽蔑するようにきめつけた。

「悦美！　これだけ証拠が揃えば言い逃れはできないだろう。おまえがどんな牝か、はっきりとお言い」

「ううっ、悦美はいつも欲情している淫乱な女です。硬くて太いおチンポが欲しくてたまりません。それで、親友にS&V社を紹介してもらい、T国へのツアーを申し込みました。あちらに行けば、逞しい男のおチンポが選《よ》り取り見取りだと聞いたものですから……」

「フフフ、選り取り見取りときたもんだ。さぞかし期待していたんだろう」

「ところがあいにくなことに私たちに捕まってしまい、南国の日焼けした男たちのおチンポを味わうことができなくなったというわけね。どう、がっかりだろう？」

「ううっ……」

「しかも、せっかく張りきって用意した勝負ランジェリーも宝の持ち腐れになってしまったわね。いやらしいパンティやブラジャーをつけた肉体をあちらの国の男に見せつけてムラムラさせてやろうと思っていたのに、見せる相手がいなくなってしまったのだから」

「…………」

「でも、相手がT国の男じゃなくても、これらをつけておチンポを味わいたいことに変わりはないんだろう。素直に返事をおし」

「あ、味わいたいです」

「ホホホ、それなら話は簡単よ」

悦美が小声で同意すると、綺羅羅は珍しく上機嫌な笑い声をあげた。

「おまえはこれからある場所に行き、そこに集まったお客さんたちの前でショーをするの。そして、おまえを気に入ってくれたお客さんに買われて、おチンポをいやというほどハメてもらうのよ」

「ショーって？」

「もちろん奴隷に相応《ふさわ》しいショーよ。おまえは奴隷なのだから、買ってもらったお客さんには絶対的服従をして、どんな命令にも従うの。つまり、おまえが誓いをしたように、不潔なおケツの穴でも悦んで舐めるってわけ」

「そんな目に遭うなんて……」

「奴隷ショーはおチンポをもらうための前戯よ。ショーのあとでおチンポをいっぱいハメてもらえると思えば、つらいお仕置きを受けたり恥ずかしい芸を披露したりするのも苦にならないでしょう。いえ、苦にならないどころか、淫乱マゾのおまえのことだからショーの最中もゾクゾク興奮しておつゆを垂れこぼすこと間違いなしだわ」

「あの、どこへ連れていかれるんですか」

「哲、説明しておやり」

「ここは島根県の松江の近くだ。もうちょっと行ったところに御亀山《みかめさん》という山があって、温泉が湧いている。俺たちはその温泉にある一軒の旅館に行くんだ」

「旅館に着いたら、その格好で外に出てもだいじょうぶよ。従業員も客もおまえが奴隷だということをちゃんと心得ているからね」

「つまり、奴隷売買のための旅館なので、おまえが素っ裸でいてもだれも怪しまないというわけだ」

「さあ、どうする？　ショーに出ておチンポをいっぱいハメてもらう？　いうことをきけばそれなりに愉しませてやるけれど、もしいやと言うのなら牝豚として扱ってやるよ」

「あ、あの……ショーに出してください」

悦美はうわずった声で受諾の返事をした。旅行のために卑猥な下着をいっぱい持ってきたことを知られてしまった以上、本心をさらけ出すよりほかなかった。

「太くて逞しいおチンポをいただけるのなら、ショーに出てお客さんたちに恥ずかしい姿をたっぷり見てもらいます」

「これで決まりね。それなら、お客さんたちの前でおまえをみっちりマゾ奴隷に仕込んでやるよ。愉しみにしておいで」

綺羅羅は満足そうに応じた。車内でそんな会話が交わされている最中も、悠児の運転するトラックはアップダウンやカーブの連続する山岳道路を目的地の温泉目指して走りつづけた。

第六章　新人奴隷の身だしなみ

1

　中国山地の北西部に位置する御亀山は高さが千メートル内外で、山というよりむしろ高原といったほうが似つかわしいなだらかな地形をしている。そのためかなり上の方まで舗装道路が通じていて、車に乗ったまま容易に山中に入っていくことができた。

　中腹には温泉が湧いていて御亀温泉《みかめおんせん》という名で知られているが、高原の周囲に四、五軒の旅館やホテル、保養所などが点在する静かな温泉地であった。

　麓《ふもと》から上がってきたトラックは食堂や土産物店などの並ぶ小規模な温泉街を通り抜け、少し離れたところに一軒だけ建っている旅館のところへやってきた。そこが悦美を拉致《らち》監禁した一味の目的地だったのである。

「さあ、着いたわ。降りるのよ」

トラックが駐車場に停まって荷物室の扉が開くと、綺羅羅が悦美に命令した。悦美は体に羽織る薄いブラウスだけを与えられ、パンティもブラジャーもつけずにほぼ全裸のままであった。彼女はトラックのステップを降りて恐るおそる外に出たがあたりに旅館以外の建物はなく、遠くの牧草地に数頭の牛がたたずんでいるのが見えるだけであった。

「いらっしゃい。遠いところをはるばるご苦労様ね」

駐車場には一行の到着を知った旅館の女将《おかみ》が一人の従業員を連れて迎えに出ていた。和服を着た六十前後の女で、綺羅羅に挨拶をしながらも悦美の裸体にじろじろと遠慮のない視線を注いだ。彼女にとって悦美は商売のタネなので、容貌や肉体が大いに気になるところだったのである。

「どう？　色気たっぷりの熟女でしょう」

綺羅羅は悦美に顎をしゃくりながら、小太りの女将に向かって自慢そうに言った。

彼女は悦美を女将の前に押しやって命令した。

「女将さんにご挨拶をしなさい」

「あの、奴隷の悦美と申します。今夜はお世話になりますので、どうか、よろしくお願いします」

悦美は奴隷の身分であることを自ら明かして女将に挨拶をした。彼女は片手でブラウスの裾を握り、もう一方の手で恥丘を覆っていた。ブラウスに袖に腕を通すことは許されたが、ボタンを掛けることは禁止されていたのだ。それで、トラックから降りて風に吹かれると、ブラウスがめくれて乳房や性器が丸見えになってしまうのだった。

だが、綺羅羅はそんなふうに恥じらっている彼女に向って意地悪く命じた。

「ブラウスを開きなさい。奴隷の売値をつけるのは女将さんだから、おまえがいくらになるか品定めしてもらうのよ」

「ううっ、はい……」

悦美はやむなくブラウスを左右に開き、乳房から股下に至る部分を露《あらわ》にした。

「すごいおっぱいね。あそこにいるホルスタインのようじゃない」

女将は悦美の巨乳をしげしげと見て感心したように言った。旅館の敷地は草原に面していて、斜面の下のほうで数頭の牛が草を食《は》んでいるのが見られた。

「牛並みに巨《おお》きいのに、垂れていないでぷるぷるしているのがいいわ。それに、腰もけっこうくびれているし、下腹も弛んでないわね」

女将は売春宿の女主人のような目つきで悦美を観察すると、肉体の特徴を的確に評価した。

「恥毛が小さく刈り込んであって、クレヴァスがはっきり見えるのも高い評価を与えられるわ。これで、乳首やラビアがピンク色をしていれば言うことなしだけどね。もっとも、かえってメラニンの色がついているからこそ、脂の乗りきった熟女奴隷の色気をむんむんと感じさせられるんだわ」

「今度は後ろを向きなさい。お尻も見てもらうのよ」

「………」

悦美は複数の男女の前で肉体の品定めをされる恥ずかしさに肌を火照らせながらも、綺羅羅の命ずるまま後ろ向きになり、ブラウスの裾からはみ出している尻を女将に見せた。

「まあ、こっちも強烈なインパクトね。こんな出《で》っ尻《ちり》の女って見たことないわ」

宿の女将は大きく膨れあがった剝き出しの臀丘を目にすると感嘆の声をあげた。

「スベスベでむっちりした双つのお肉が後ろに突き出した様子は、お供え餅を並べたようじゃない」

「ヒヒヒ、俺がメガヒップって名づけてやりましたぜ」

そばで品定めの様子を見ている悠児が笑って口を挟んだ。実際、悦美の臀丘はそう呼ばれるに恥じないボリュームと丸みを誇っていた。

「悦美、両手でお尻の谷底を開いてごらん。アヌスの皺が一本一本見えるように割り開くのよ」

「ひっ、そんな恥ずかしいことを……」

すでに奴隷の性根を叩き込まれている悦美であるが、さすがにこの命令には従いかねた。陽光の降り注ぐ高原の駐車場でアヌスを剝き出しにするのかと思うとみじめで情けなく、いっそのことトラックの中に逃げ戻ってしまおうかという衝動にさえ駆られかけた。

「おチンポをハメてもらえるなら、どんなに恥ずかしいショーでも悦んで出演すると言ったのはだれなの。お客さんたちの前で行なうショーはこれよりずっと恥ずかしいわよ」

「ううっ……」

綺羅羅にそう言われると、悦美は観念せざるをえなかった。彼女は震える手を双臀の左右にあてがって、むっちりした肉を左右に拡げた。だが、人前でアヌスを剝き出しにする恥ずかしさは喩《たと》えようもなく、彼女は頭から袋をすっぽりかぶってしまいたかった。

「うん、色が濃くていやらしさ満点のアヌスだわ」

女将は顔を尻に近づけて、間近の位置から菊蕾をしげしげと観察した。

「上品で気取った顔立ちをしているだけに、ギャップが大きいわね。でも、男はそういうのを悦ぶのよ。グロテスクでいやらしいアヌスをネタにうんと虐めてやることができるからね」

「……………」

女将の言葉は悦美の心にぐさっと突き刺さった。女将の言うとおり、彼女は美人の自負があるだけに、不潔な排泄器官を見られたりあれこれ論評されたりするのは耐え難《がた》かったのだ。

「こっちのトンネルはもう開通しているの」

「ヒヒヒ、指一本ってところです」

悠児が例の下卑た笑い声をあげながら、悦美に代わって返事をした。

「もうちょっとでハメてやるところだったんですが、お嬢……いや、ボスに運転を交替させられたので、チンポでの開通式はまだってわけです」

悠児はちょっとばかり恨みがましい視線を綺羅羅にやりながら、車中でアナルセックスのできなかった事情を説明した。

「けれども、指一本でも狂ったように興奮するのだから、かなりの素質はありますぜ」

「それはお誂《あつら》え向きね。前よりも後ろの穴のほうが好きだというお客さんもいらっしゃるから」

女将は満足そうにうなずくと、いっしょに連れてきた男性従業員を振り返った。

「御一行を宿へ案内してあげて。夜になるまでゆっくりくつろいでもらうのよ」

「はい。どうぞ、こちらへ」

蝶ネクタイをした四十過ぎの従業員は旅館の支配人であった。彼は悦美の品定めに立ち会って眼福に与《あずか》ったが、女将に命じられるとすぐに一行を宿に向かって案内した。

旅館は鉄筋モルタルの三階建てで、客室二十程度の小規模なものであった。しかし、母屋のほかに二棟のコテージを持ち、四、五人連れのグループ客に対応していた。

女将に指示された支配人はそのうちの一棟に彼らを案内した。旅館にとって綺羅羅たちは客というよりは、利害をともにする大切なパートナーである。コテージは母屋から完全に独立しているので、そちらにいれば人目につくことはない。夜になってショーの始まるまでは悦美の姿を客の目に触れさせたくないという女将の思惑が働いていたのである。

「さてと、私は女将さんと打ち合わせがあるから、おまえたちは悦美をお風呂に入れておやり。体の隅々まで洗って夜の準備をしておくのよ」

「ヒヒヒ、隅々までときたね。だが、割れ目からケツの穴から隅々まで洗ってやっても、とてもじゃないが夜までなんか保《も》たないですぜ」

悠児がニヤニヤ笑って応じた。彼はコテージに荷物を運び込んだあと、早速悦美を引き寄せて乳房や性器を揉みはじめていた。

「この女《スケ》ときたら、もうすっかりその気になって牝穴を濡らしていますからね。この分じゃ、夜になるまで二、三回は風呂に入れてやる必要がありそうだな」

「フフフ、悦美！　男買いツアーが現実のものになっただろう。俺たち二人の男にかしずかれて、牝穴やケツの穴まで洗ってもらえるんだからな。奴隷ショーに出るまでのあいだ、女王さまの気分を味わわせてやるぜ」

「ううっ、自分で洗えるのに……」

「垢すりやタオルなんか使わないで手洗いをしてやる。いわば、俺たちがソープ嬢になって、ヌルヌルした手や指で女王さまの巨乳やメガヒップをたっぷり揉み洗いして差し上げるというわけだ。後ろの穴は指二本で奥まで丹念に洗ってやるぜ」

「ひいっ、自分で洗わせてください」

「あいにくだが、そういうわけにはいかねえな。おまえは大事な売りものなんだ。買ってくださるお客さんが満足するように、商品の品質を維持するのは俺たちツアコンの責任なのさ。だから、お嬢も俺たちに洗ってやれと命令したんだ」

悦美は必死に訴えたが、男たちは彼女の肉体を恣《ほしいまま》に弄《もてあそ》びながら、皮肉たっぷりに言い聞かせた。S&V社の流れを引く彼らは依然としてツアーコンダクター気取りで、悦美をいかがわしいツアーに参加した淫乱熟女として扱うのであった。

「フフフ、さあ行こう。このコテージには広い内湯がついているから、三人きりで愉しむことができるぜ」

男たちは悦美を左右から挟んで浴室へと向かった。トラックの中でさんざん責めを受けたり肉体をオモチャにされたりした悦美にとって、温泉に浸かって汚れをきれいさっぱり洗い流せるのは非常にありがたいことであった。だが、彼女は自分で体を洗うことは許されなかった。こうして悦美は宿に着いた早々またしても二人の男から肉体を弄ばれることになったのだ。

2

悠児の言ったとおり、悦美は夜になるまでに三回風呂に入れられた。

最初の入浴のあと、旅館の仲居が昼食を運んできてくれて、男女四人は久しぶりに味わうまともな食事に舌鼓《したつづみ》を打った。そのあと悦美は二時間ほどの休憩時間を与えられ、三部屋あるうちの一部屋でしばらく仮眠することができた。

だが、三時過ぎになるとメインの大きな部屋に引き出され、綺羅羅の目の前で二人の男から交互に犯された。そして、二回目の入浴をすませたあと、彼らとともに早めの夕食を摂《と》り、最後にもう一度浴場で体を洗われた。

この三回目の入浴はショーに出演する前の最終的な肉体チェックなので、男たちの代わりに綺羅羅がその検査をすることになった。

悦美は浴室の中で初めて綺羅羅の裸体を目にしたが、彼女の肉体は小柄でスリムであるにもかかわらず、女王《ドミナ》のオーラを放って悦美を恐れさせずにはおかなかった。すらりとした肢体と小麦色の肌の持ち主で乳房や尻のサイズは熟女の悦美に遠く及ばないが、少女時代の華奢な体型のまま胸と臀部だけ成長させたように、それぞれ大きく膨れてプリプリと張りがあった。

もちろん、裸になっても残虐で支配欲に満ちた性質は服を着ているときのままであった。

「正座をして両手を頭の後ろで組みなさい」

アクリルの風呂椅子に腰掛けた女支配者は、足もとにうずくまった全裸奴隷に向かって容赦のない口調で命じた。

綺羅羅と対照的に悦美の肌の白さはひときわ目立ち、ボリューム感あふれる乳房やむちむちと膨れた臀丘などと相俟《あいま》って、成熟した美女の色気をむんむんと醸し出している。

だが、そのことがかえってホルスタインだの白豚だのと嘲《あざけ》りのタネを旅館の女将や綺羅羅に与えてしまったのは、彼女にとって遺憾の極みであった。

実際、綺羅羅は彼女の裸体をじろじろと見下ろしながら、蔑《さげす》むような口調できめつけた。

「おまえの体は見れば見るほど白豚そっくりね。しかも、おチンポに飢えた白豚ときているから、せっかくの美人なのに顔にまで卑しい表情が滲み出ているわ」

「…………」

悦美は言いつけどおり硬いタイルの床に正座して両手を頭の後ろに組みながら、黙って綺羅羅の嬲り言葉に耐えた。彼女がひそかに誇りとしている乳房も臀丘も、綺羅羅や旅館の女将から見れば、淫乱熟女が男の情欲をそそるための卑しい持ちものだったのである。

だが、それよりも悦美はこれから綺羅羅によってどのように責められるのかのほうが心配であった。

風呂椅子に腰を掛けている綺羅羅の隣にはもう一脚の風呂椅子が置かれ、その上には彼女が持ち込んだいくつかの道具が並べられていた。白い陶製のカップと刷毛《はけ》、T形剃刀、幅広の革でできた短鞭、螺旋《らせん》状に溝の切られた黒いディルドウなど……悦美はそれらの責め具にチラチラと目をやりながら、無防備な降参ポーズをつづけているのであった。

「その姿勢のままでじっとしているのよ。ちょっとでも動いたら承知しないからね」

「はい、綺羅羅さま……」

悦美は年下の娘に向かって服従の返事をした。昨夜の責めによって、彼女は男たち以上に綺羅羅を恐れるようになったのだ。

すると綺羅羅は泡立つ石鹸液の入ったカップに刷毛を浸し、それでもって円を描くように剝き出しの乳首を掃き撫でた。

「あっ、あいっ……」

くすぐったい感覚が乳首や乳輪の上に広がり、悦美はうわずった喘ぎを込み上げさせた。以前の二回の入浴では男たちからヌルヌルした指で体中を揉み洗いされたが、綺羅羅は刷毛を使って悦美の体を洗うつもりのようであった。

刷毛は床屋がひげ剃り用に使うものに似ていて、直径三センチもある太い先端に毛をびっしり植え込んである。だが、柄の長さは毛筆級で二十センチ以上あった。そのため綺羅羅は椅子に腰掛けたまま悦美の肉体の大部分に刷毛を届かせることができた。

「どう、気持ちいい？」

「ああっ、くすぐったくて、ゾクゾクします」

左右の乳房を交互に掃き撫でられながら、悦美は体をブルブルと震わせた。じっとしているようにと命じられているにもかかわらず、体を小刻みに動かさずにはいられなかった。

「ほらっ、ここはどう？」

「あひゃ？　ひゃっ、ひゃひー！」

石鹼液をたっぷり含んだ刷毛で腋の下をくすぐられると、悦美はたまらずに肘を団《うち》扇《わ》のようにバタバタと動かした。腋の窪みはくすぐりに対して乳房よりも遥かに敏感で、彼女は肘だけでなく体全体を動かして刷毛から逃れようとした。

「こら、白豚！」

——ピシーン！

「ひゃあっ！」

途端に痛烈な痛みを乳房に覚え、悦美は甲高い悲鳴をあげた。綺羅羅は悦美が命令に背いたと見るや、椅子の上に置いてあった短鞭を摑んで乳房を打ち懲らしたのである。

「ショーで見栄えがするように洗ってやっているのに、おまえは従順《おとな》しくしていることができないのね。それなら、体を揺らすたびにお仕置きをしてやるわ」

綺羅羅は厳しい声で年上の悦美を叱りつけると、右手に刷毛、左手に鞭を持って予告した。

「ううっ、ごめんなさい。綺羅羅さまの言いつけどおりじっとしています」

悦美は必死にあやまった。しかし、腋を刷毛で掃かれるくすぐったさはいかんともしがたく、とうてい言いつけを守ることはできそうになかった。

事実、刷毛が動きを再開すると彼女はたちまちおぞましい触感に打ち負かされ、正座したまま上体を激しく身悶えさせた。

――パシーン！

「ひゃいーっ！」

「こらえ性《しょう》のない奴隷ね。ちっとも我慢できないじゃない……ほら、白豚！」

――パシーン！

「あひゃーっ！」

二刀流の綺羅羅は右手で刷毛を動かしながら、左手に持った短鞭で剝き出しの巨乳を打ち弾いた。そうやって彼女は左の腋の下から肋まで掃き撫でると、つぎに刷毛と鞭を持ち替えて左手の刷毛で右の腋の下や肋をくすぐりながら、右手の鞭で左の乳房を打ち懲らした。このくすぐり責めで悦美は十発近くの鞭を乳房に浴びたが、むしろ鞭の痛みは精神の変調をきたしそうになる彼女を正気に戻す気付け薬の役目を果たした。

「お立ち。中腰になって股を開くのよ」

「ああっ、もう気が狂ってしまいます」

悦美は泣きそうな声で訴えたが、恐ろしい女王《ドミナ》の言いつけに逆らうことはできず、いったん立ち上がると膝を折り曲げながら左右に開いてしゃがみ込んだ。依然として両手を頭の後ろに組んでいるので、彼女のポーズはさながら開脚スクワットで腰を落とした状態といったところであった。脚で菱形のフレームを組み、その頂点に艶めかしいラビアの花を咲かせている。悦美はそんな卑猥な格好を保って綺羅羅の責めを受けなければならないのであった。

「体の中心を洗ってあげるわ」

綺羅羅はそう言うと、刷毛を持った手を伸ばして臍穴に石鹸を塗りたくった。

「ひいっ、ひいーん！　お許しくださーい！……ひいーん！　おひひーん！」

臍の穴も腋に劣らずくすぐりに敏感なスポットであった。悦美はスクワットのポーズを保ったまま体を痙攣させるようにブルブルと震わせ、咽喉から甲高い悲鳴をほとばしらせた。

「ホホホ、発情した白豚そっくりの泣き声になってきたじゃない」

綺羅羅はひとしきり臍穴を掃き撫でると、上機嫌な笑い声をあげた。おぞましい責めに遭ってもけっして逆らおうとしないけなげな服従心に満足したのである。

「つぎはお待ちかねの場所よ」

綺羅羅は臍穴につづいて下腹、鼠蹊《そけい》部などに刷毛を這わせて悦美を泣き悶えさせたあと、最後にスクワットで菱形に開いている空間に刷毛を挿し込み、左右の太股によって形成される頂点を掃き撫でた。そこがヴァギナに通じる性器の割れ目であることは言うまでもない。

「あっ、あん！　あいっ！」

石鹸水をたっぷり含んだ刷毛にラビアをかき分けられたり、クリトリスの肉芽をこすられたりする感触はゾクゾクと鳥肌が立ってくるほどで、床にしゃがみ込んだ悦美はいかにも重たげな尻肉をブルブル震わせながら悦楽の叫びをあげた。

「どうやら、性器だけはくすぐったさよりも快感のほうが大きいようね」

綺羅羅は悦美のよがり声が変化したのを敏感に聞き分けた。

「感じるの、悦美？」

「感じます、綺羅羅さま。ヌルヌルした刷毛でラビアやクリットを撫でられると、お肉がとろけてしまうような快感を覚えます」

悦美はうわずった声で同意した。綺羅羅の言うとおり、性器を刷毛で撫でられる感覚はくすぐったさよりも遥かに快感が大きかった。

「じゃあ、仕上げをしてやるわ」

綺羅羅は陶器のポットに刷毛を浸して石鹸水をたっぷり補充すると、今度は恥丘の上を掃き撫でた。悦美の性器はすでに脱毛処理がしてあってラビアの周囲は無毛であったが、恥丘は依然として黒々とした叢生《そうせい》に覆われていた。綺羅羅はそれらの毛に絡めるように石鹼水を塗りつけていった。

「石鹼水でじゅうぶん柔らかくしておかないと、剃刀負けをしてしまうからね」

「えっ？」

綺羅羅の台詞を耳にすると、悦美は驚きの声をあげた。

「剃刀負けって？　毛を剃られるんですか」

「ほら、見てごらん」

椅子に座った綺羅羅は返事の代わりに膝を左右に開いて自分の股間を見せた。彼女の性器はまったくの無毛で、デルタに深く食い込む縦の割れ目がはっきりと看て取れた。

「スベスベしていてきれいだろう。おまえもここを剃ってしまえば、巨乳とメガヒップに加えてパイパンという白豚の魅力が一つ増えるってわけよ。きっとお客さんも大悦びして、おまえにおチンポを恵んでくれる気になるわ」

綺羅羅は隣の椅子の上からT形剃刀を取り上げた。

「さあ、今度こそちょっとでも動いたら怪我をするからね。そのポーズでじっとしているのよ」

否《いや》も応もなかった。悦美は自らの意思を問われぬまま性器をツルツルに剃り上げられるのである。だが、奴隷として客に買われる身であるならば、それも仕方のないことであった。綺羅羅の言うように、パイパンになれば商品価値が上がるのは間違いないのだから。

「…………」

綺羅羅が恥丘の上部に当てた剃刀の刃をゆっくり動かすと、恥毛は何の抵抗もなく泡ごとつけ根から切り離された。石鹸液の細かい泡にまみれた叢生は水分を吸ってじゅうぶん柔らかくなっていたのである。

悦美の下腹部に顔を近づけた綺羅羅は、恥丘の上部から下部に向かって剃刀を動かしていった。そのたびに泡にまみれた恥毛が肌から切り離され、ヌルッとした生肌が顔を出してきた。

「ほら、きれいに仕上がったわ」

十分ほどかけて上から下まで丁寧に剃ると、恥毛は一本残らず根もとから切り取られ、一面ヌルヌルした肌へと変貌した。

「これでショーに出る準備が整ったわね。あとはお尻の穴のお掃除だけれど、悠児たちにおチンポをハメられたの」

「い、いえ……お二人からアヌスの奥まで指で何度もえぐられましたが、おチンポは恵んでもらえませんでした」

悦美は恥ずかしげに口ごもりながら、年下の女王《ドミナ》に向かってアヌスの開発状況を報告した。

「それは、私が禁止したからよ。女将さんとの希望で、アナル開通の権利はおまえを買ってくださるお客さんに譲ることにしたの。つまり、おまえのお尻の穴にはプレミアムな値段がつけられたってわけ。だから、悠児も哲もおまえに手を出さなかった……いえ、おチンポを出さなかったのよ」

綺羅羅は悦美に裏の事情を明かしてやった。

「でも、おまえは欲しくてたまらなかったんだろう？」

「ううっ、おっしゃるとおりです。お二人から入れ替わり立ち替わり穴の奥まで指嬲りされて、気が変になるほど感じてしまいました」

「ホホホ、正直になったわね。花屋の社長さまもこういう旅をするとプライドも見栄も捨てて、存分に奴隷の身分を愉しむことができるでしょう」

「は、はい……」

「それじゃあ、素直になったご褒美に、私が道具を使ってイカせてやるよ」

綺羅羅の手には黒いディルドウが握られていた。それは椅子の上に置かれた性具のうち最後まで残っていたもので、黒光りする表面に刻まれた螺旋の溝がいかにも不気味な雰囲気を醸し出していた。

彼女は悦美に向かって顎をしゃくるとこう言った。

「私の膝の上に腹這いになってお尻を差し出しなさい。白豚の卑しいお尻を平手で打ち懲らしながら、アヌスにディルドウを入れてヒイヒイとよがらせてやるから」

第七章　屈辱の緊縛生本番

1

　旅館の母屋は三階建てであるが客室は二階までで、一番上の階はふだんは立ち入り禁止になっていた。エレベータのボタンはたしかに三階まであるが、三階を押しても点灯せず、客はそのフロアに達することができなかったのである。

　しかし、月に数回オークションを兼ねた奴隷ショーが開催されるときだけは例外であった。三階行きのボタンは有効となり、特殊な設備のなされた三階のフロアは客に開放されるのであった。もちろん、ショーのある日は観光客や湯治《とうじ》客の予約は受け付けず、客はすべて秘密の快楽を目当てにやってきた者ばかりであった。

「さあ、お客さんたちがお待ちかねよ」

綺羅羅はすっかり準備を整えると、悦美を連れてショーの開催される宴会場へ連れていった。

「お入り！」

「…………」

悦美は恐怖と緊張に胸をドキドキと高鳴らせながら、綺羅羅の開けた扉の隙間を通って会場の広間に入った。

広間は二、三十畳分ほどもあるが一般的な旅館の宴会場とは異なり、畳敷きではなくて洋風にフローリングされていた。

中央に直径三メートルほどある円形ステージが設置され、床よりも一段高くなっている。そのステージを見ることができるように壁沿いに丸テーブルとラグジュアリーな肘掛け椅子が十数組置かれ、それぞれの席に浴衣姿の客が座っていた。

椅子とテーブルのセットは正確に数えてみると十二脚ある。つまり、その夜の客は十二人だったのである。彼らはゆったりくつろいで酒を飲んだり隣の客と談笑したりしていたが、悦美が姿を現すといっせいに緊張の面持《おも》ちとなって彼女に視線を向けた。

ショーの主役の登場であるから当然と言えば当然だが、悦美自身男たちの視線を惹きつけるに足るだけの魅力を備えていた。

彼女はブラジャーとパンティ、ストッキング、ガーターベルト、ハイヒールのパンプスというでたちでショーに臨んでいた。全裸で過ごしたそれまでに比べると、下着をつけている分だけマシな姿であると言えなくもなかった。

しかし、黒一色で統一された下着そのものがまともではなかった。

ブラジャーはカップが刳り抜かれていてレースのフリルに縁取られたフレームの中に双つの巨きな乳房が乳首ごと丸見えになっているし、デルタが透けて見えるパンティはTバックで、縦割れしたクレヴァスの中に深く食い込んでいる。それらに加えて黒の網ストッキングや踵《かかと》の高さが十センチ以上あるハイヒールなどが悦美の肉体を妖艶に装飾している。いわば、彼女のつけている下着は肉体を隠すものではなく、かえって局部を卑猥に飾りたてるためのものだったのだ。

だが、それにしても皮肉なものであった。南国の逞しい男のペニスを夢見て彼女自身があつらえた下着を思いもよらぬ場所で別の男たちに披露するというのだから。

もっとも、その男たちは卑猥な下着をつけた悦美の裸体を見て大いに悦んだ。特に、彼らの目が集中したのはカップレスのブラジャーに妖しく縁《ふち》取られた乳房やTバックショーツの食い込む股間の割れ目であった。

ホルスタインを連想させる乳房は見るからに迫力を感じさせ、下膨れになっている肉塊の頂上に媚肉の突起をそばだたせている。乳輪も乳首もピンクとまではいかないが、ややメラニンの沈着した色合いが女将の評したとおり脂の乗りきった熟女の好色さを感じさせ、客たちの劣情を誘うのであった。

そして、小高い陰阜《いんぷ》と黒紐の食い込むデルタはパイパンに剃り上げられ、ぬめっとした外陰唇が小さな布の左右にはみ出している。

しかも、客たちはボリューム感あふれる悦美の裸体を目で観賞するだけでなく、蠱惑的な乳房や尻に手を触れ、さらにはセックスすることさえ可能なのだ。いわば、悦美の登場は脚たちの淫らな期待を一気に現実のものとして彼らを興奮の坩堝《るつぼ》に巻き込んだのである。

そして、悦美も彼らの期待に背かぬように、売買対象品である奴隷のなりをしていた。彼女はセクシーな下着をつけているだけでなく、黒い革の首輪をはめられ、うなじに取り付けられたリードの鎖を綺羅羅の手に握られている。つまり、首輪と鎖は従順な奴隷の象徴で、買い取られた相手には絶対的に服従することを示しているのであった。

「白豚、四つん這いにおなり。ここへやってきたからには、いっさい我が侭《まま》は通用しないからね。お客さまにおまえの畜生姿を披露して、愉しんでいただきなさい」

リードを握った綺羅羅が厳しく命令した。彼女もトラックを運転していたときの作業服姿とは打って変わり、女王《ドミナ》に相応《ふさわ》しいいでたちをしていた。細腰をさらに細く締める編み込みのコルセットをつけ、膝上まである踵の高いブーツを穿いていた。コルセットはブラジャーと一体のものだがカップは乳房の下半分を覆うだけで、ピンとそばだつ乳首を剝き出しにしていた。また、コルセットの下側は鳩尾《みぞおち》のあたりまでしかなく、臍からブーツまでのあいだには何もつけていなかった。つまり、彼女の下半身は悦美より一足早く剝き出しになっていて、パイパンの陰阜の下にぬめっとしたデルタの媚肉を深々と縦割れさせている様子が客の目から観察されたのである。

もっとも彼女はあくまでショーの演出者で、悦美のような奴隷商品ではなかった。綺羅羅の肉体は観賞することができても触れることはできなかったのだから。哲や悠児から「お嬢」と呼ばれる彼女は高慢でプライドが高く、男に肉体を見せつけることはあっても、ペニス欲しさに男に媚びることとは無縁であった。

「ほら、お行き！」

――ピシーン！

「うひっ……」

屈辱的な四つん這いの格好にさせられて、恥ずかしさのあまり前に進むのを躊躇《ためら》っていた悦美は、剝き出しの臀丘に鞭を打ち込まれるとようやく決心しておずおずと這い進んだ。

「お客さま方一人一人におまえの肉体をよく見ていただくのよ」

綺羅羅は鞭とリードを操って、四つん這いの悦美を思いのままに進ませた。悦美は広間を大回りさせられ、壁寄りに置かれた客席の一つ一つを巡らなければならなかった。

四つん這いで手足を動かすたびに乳房や臀丘の巨《おお》きな肉塊は微妙にずれ動いて成熟した女体のエロティシズムを際立たせ、客たちの目を淫らに刺激した。

いや、淫らな要素は視覚だけでなかった。乳牛にも見紛う肉塊から漂う乳臭さ、肌から滲み出る汗、化粧用のファンデーション、耳裏に立ち込める香水の香り、さらにはクレヴァスから発散される淫蜜の匂いなどがミックスして、むんむんするようなエロスの香りを体全体から立ちこめさせている。

そんなわけで、テーブル席の客たちは悦美が近づいてきて通り過ぎるまでのあいだ、熟女奴隷の醸し出す妖艶な魅力を視覚と嗅覚で満喫するのであった。

その一方で、全裸に近い四つん這い姿で客席を巡る悦美は、晒し者にされる恥ずかしさにマゾヒスティックな興奮をかき立てられずにはいられなかった。彼女は広間の客たちの熱い視線を感じながら、肌を熱く火照らせた。

だが、恥ずかしいお披露目は一周だけでは終わらなかった。

「パンティを脱がせてやるよ」

綺羅羅は出入り口の扉の前まで戻ってくると、手を伸ばして悦美の股からTバックのパンティを引き抜いた。

「まあ、この白豚ったら、おつゆをべっとり染み込ませているじゃない」

綺羅羅はパンティを両手で高く掲げて拡げると、それを客たちに見せながらわざと呆れたようになじった。

「やっぱりおまえは発情狂の白豚だったのね。お客さまたちの前を通りながら、おチンポを想像して、すっかり興奮してしまったのでしょう」

綺羅羅の言うとおり、彼女の掲げたパンティは悦美の分泌した淫蜜にまみれ、黒い生地でもはっきりとわかる染みがついていた。

「どう、返事をおし」

「ううっ、綺羅羅さまのおっしゃるとおりです。男日照りの悦美はお客さまたちのそばを通るたびに太くて逞しいおチンポを想像して、割れ目を卑しく濡らしてしまいました」

綺羅羅に追及されると、悦美は客たちに媚びるように返事をした。客の年齢層は三十代から七十代までと幅広かったが、みな精力みなぎる好色家で、そばを通った悦美には彼らが浴衣の下に隠された一物を早くもそばだてているのが感じられたのだ。

「パンティをこんなに濡らしているのだから、確かめるまでもなく性器はヌルヌルね。でも、お客さまは白豚の本性をまだよく存じ上げていないわ」

綺羅羅は女サディストの面目躍如といった口調で年上の悦美を嬲ると、拡げたパンティを四つん這いの尻の上に置いた。

「今度は一人で回っておいで。客席ごとに染みのついたパンティとおつゆまみれの性器を披露し、おまえがおチンポに飢えた白豚だということをよく知ってもらうのよ」

「あわっ、一人で行かせないで！　綺羅羅さまもいっしょについてきてください」

と、綺羅羅の命令を聞くと、悦美はおろおろと哀願した。たとえ鞭で追いたてられようと、綺羅羅そばについていてくれるほうがよほど心強かったのだ。

「いい歳をして、幼稚園児のようなことを言うんじゃない。さっさとお行き！」

――ピシーン！

「うひっ！……」

宙高く掲げた臀丘を鞭で打ち弾かれ、悦美は泣く泣く一人で再出発した。パンティを剝ぎ取られた彼女は秘部を無防備にさらけ出している。その部分を客たち一人一人に観察されなければならないのだ。

「お客さまから手が届くくらいに近づくのよ」

仁王立ちになって悦美を監視する綺羅羅は悦美が最初の客のところへ行くと、離れた位置から厳しく注文をつけた。

「お客さまにお尻を向けて、脚を開きなさい」

「…………」

悦美はあえかな呻きを込み上げさせながら、一番手前のテーブルにいる客に向かって四つん這いの尻を向け、脚を八の字に開いて秘部を観察させた。

「うっ、いやはや、何とも……」

最初の観察者となる光栄に浴した五十過ぎの男は、大きく身を乗り出すと眼鏡越しに性器やアヌスを凝視した。彼は他の客席の男たちを意識して照れ笑いをしたが、うわずった声には興奮の度合いがはっきりと窺われた。間近で見る悦美の性器は紛れもなく淫蜜に濡れそぼち、ヌラリとした花弁をさらけ出しているのだ。

しかも、彼女の尻の上にはTバックの黒いパンティが染みをべっとりとつけて拡げてある。

しとどに濡れそぼった性器と染みつきパンティの生々しい光景は、カップレスのブラジャー、ガーターベルト、ストッキングなどのセクシーな装身具と相俟《あいま》って、悦美の裸体をこのうえなくいやらしいものに仕立てていた。

男は彼女の後ろから手を伸ばして秘部に触れようとする衝動に思わず駆られかけた。しかし、あえてそうしなかったのは、常連客である彼が奴隷ショーのルールを順守したことにもよるが、あとで存分に愉しむことができると知っていたからである。つまり、ショーの構成は視覚と嗅覚から始まり、プログラムが進行するにつれて触覚、聴覚、味覚と五感を用いて奴隷の肉体を満喫することができるようになっていたのである。

「ご挨拶代わりにお尻を振りなさい。そうしたら、つぎのお客さまのところへ行くのよ」

「ううっ、恥ずかしい……」

悦美は低い呻きを込み上げさせながら、客に向けた双臀をクネクネと振り立てた。とろりとした淫液を濡れ光らせるパイパンの性器や媚肉の皺を集めるアヌスが巨大な臀丘ごと艶めかしく揺れ動くさまが男の目を愉しませたのは言うまでもない。

こうして悦美は一人一人の客に向かって淫蜜にまみれた性器を披露し、自分がペニスに飢えた発情奴隷であることを伝えるのであった。

2

肉体のお披露目が終わると、いよいよショーが開始された。

それまで控え室にいた哲と悠児が入ってきて、綺羅羅とともに悦美を連れてステージに上がった。

「ヒヒヒ、今度は俺たちの番だ」

「おまえの大好きなレイプゲームをお客さんたちの前でしてやるぜ」

客たちの前に現れた哲と悠児は褌《ふんどし》一丁という姿で股間を白い晒しの木綿で隠していた。もっとも、彼らのペニスがすでに勃起していることは、大きく盛り上がった生地を通してはっきりとわかったが……。

二人はまず慣れた手つきで悦美の裸体に縄掛けをした。緊縛プレイは彼らの得意とするところだったのである。亀甲縛りで白い肌に縄を食い込ませ、巨きな乳房をいっそう大きく見せるようにくびり出した。つぎに縄を首や二の腕から背中に回し、両手を高手小手に縛り上げた。さらに二、三メートルほどあまっている縄を天井の梁《はり》から垂れている鎖のフックで折り返し、右脚の膝のあたりにもってきた。

「膝を〝く〟の字に曲げて脚を上げるんだ」

「ううっ、そんな恥ずかしい格好をさせないで」

男たちの命令を聞くと悦美はおろおろと哀願した。彼女は客たちの前で卑猥なポーズをさせられると悟ったのだ。

しかし、彼らは聞く耳を持たなかった。悠児が彼女の足首を掴んで強引に引っ張り上げ、宙に浮いた膝裏に哲が縄を通して脚を下ろすことができないようにした。こうされると悦美は左脚一本でステージに立ち、〝く〟の字に曲げた右脚を高々と上げて股間を客たちの視線に晒すよりほかなかった。

「準備はいいようね」

「ばっちりです。縄がきりきりと肌に食い込んで身動き一つできませんや。しかも、脚を上げているから、牝穴もケツ穴も丸見えですぜ」

綺羅羅が鞭を手にして悦美の前に立つと、哲は縄化粧のでき栄えを自慢して言った。

「縄にくびり出された巨乳もパイパンの性器も、お嬢の鞭でたっぷりお仕置きをしてやれますぜ」

「ホホホ、白豚の緊縛ポーズができ上がりってわけね」

綺羅羅は、不自由な片足立ちを強《し》いられた悦美の裸体を上から下まで見て満足げに笑った。

「でも、身動き一つできないんじゃ、お客さまには不都合ね。すべての角度から白豚の肉体を観賞してもらわなくちゃ……ほらっ！」

——ピシーン！

「ひゃいーっ！」

鞭が空を切り裂いて乳脂の塊《かたまり》のような乳房を打ち弾いた。悦美は強烈な痛みに耐えかねて悲鳴をあげ、乳房をブルブル痙攣させながら体の向きを変えた。急所である乳首を鞭から庇《かば》おうとする本能が働いたのである。だが、鎖のフックに掛けられた縄とステージの床についた片足だけを頼りに行なうぎこちない動作は、綺羅羅にとって思うつぼであった。

「ほらっ、きりきり舞いをさせてやるよ」

——ピシーン！

「ひゃあっ、痛ぁーい！」

綺羅羅に背中を向けた悦美の後ろから、パイパンのデルタと接する鼠蹊《そけい》部めがけて恐ろしい鞭が飛んできた。悦美は膝を曲げた状態で片脚を高々と宙に上げているために、革鞭のヘラは容易に股のつけ根を襲うことができたのである。

――ピシーン！

「ひぃーん！　お尻が灼《や》けますぅ！」

つづいて、小山のような肉塊を揺るがせて鞭が臀丘に打ち込まれ、悦美は白い肌をプルプルと震わせて悲鳴をあげた。

彼女は二発、三発と鞭を打たれるたびに痛みに急《せ》かされ、片脚を上げたまま体を回転させた。つまり、綺羅羅の謂《い》うところのきりきり舞いをさせられたのである。そのためステージを遠巻きにしているすべての客たちは、居ながらにして悦美の裸体をさまざまな角度から観察することができた。

――ピチィーン！

「おひーん！　お許しくださいーっ！」

綺羅羅は思いのままに鞭をふるって無防備な裸体を容赦なく打ち弾いた。乳房、脇腹、性器、臀丘、アヌスと……悦美は恐ろしい鞭から急所を庇おうと懸命に体の向きを変えたが、片足立ちを強いられているために動きはのろく、とうてい綺羅羅の鞭から逃れることはできなかった。しかも、乳房を庇おうと彼女に背中を向ければ、性器やアヌスが絶好の角度で鞭の射程に入ってしまう。一つの急所を隠せば他の急所が露になるというように、どのように体を回転させても残忍な鞭打ちから逃れることはできなかったのである。

――ピチィーン！

「いひぃーん！」

特につらいのは太股の鼠蹊部やパイパンにされたばかりの性器、アヌスなどの媚肉や粘膜を打たれることであった。膝のすぐ上を括った縄に引っ張られて右脚を高々と宙に浮かせているために、痛みに敏感な箇所はすべて無防備に晒されている。無慈悲な女王《ドミナ》である綺羅羅がそれらの急所を見逃すはずがなかった。

――ピチィィーン！

「ひひぃーん！　死んでしまいますぅーっ！」

太股の鼠蹊部からラビアにかけての柔肌を思いきり打ち弾かれると、悦美は広間中に響く悲鳴をあげて狂ったように身悶えた。

客たちは固唾《かたず》を飲んで残虐なショーを見物したが、小麦色の引き締まった肌を持つ女王《ドミナ》が白くもちもちした乳房や臀丘を性器やアヌスとともに露にしている熟女奴隷を思いのままに打ち懲らす光景は、彼らのサディスティックな情欲をそそらずにはおかなかった。客のうちの何人かは浴衣の裾から股間に手をやり、硬く勃起したペニスをいじりはじめるほどであった。

「白豚奴隷悦美！」

「うあっ、はい！　綺羅羅さま」

ステージの上で四、五回転もきりきり舞いをさせられた悦美は、恐ろしい女支配者に呼ばわれると息を切らしながら服従の返事をした。無抵抗、無防備な状態で鞭を何発も打ち込まれた彼女は、奴隷の悲哀をいやというほど味わっていた。

「お仕置きの鞭を打たれてどうなったの」

「うひっ、発情しました。白豚奴隷の悦美は、綺羅羅さまに鞭を打たれて卑しく発情し、おつゆをとろとろこぼしてしまいました」

嘘をつくことはできなかった。彼女の性器は鞭を打たれている最中にラビアのあわいから淫蜜をあふれさせ、太股に何筋も伝わらせていた。その光景が周囲の客の目にもはっきりと捉えられているのだから。

「おチンポが欲しいんだろう」

「ああっ、欲しくてたまりません」

悦美は性器もアヌスも丸見えの緊縛裸体を客たちの目に晒しながら、淫欲の虜《とりこ》となった熟女の思いを訴えた。

「男日照りの悦美はどなたかに早くおチンポを恵んでいただきたくて、ウズウズと待ち焦がれています」

「ヒヒヒ、どなたかとはまず俺たちのことだぜ。牝穴の感度がどれほどのものか、お客さんたちに知ってもらうんだ」

ステージの端で控えていた悠児と哲は、綺羅羅に合図されると中央に進み出た。彼らは褌の紐を解いて素っ裸になり、客たちに向かって高々と聳え立つペニスを自慢げに披露した。彼らの男性シンボルはＡＶ男優の持ちものと比べても遜色なかったのである。

「まず、俺がハメてやる。しこたまよがり泣いてお客さんたちに聞かせてやりな」

悠児が一番手に名乗りを上げると、悦美の髪を摑んで体を引き寄せた。彼は悦美とともに舞台の中央で回転しながら、恣《ほしいまま》に乳房を揉んだり性器に指を挿し入れたりして周囲の客たちに見せつけた。

「お客さんに見てもらうショーだから、チンポと牝穴の結合部が観察できる体位でハメてやるぜ」

悠児は悦美の背後に立ち、硬くいきり立ったペニスを尻の側から性器にあてがった。

「そらっ、やりたがりの淫乱女《スケ》！　お待ちかねのチンポ挿入ショーだ」

「ああ、あっ！　あいーん！」

淫蜜にまみれたラビアを割って太いペニスがヴァギナに侵入してくると、悦美は感に堪《た》えぬように叫びをほとばしらせた。

彼女はすでに何度も悠児と哲に犯されていたが、多数の客に見られながら凌辱されるのは初めてであった。恥ずかしくてとうてい客席に視線を向けることなどできなかったが、綺羅羅の仕置きで身も心も熱く火照らせた彼女は、衆人環視の中で行なわれる凌辱セックスに喩《たと》えようのないマゾの興奮を昂らせた。

「あひひっ、あひーん！」

「ヒヒヒ、今夜はまたいちだんと燃えているようだな」

悠児は腰を下から上に向かって動かしながら、じわっと締めつけてくるヴァギナの感触を愉しんだ。

「興奮しているのか、淫乱女《スケ》」

「あひっ、興奮しています……いひっ、ひーん」

「そのわけを言ってみな」

「綺羅羅さまに鞭を打たれて、体が熱く疼いたから……」

「つまり、おまえは鞭打ちに興奮するマゾの発情牝ってわけだ。だが、それ以外にも理由があるだろう」

「あ……あの、お客さまにセックスを見られるのが恥ずかしくて……」

「恥ずかしくて興奮するのなら、羞恥プレイの好きなマゾだな。だが、本当はおまえは露出狂なんだろう。チンポをハメられているところを他人から見られるのが大好きな露出狂の淫乱女《スケ》だ」

「うひっ、好きじゃありません……あひっ、ひいっ！」

悦美は懸命に打ち消した。だが、下から太いペニスにヴァギナの奥まで突き上げられると、たちまち悦楽の悲鳴をほとばしらせた。

「ほら、お客さんたちはチンポのはまった牝穴を一生懸命見ているぞ」

「ああっ、いやらしいものをみんなに見られるなんて……」

悠児は腰を上下に動かしてペニスをヴァギナに撃ち込みながら、悦美の背中に密着した体を少しずつ回転させた。それに連れて悦美も床についた左脚を支点に体を回転させ、ステージを遠巻きにする客一人一人にペニスとヴァギナの接合部を見せていった。

「あひっ……ああっ、恥ずかしくて感じちゃう」

「お客さんから顔を背けたり、目をつぶったりするんじゃないぞ。マゾ牝のハメられ顔をよく見てもらうんだ」

凌辱ショーのツボを心得ている悠児は後ろから悦美の髪を掴み、客席に向かって顔を上げさせた。悦美は性器だけでなくよがり顔まで観察される恥ずかしさに興奮の度合いをいっそう募らせ、粘膜とペニスのこすれ合うゾクゾクするような感覚に激しく惑乱した。

「ひっ、ひっ……いひーんっ！」

「ヒヒヒ、よがり泣きもマゾの雰囲気じゅうぶんだ。お客さんにサービスしてやっているのか」

「ひいっ、違います。太いおチンポにこすられて、つい声が出てしまうんです」

「そのチンポは、だれに恵んでもらっているんだ」

「悠児さまでです。男日照りの悦美は、悠児さまに太いおチンポを恵んでもらって、ヒイヒイとよがり泣きしています……あひーん、太いおチンポにこすられますぅ！」

「俺と哲で昨日から何発もチンポを恵んでやったな。恩を感じるか」

「感じます。お二人から太いおチンポを恵んでいただいて、マゾ牝奴隷の悦美は心から感謝しています」

「それでもまだ欲しがるというんだから、まったくこの女《スケ》は飢えていやがるぜ」

悠児は意地悪く言い嬲りながら、さらに勢いよくペニスを突き上げた。

「ひん、いひーん！　もうイッてしまいますぅ」

「ヒヒヒ、何度でもイキな。好きもの熟女のアクメ顔をお客さんたちにたっぷり見てもらうんだ」

「おひーん！　本当にイッちゃう！　こんなに早くイクなんて……ああっ、もうだめぇーっ！」

悦美は懸命にこらえようとしたが、片脚上げのあさましい緊縛セックスに惑乱した彼女はエクスタシーの波動が襲ってくるのを防ぐことができなかった。彼女はひきつけでも起こしたように乳房をブルブルと痙攣させながら、多数の客の見ている前で絶頂感の大波に溺れていった。

3

悠児は悦美を二度、三度と絶頂に追い上げたあと、ようやく彼女との結合を解いた。

しかし、悦美は悠児が離れたあとも緊縛から解放されず、屈辱の凌辱ショーをつづけなければならなかった。

「今度は俺がよがらせてやるぜ」

股間のペニスを高く聳えさせながら舞台の中央に進み出た哲は、アクメの余韻に浸っている悦美の髪を摑んで顔を上げさせた。

「おねだりはどうした。悠児におねだりをしたように俺にもマゾねだりをして、チンポに飢えた発情牝の願いを言うんだ」

「ああっ、哲さま！ 卑しい淫乱奴隷の悦美におチンポをお恵みください。哲さまの太いおチンポで子宮を突き上げて、悦美にヒイヒイとよがり声をあげさせてください」

悦美は恥ずかしげに喘ぎながらも、客たちに聞こえるように大きな声で卑しい懇願をした。

「哲、別の格好でハメておやり。お客さんたちにいっぱい愉しんでもらうのよ」

「じゃあ、宙吊りの開脚ファックといきますか」

哲は綺羅羅の注文を承《う》けると、悠児に手伝わせてそれまでの緊縛ポーズを手直しした。

乳房をくびり出す亀甲縛りはそのままにして後ろ手の縄を解き、両手を頭の上に真っ直ぐ上げさせた。高く上げた左右の手首を再び縄で括り、その縄を頭上から垂れている鎖のフックで折り返して左の膝に巻きつけた。

そのあいだじゅう悦美は悠児に体を抱きかかえられていたので、床を離れた左脚は右脚と同じように膝で〝く〟の字に曲げられてしまった。そのため彼女は両手と両膝をフックに支えられ、脚をM字に曲げた開脚ポーズで体を宙に浮かすことを余儀なくされた。

「さあ、もっと股を開かせてやる」

新しい緊縛体位が完成すると哲は悦美の後ろに回り、彼女の膝裏を摑んで両脚をめいっぱい拡げさせた。

「ホホホ、おチンポ好きの牝奴隷にうってつけのポーズができたわね」

そばで見ている綺羅羅も緊縛体位の出来栄えに満足げな笑い声をあげた。

「気分はどう、マゾ牝奴隷？」

「ううっ、恥ずかしくて死んでしまいたいです……」

情けない体位を自覚した悦美は、白い肌をピンクに染めて喘ぐように言葉を絞り出した。片足一本立ちの緊縛ポーズも屈辱的であったが、空中M字開脚のあらたな体位はいっそうの屈辱感とみじめさを感じさせるものであった。

「お客さまにご報告をしなさい。おまえがおチンポ欲しさにどんな格好をしているのか」

「あうっ、そんなことを言わなくてもすっかり見られているのだから……」

「お言い！」

──ピシーン！

「ひいっ、ご報告します。マゾ奴隷の悦美は、股を開いて割れ目を丸出しにした格好でおチンポをハメてもらうのを待っています」

問答無用の無慈悲な鞭に乳房をしたたかに打ち弾かれた悦美は、観客に向かって自分のあさましいポーズを説明した。

「どうか、パイパンの性器をじっくりご覧ください。もうヌルヌルで、さっきからおつゆを垂らしっぱなしにしています」

凌辱ショーの一番手を務めた悠児は射精せずにペニスを抜いたが、悦美の性器は激しいセックスの名残《なごり》を示すかのように淫蜜にまみれていた。客の目にもすっかり明らかになっていることを自分の口から言わされる恥ずかしさに、彼女はいっそうマゾの興奮を募らせるのであった。

「おねだりポーズをしているのね、マゾ牝悦美」

「ああっ、おっしゃるとおりです。牝奴隷の悦美は、おチンポ欲しさにいやらしい格好をして、ハメてもらうのを待っています」

「フフフ、悠児にさんざんイカしてもらったのに、まだ足りなくて俺からも恵んでほしいんだな」

「お恵みください、哲さま！　発情牝の悦美に太くて硬いおチンポを恵んでくださ
い」

悦美は哲を振り返って懸命にねだった。彼のペニスは空中であさましいご開帳をしている悦美の後ろから股間を通り抜け、ぱっくり割れたラビアの下部を掃き撫でていた。太く膨れた亀頭がトロ濡れの粘膜をこする淫猥な感触は、ペニスに飢えた悦美の焦燥感を煽ってやまなかった。

「男日照りの悦美は昨日から今日にかけて久しぶりに硬いおチンポを味わいましたが、もっと欲しくてウズウズしています。どうか、昨日のレイプゲームのつづきをして、お客さま方の目の前でマゾよがりをさせてください」

客の耳も憚《はばか》らずに懇願する声はまるで熱にうなされたようで、情欲の虜となった淫乱熟女の思いを伝えてあまりあった。

広間に連れてこられた当初は緊張と恥ずかしさで声を出すこともできなかった悦美

であるが、片足一本立ちの緊縛ポーズで綺羅羅に乳房や性器を鞭打たれ、また衆人環視の中で悠児に凌辱されるにつれてマゾヒスティックな興奮を昂《たかぶ》らせ、あさましく本性をさらけ出してしまったのである。

だが、男買いの海外ツアーというふいかがわしい企画に参加した彼女にとって、拉致・監禁・レイプの末に緊縛凌辱ショーの主演を務めさせられるという展開は夢にも想像できなかった反面、心の底にあった淫らな願望を叶えるものであった。悦美は自分のあさましい性《さが》を深く恥じながらも、客たちに聞かれながらセックスねだりの卑猥な台詞を言うことに激しく興奮するのであった。

「俺のペニスが牝穴をかすめているのがわかるか」

「ううっ、わかります。哲さまのおチンポがラビアを分けながら前後に動いているのが……」

悦美は掠れた声で返事をした。彼女の後ろに立った哲は両手を悦美の膝裏にあてがって股を大きく開かせながら、硬く勃起したペニスでラビアを何度も掃き撫でていた。淫蜜まみれの花弁に接してペニスが前後にうごめく光景はいかにもいやらしげだが、悦美はペニスと媚肉の触れ合う淫らな触感に視覚以上の興奮を覚えた。

「おチンポに飢えた悦美をこれ以上焦らさないでください。ラビアをこすってばかりいないで早く穴の中に入れて、悦美をヒイヒイよがらせてください」

「お客さんに愉しんでもらえるか」

「お愉しみいただきます！　おチンポをハメられている最中の牝穴も、卑しいハメられ顔も、みなさんにたっぷり見ていただきますから、どうか男日照りの悦美に太いおチンポを恵んでください」

「フフフ……」

哲は悦美をさんざん焦らして卑屈な懇願を何度もさせると、ようやくペニスを穴の中に押し込んだ。

「あひっ、太いのが入ってくる……あおっ、いいっ！　あいーん！」

あさましい台詞を言うことによってマゾの情欲を煽られた熟女奴隷は、硬く勃起したペニスが侵入してくるとたちまち喜悦の叫びをあげた。哲のペニスは悠児のものに遜色なく、空中開脚体位の新鮮さと相俟って彼女を激しく惑乱させたのだ。

「そら、そら！　どうだ！」

「ひっ、ひっ、ひーん！」

哲は重量感たっぷりの巨大な尻を両手で抱きかかえ、それを繰り返し持ち上げた。四、五センチ持ち上げたところで力をすっと抜くと、支えを失った尻はストンと落下してもとの位置まで戻ってくる。いわば、彼はその場に立ったまま半自動、半手動のピストン運動をペニスに行なわせているのだった。

だが、凌辱される悦美はたまったものではなかった。並の女よりも遥かに巨きな尻が勢いよく落ちるたびにヴァギナは硬直したペニスに粘膜をえぐられ、ズシンという激しい衝撃を子宮に受ける。縄掛けされた乳房がブルッと揺れるほどの衝撃は並たいていではなく、悦美は快楽と苦痛の狭間《はざま》で激しく泣き悶えた。

「ひいっ、ひーん！　おひーん！」

「フフフ、さすがはペニスに飢えた淫乱牝だ。悠児にハメられたあとでもいっそう激しく泣きわめくじゃねえか……ほら、お客さんたちによがり顔をよく見てもらえ」

哲も悠児同様、ショーのツボをちゃんと心得ていた。彼はペニスにピストン運動をさせながら体を回転させ、ステージを取り巻く客一人一人に悦美の体を正面から観察させた。それで、客たちは性器とペニスの結合する生々しい光景や、レイプにも等しい緊縛セックスによがり狂う顔の表情、さらには体の上下につれてぶらぶらと揺れ動くホルスタイン級の乳房などをじっくりと観察することができるのだった。

「おまえの身分をばらしてやろうか。何という会社の女社長さまであるかということを」

「わひゃっ！　やめて！　それだけは言わないでください」

悦美は哲の脅しに顔を引きつらせて叫んだ。

「秘密は守るって、最初にちゃんと約束したじゃありませんか。だからツアーに参加したんです」

「この牝ったら、とんだ勘違いしているようね」

悦美の抗議を聞くと、綺羅羅が哲に代わって意地の悪い声で応対した。

「プライバシーを守るという約束は、S&V社という旅行会社がしたんでしょう。おまえはその会社とは無関係な別のツアーをしている最中なのよ」

「フフフ、レイプとSM調教を愉しむツアーだ。こっちのほうがよほど興奮するんだろう」

「ああっ、お願いです。どうか言わないでください。身分を明かされてしまったら、もう生きていけません」

「社長さまとして生きていけなくても、奴隷としてなら生きていけるぜ」

「ひいっ、虐めないで！　どんなことでもしますから」

「それなら身分を言う代わりに、おまえがどんな目的でどんなツアーに参加したのか、お客さまたちに説明しなさい。男日照りの事情もちゃんと話すのよ」

綺羅羅が厳しい口調で命令した。悦美をどのように扱うのかは、彼女の一存にかかっていたのである。

「あ、あの……悦美は或る会社の社長をしていますが、独身なのでここ四、五年はセックスとご無沙汰でした。それで、おチンポにずっと飢えていましたが、一人の友だちがS&V社という旅行会社のことを教えてくれました。その会社は悦美のようなおチンポに飢えた淫乱熟女を東南アジアのT国に連れていき、その国の男たちとセックスをさせるというツアーを企画しています。太くて逞しいおチンポが選《よ》り取り見取りという話を聞くと、淫乱な発情牝である悦美は矢も楯もたまらずツアーに参加しました」

悦美はM字開脚の体位で哲にペニスを入れられたまま、周囲の客たちに向かって男買いツアーに参加することになったいきさつを話した。自分がどれほど淫乱な女であるかということを白状するのは恥ずかしかったが、それでも新橋「フローラ浜精」の社長という具体的な身分を知られるよりはずっとましであった。

「旅行の日、迎えの車に乗って空港に向かいましたが、途中でこの人たち……いえ、綺羅羅さまたちに拉致されてトラックの荷物室に監禁され、道中哲さまと悠児さまにレイプされました」

「フフフ、人聞きの悪いことを言うんじゃない。お客さんが誤解するだろう」

後ろから悦美を抱きかかえた哲は、ゆっくり体を回転させて卑猥感たっぷりの裸体を披露しながら彼女の言葉を訂正した。

「レイプというのは不合意のセックスだ。おまえはハメてくれとせがんだんだぞ……ほら、これがよくてヒイヒイとマゾ泣きをしたのはだれだ」

「あひっ、悦美です……ひいっ、ひーん！」

悦美は太いペニスにヴァギナを突き上げられると、たちまちよがり声をあげた。

「言い間違えました。レイプじゃなくて、レイプゲームでした。哲さまと悠児さまにレイプゲームをしてもらって、男日照りの悦美はお二人のおチンポを心ゆくまで堪能しました」

「ペニスを味わっただけでなく、ほかの悦びも知っただろう」

「ほかの悦び……？」

「縄と鞭だ。緊縛ポーズで鞭の仕置きを受けて、おまえはどうなったんだ。ひとつ、お客さんたちに聞かせてやれ」

「ああっ、とても興奮しました。アダルトビデオでしか見たことのない亀甲縛りをされて肌をきりきりと締めつけられ、鞭を打たれて灼けるような痛みを覚えると、マゾの悦びがゾクゾクとわき上がってきました」

「それでおまえは奴隷になってショーに出ているというわけね」

「綺羅羅さまのおっしゃるとおりです。やっと男日照りが解消されたのに、もっとおチンポが欲しくてたまらない淫乱牝の悦美は、綺羅羅さまにお願いしてこのショーに出演させていただきました。ここにおいでのみなさまにどんな恥ずかしい御奉仕をするように命じられても悦んでしますから、どうか素性《すじょう》を明かすのはお許しください」

「どんな御奉仕をするのか言ってごらん」

「おチンポをおしゃぶりします。そのあとで、卑しい牝穴におチンポを恵んでいただきます」

「おチンポを舐めただけじゃハメてもらえないわよ。奴隷に相応《ふさわ》しい御奉仕があるでしょう」

「あ、あの……お尻の穴を舐めます。牝奴隷悦美はお客さまお一人お一人のお尻の穴を丹念に舐めて悦んでいただきます」

悦美がそう言うと、客席からは「おおっ」という感嘆と賛同の声がわき起こった。

上品な顔立ちで白くむちむちした肉体の持ち主である熟女奴隷にフェラチオだけでなくアナルクンニまでしてもらえることを知って、期待感が大いに高まったのである。

「そういうことなら、おまえの素性は当分のあいだマゾ牝奴隷悦美ということにしておいてやるよ」

綺羅羅は上機嫌に応じた。

「ただし、ちょっとでもいやがったり、お客さまのご機嫌を損ねたりしたら、苗字と会社名をばらすからね。そうなったら、哲の言うように世間から隠れて闇の奴隷として生きていくよりほかないわよ」

「けっしていやがりません。お客さまに気に入っていただけるように、心を込めて御奉仕します。どうか、素性を明かさないでください」

「さあ、哲！　悦美をイカしておやり。ショーが終わったら、お客さま方のお愉しみタイムよ」

「それじゃあ、張りきってやってやるか。これで俺たちは御役御免だからな……それっ！」

「あっ、あっ……ひーん！　ひゃっ、ひゃいーん！」

哲は綺羅羅にけしかけられると、緊縛凌辱セックスを再開した。といっても、彼がピストン運動をするのではなく、悦美の巨大なヒップを利用して彼女にピストン運動をさせるのである。白くプリプリした尻肉に両手をかけて彼女の肉体を高く持ち上げる。膣からペニスが抜ける寸前に手の力を抜く。

するとり、宙吊り状態の悦美は重量感たっぷりの尻に引っ張られて裸体を落ち込ませ、屹立する肉棒にヴァギナをこすられながらペニスのつけ根まで落下するのである。そのたびにズシンという衝撃が子宮に生じ、彼女は脳天の痺れるような被虐感に泣き悶えた。

「ひん、ひん、ひぃーん！　ひゃひーん、死ぬぅ！」

あまりにも淫らで生々しい体位とマゾの被虐感によがり狂う悦美の表情や泣き声が周囲の観客たちに与えるインパクトは計り知れなかった。客たちは迫力満点の凌辱ショーに固唾を飲みながら、胸にいだいた情欲をいっそう大きく膨らませた。ショーが終われば、目の前であさましい姿態をさらけ出している妖艶な美女から淫らな奉仕を直接受けることができるのだ。そのことを想像すると、彼らの期待と興奮はいやがうえにも高まらずにはいられなかった。

第八章　菊蕾を穿つ巨大ディルドウ

1

悦美は二回目の緊縛セックスでも数度の絶頂感を味わい、哲が射精し終わって結合が解かれたときにはへとへとに疲れきっていた。彼女は哲と悠児に抱きかかえられていったん広間をあとにし、別室で三十分ほど休憩した。そのあいだに化粧を直し、ブラジャーとストッキングを真っ赤なものに替えさせられた。そして、支度が済むと綺羅羅に連れられて再び客たちのもとへ赴《おもむ》いた。

だが、彼女が連れていかれたのは、同じ階にある別の会場であった。

「さあ、お入り。たくさんのおチンポがおまえを歓迎してくれるから」

綺羅羅は部屋のドアを開け、四つん這いの悦美の尻を鞭で軽く打ちはたいた。

「………」

カップレスの真っ赤なブラジャーをつけて白い巨乳を揺らしながら中に這い進んだ悦美は、新しい会場がまるでウナギの寝床のように細長い空間であることを知った。間口は二メートルほどであるのに対し、奥行きは十メートル近くもあったのである。

そして、悦美を驚かせたのは、左右の壁から十数本のペニスが狭い空間に向かってずらりと突き出していることであった。

実は、悦美が入ったのは会場の一部であって、ウナギの寝床の両側には壁で隔てられた空間があったのだ。そこに客たちが立ち、壁に開けられた穴越しにペニスを悦美のいる空間に向かって突き出している。それで、彼女の両側にはペニスが砲列のように並んでいるというわけであった。

もっとも、露出しているのはペニスだけではなかった。円形の穴は直径四十センチもあり、臍の下から大腿部までが見えていた。

また、仕切りの壁は天井には接しておらず、高さが百五十センチ程度である。そのため客たちは壁の上端から頭を出し、悦美の姿を見下ろすことができた。彼らは全員がニット製の黒い目出し帽を頭からすっぽりかぶっていた。つまり、目と口の部分だけ開口した帽子で顔を隠し、剝き出しのペニスを壁の穴から突き出しているのだ。

それはフェラチオやセックスの最中の顔の表情を他の客から見られないための配慮であるが、壁の穴からずらりと突き出したペニスとともに何とも異様な光景を作り出していた。

「お一人お一人に満足していただけるように、心を込めて御奉仕するのよ。ほら、お行き！」

「はい……」

悦美は小声で返事をすると、右側の一番手前の穴から突き出しているペニスのところへ這い進んだ。

「お客さま、御奉仕をさせていただきます」

そのように前口上を述べ、水平より少し上向きの角度を保っているペニスに舌を絡めた。

「あむ、ぺろ……」

「む……」

仕切り壁の上端から頭を出している客は、四つん這いの悦美を見下ろしながら快楽を味わった。客たちのいる空間は床が一段低くなっているので、悦美は四つん這いの格好をしたまま、立っている客のペニスを舐めることができるのであった。

「後ろで見ているお客さまにもサービスをするのよ。脚を開いて性器やお尻の穴をご覧いただきなさい」

「はい！　ぺろ、ぴちゃ……」

悦美は客のペニスを壁越しに咥えながら、真っ赤な網ストッキングに彩られた脚を八の字に開いた。そうやって尻の谷底に連なるパイパンの性器や茶色い皺を集めるアヌスを後ろの客に観察させるのである。

――ピシーン！

「むひっ！　ぺろ、むむ……」

綺羅羅のふるう鞭は奴隷の行なう性奉仕を督励するものであった。悦美は鞭を打たれるといっそう熱心に舌を動かして亀頭や竿筋に淫らな刺激を送り込みながら、肉感たっぷりの臀丘をいやらしげにくねらせて後ろの客の目を愉しませた。

供え餅を双つ並べたように白くむちむちした尻は悠児にメガヒップと名づけられ、また綺羅羅から白豚呼ばわりされる要因となったものだが、その巨《おお》きな肉塊が谷底に性器やアヌスを覗かせながら妖しげに揺れ動くさまは、ペニスへの奉仕を受けていない客をも興奮させるにじゅうぶんであった。

「ぺろ、あむ、ぴちゃ……」

そして、淫らな情欲に駆られた美熟女の行なう巧みなフェラチオは、奉仕を受ける客を存分に満足させた。ヌラヌラした舌と唇は亀頭の鈴口やカリの稜線・溝、さらには竿筋、陰嚢などに繰り返し絡みついて快楽を増幅させた。

「うむ、快感だ！　イカせてもらえるのかね」

「お望みとあれば、白豚奴隷に命じてイクまで舐めさせますわ。淫乱牝の悦美のことだから、お客さまに精液を恵んでもらえば大悦びして一滴残らず飲み干すことでしょう」

悦美に代わって綺羅羅が返事をした。彼女は小麦色の裸体を惜しげもなく晒しながらも、傲然とした態度を崩さなかった。

「でも、このあとアナルクンニや牝穴の凌辱が控えていますので、精力の浪費は控えたほうがよろしいのではありませんか。お客さまが三連発も悠々とこなす絶倫家であるなら止めはいたしませんが」

「………」

そう聞くと、客は黙ってしまった。たしかに、精力の配分を考えて行動しなければ、肝心なときに勃たないという不名誉な仕儀にもなりかねない。ここは綺羅羅の言うようにエネルギーを温存しておいたほうが身のためであった。

「さあ、つぎのお客さまに御奉仕しなさい」

最初の客がフェラチオを満喫した頃合いを見計らって、綺羅羅は悦美を二番目の客のところへ這い進ませた。

「手抜きをしたら承知しないからね。お一人お一人に満足していただくのよ」

「けっして手抜きはしません……お客さま、どうかお愉しみください。あむ、ぴちゃ」

十数人の客に口淫奉仕をするという行為はただおざなりにペニスを舐めればよいというものではなく、客をじゅうぶんに満足させなければならない。それで綺羅羅は悦美に厳しく釘を刺したのだが、彼女の危惧《きぐ》は杞憂《きゆう》であった。

いかにも重たげな乳房と臀丘の持ち主である悦美はなよなよとした姿態で、敏捷《びんしょう》な運動神経に恵まれているとはお世辞にも言えなかったが、淫らな奉仕をやり遂げるだけのじゅうぶんな体力を備えていた。いわば、瞬発力はないが、持続力はあったのだ。

しかも、三十路半ばを越えた女盛りの肉体は快楽に対する飽くなき欲望に支配され、通常なら吐き出してしまいたくなるほど多数のペニスを咥え込むことを厭《いと》わなかった。

淫欲の塊である悦美にとって、色合いや形、サイズの異なるさまざまなペニスと出会うことは、尽きせぬ興奮と悦びの源泉なのであった。

彼女は一本一本のペニスに執着し、根もとから先端までを貪《むさぼ》るように舐めしゃぶった。そのしつこさと熱心さは監視役の綺羅羅が呆れるほどで、彼女は悦美の貪婪《どんらん》さに淫乱熟女のパワーを見せつけられる思いであった。

客たちも一人残らず悦美の奉仕に満足したのは言うまでもない。ペニスにえも言われぬ快感を覚えながら、四つん這いの淫らな格好で双臀をクネクネと揺り立てる全裸奴隷の姿を見下ろすことができるのだから。

なかには興奮のあまり、綺羅羅の忠告に背いて口内射精をしてしまう者も二人や三人ではなかった。体力に自信があって意図的に射精する猛者《もさ》もいたが、たいていは募りくる快楽を抑制しきれずに射精してしまうのである。しかし、悦美は射精の瞬間もペニスから口を離さず、ドロドロした精液をすべて飲み込んでから清めの奉仕を口でつづけて相手を悦ばせるのであった。

こうして悦美は一時間半ほどの時間をかけて、左右に並ぶすべてのペニスをしゃぶり尽くしたが、彼女にはあっという間の出来事のように思われた。

2

「つぎは何の御奉仕をするのか、わかっているわね」

「はい、綺羅羅さま。お客さまのお尻の穴を舐めて、悦んでいただきます」

悦美は綺羅羅に念を押されると小声で返事をしたが、顔には逡巡《しゅんじゅん》の表情が滲み出ていた。淫乱熟女の性《さが》をすっかり剝き出しにしてペニスへの奉仕を熱心に行なった彼女であるが、アナルクンニとなると話は別であった。

十二人もの不潔なアヌスを舐めて回ることを考えると、ぞっと怖気《おじけ》をふるって尻込みしてしまうのだ。

しかし、「どんな男の尻の穴でも悦んで舐める」のはマゾ奴隷になるための条件であり、またその証《あかし》であった。彼女は哲や悠児、綺羅羅、さらには会場に集まった客たちに向かってその台詞を何度も言わされた。今さら「いやです」と拒絶することなどできなかった。

「少しお待ち。お客さまに快楽を味わっていただくあいだ、おまえにも同じ快楽を味わわせてやるから」

「えっ！……」

悦美はびっくりした。まさか、客たちの尻を舐めながら、彼女自身もアナル責めをされるとは思っていなかったのだ。だが、綺羅羅の言葉を聞くと浴室で受けたアナル調教の記憶が甦《よみがえ》り、彼女の心には恐怖とともに奇妙な期待感がわき上がってきた。悦美は拉致されて以来、それまで知らなかったアナル感覚の淫らさを着実に覚えはじめていたのだ。

「お嬢、持ってきましたぜ」

「ほら、お待ちかねのものがきたわ」

「あわっ、そんなものを……」

悠児がドアを開けて中に入ってきたが、悦美は彼の手にしたものを見た途端、ひそかにいだいていた淫らな期待を粉々に打ち砕かれてしまった。

悠児が届けにきたのは、悦美の予想を遥かに超える巨大なディルドウであった。長さが四、五十センチもあるステンレス製のパイプで、先端がアルファベットのUのように大きなカーブを描いて折り返し、七、八センチ先の終点に金属球を二個連ねている。それぞれの球はゴルフボール大もあって、アヌスの中に押し込むのはとうてい不可能と思われるサイズであった。

悦美は鈍色《にびいろ》の光を不気味に放つ金属球を見ながら、背筋をぞっと凍りつかせずにはいられなかった。

「つけておやり。一個だけ入れて、残りの一個は外に出しておくのよ」

「悦美！　ケツをこっちに向けな」

「ううっ、そんな巨きいものは入りません」

悦美は涙目になってつぶやいた。しかし、悠児は彼女の尻を手荒く引き寄せると、パイプの湾曲した部分を握って先端を菊蕾の窪みに押しつけた。

「ひゃあーっ！」

アヌスの皺をめいっぱい拡げて侵入してくる金属球の冷たい感触と耐え難《がた》い圧迫感に、悦美は絶叫しながら四つん這いの四肢をブルブルと震わせた。

「ひいーっ！　お尻の穴が裂けてしまいますぅ！」

「排便の逆向きだと思えばいいんだ。これぐらいの糞をひり出すのは朝飯前だろう」

「うひいっ……こんな太いウンチなんかしたことがありません」

「ヒヒヒ、そうやってわめいているうちに、ほら、すっぽり入ったぜ」

「ああーっ……」

潤滑用ゼリーの塗られた球が肛門を半分通過すると、残りの部分も筋肉の収縮によってすうっと内部に吸い込まれた。額に脂汗を浮かべて苦悶していた悦美はようやく安堵のため息をついた。

だが、悠児はせっかくの機会を最大限に活用するかのように、ディルドウを握った手を前後に動かして球を戻したり進ませたりした。

「ほら、どうだ。気持ちいいだろう」

「ひっ、ひっ、ひっ！　お尻の穴が圧迫されて、気が変になっちゃいますぅ！」

「ヒヒヒ、これはアナルフックというんだ。マゾの淫乱女《スケ》にお似合いの道具じゃねえか」

悠児はニタニタ笑って金属球を前後に動かしながら、責め具の名称を教えてやった。

「だが、こうして動かしてやっているのは、おまえのためなんだぞ。ケツの穴をほぐしておかないと、二個目のときにまた苦しまなくちゃならねえからな」

「うひいっ、堪忍！　一個だけにしておいてください」

「二個目を入れるのは俺の役目じゃねえ。お嬢がこのアナルフックを使って、ケツ舐めのテクニックを仕込んでくださるぜ」

「ひいっ、綺羅羅さま！」

悦美は後ろを振り返って懸命に泣きついた。

「一個だけでも下腹が苦しくてたまりません。どうか、二個目を入れるのは堪忍してください」

「お黙り、白豚！」

綺羅羅は悦美の哀願をぴしゃっとはねつけた。

「マゾ奴隷の分際で私に注文をつけようっていうの。このアナルフックが気に入らないのなら、球を三つ連ねたものに替えてやるよ」

「わひゃっ、お許しを……」

「悠児、さっさと準備をするのよ」

「ヒヒヒ、悦美！　お嬢を怒らせるともっとひどい目に遭うぜ。せいぜいいうことをきいてお客さんたちに悦んでもらいな」

悠児は親切ごかしに言い聞かせながら、アナルフックに長さ一・五メートルほどの細い鎖を接続した。

先端の球をアヌスに埋め込んだ金属製フックは大きく湾曲して尻の頂上に出てから背中の真ん中あたりまで延びている。そこがアナルフックの根もとだが、その部分のステンレスパイプは扁平に押しつぶされ、接続用の穴が開いている。

悠児は鎖の一方の端に付属するナスカンをその穴にはめたのである。そして、革の取っ手のついているもう一方の端を首輪のリングに通し、背中に向かって折り返した。うなじから延びた鎖は一メートル少々であるが、四つん這いの奴隷を後ろから支配するのにじゅうぶんな長さであった。

「お嬢、こっちの鞭を……」

悠児は交換用の鞭も持参してきた。長いシャフトに革ヘラのついた鞭であることに変わりはなかったが、柄尻がL字形に曲がっているので鉤《かぎ》棒の機能を併せ持ち、逆向きに持ち替えれば悦美の尻にはまったアナルフックを鉤で押したり引いたりすることができるのである。綺羅羅はそれを受け取ると、リードを片手に悦美を見下ろした。

「御奉仕をする前に、ファッションショーをさせてあげようね」

「……?」

「ファッションモデルは新しいデザインの服を披露するために、両側にお客さんの居並ぶ通路をしゃなりしゃなりと歩いていくだろう。おまえにもそれと同じことをさせてあげようというのよ」

綺羅羅は意地の悪い笑いを浮かべながら、ビクビクしている熟女奴隷に向かって説明した。

「つまり、アナルフックのお披露目というわけ。おまえがそれをつけてどれほど悦んでいるのか、お客さんに知ってもらうのよ」

「ううっ、悦んでなんかいないのに」

「ホホホ、悦んでいるかどうか、すぐにわかるわ……さあ、お行き。ファッションモデルに相応しく、しゃなりしゃなりとお上品に歩くのよ」

――ピシーン!

「あうーっ!」

後ろから鞭を打たれた悦美は恥ずかしさに耐えながら、四つん這いの手足を動かして前に進んだ。

狭い空間の両側には壁越しに客が立ち並び、目出し帽の奥から興味津々に悦美を見つめている。奥に向かって延びている通路は、まさに綺羅羅の言うとおりファッションショーの舞台だったのである。

――ピシーッ!

「うひっ!」

「牝奴隷! しゃなりしゃなり歩くようにと言ったでしょう。どういうふうに四つん這い歩きをするの?」

「あうっ、アナルフックのはまったお尻を振って歩きます」

悦美は綺羅羅の謎かけの意を悟ると卑屈に返事をした。

「牝奴隷悦美は、お客さま方にアナルフックをご覧いだきたいという牝奴隷の気持ちを込めて、お尻を振りながらしゃなりしゃなりと歩きます」

「わかっているなら、そうやってお歩き」

――ピシーン!

「ひっ、仰せのとおりに! うひっ……」

悦美は鞭に追い立てられながら、双臀をクネクネとくねらせて四つん這いの畜生歩きを両側の客たちに披露した。

背中にステンレス棒の重みがずしりとのしかかり、自分がどれほど卑しい格好をしているのかということを思い知らされた。

だが、その棒は重いだけでなく、尻に沿って大きく湾曲しながらUターンしてアヌスを穿《うが》ち、直腸の粘膜に耐え難い圧迫感を覚えさせている。彼女はあさましい姿を晒す恥ずかしさと、粘膜を広げて直腸にわだかまる金属球の圧迫感にマゾヒスティックな喘ぎを塞《せ》き敢《あ》えなかった。

「ホホホ、白豚奴隷の雰囲気がいちだんと増したわよ」

「ううっ……」

後ろから鞭をふるって追いたてる綺羅羅に意地悪く言い嬲られて、悦美は悔し涙をこぼしそうになった。ツアー客である自分がどうしてこんなみじめな思いをさせられなければならないのかという悔しさと無念さが彼女の気分をいっそうやるせないものにしたのである。

だが、綺羅羅によって白豚呼ばわりされる悦美の姿は、客たちの目にはむしろ乳牛に見えたことだろう。それも、搾乳量の優秀な乳牛に。なぜなら、彼女は四つん這いで歩くたびに懸命に双臀をくねらせたが、その一方で胸から垂れた巨乳は巧《たく》まずしてぶらぶらと揺れるのだから。

そして、ショー開始時の奴隷のお披露目歩行のとき同様、悦美はアナルフックのお披露目歩行も二往復させられた。それが綺羅羅の流儀だったのである。

だが、二度目の往復行には恥ずかしさに加えて耐え難い苦痛が伴《ともな》った。

「あっ?……」

歩きはじめて二、三歩のところでリードの鎖を後ろから引っ張られ、悦美は立ち止まることを余儀なくされた。

「こら、白豚！　だれが止まっていいと言ったの」

「うひっ、そんな！」

綺羅羅は厳しく叱りつけたが、馬の手綱《たづな》を引き絞るように鎖を押さえた張本人は彼女自身であった。

「ほらっ、行くのよ」

——ピシーン！

「あうっ……うひいっ！」

悦美は懸命に体を前に進めようとしたが、鎖の張力とアヌスへの圧迫感に阻《はば》まれて顎を上げてしまった。

綺羅羅の握っている鎖は首輪に固定されているのではなく、うなじのリングを通ってアナルフックに繋げられていたのだ。それで、手綱を引き絞られたまま前に進もうとすると、鎖を引っ張る力はアナルフックにまで及ぶ。つまり、U字に曲がったステンレスのディルドウは鎖に引っ張られてアヌスの奥に進もうとするのである。

だが、アヌスの外には瘤《こぶ》のように膨れた二個目の球があり、それが菊蕾を押しひしごうとして粘膜に強烈な圧迫感をもたらすのであった。

「うひっ、ひいっ！　動けません」

悦美は鎖を引っ張る力で金属球を半分近くまでアヌスの中に呼び込んだが、それ以上自力で入れるのは不可能であった。そもそも、彼女は二個目の金属球で直腸を穿たれることなど望んでいなかったのだ。だが、残虐な女王《ドミナ》の前では彼女は無抵抗な奴隷であった。悦美はおぞましい圧迫感に晒されながらも、必死の努力をつづけるしかなかった。

「どうやら、自分だけの力じゃ無理なようね」

綺羅羅は鎖を引き絞ったまま悦美の苦悶する様子を観察していたが、やがて見切りをつけたように言った。彼女は鞭を逆さまに持ち替え、柄尻をアナルフックの湾曲部にあてがった。

「ぎゃあーっ!」

悦美は咽喉の奥から断末魔の牝獣のような悲鳴をほとばしらせた。菊門のところでつかえていた金属球は綺羅羅の操る鞭の柄尻にぐいっと押し込まれ、直腸の中に勢いよく侵入したのである。

直径三センチもある金属球に菊皺をめいっぱい拡げられる痛みは皮膚が裂けてしまうかと思われるほどで、悦美はそれだけで気が遠くなりかけた。

だが、苦しみはそれだけではなかった。二番目の金属球が肛門内に割り込むことによって、すでにアヌスを穿っている先頭の金属球が直腸の奥へと突き進んでいくのだから。

「うひひっ、ひぃーん！　お腹が！……」

二個の球に直腸を拡げられたり、下腹を突き上げられたりする圧迫感は破壊的なほど強烈で、悦美は発狂してしまいそうなほどの苦しみに泣き悶えた。

「お行き！」

「うひっ、ひっ……」

ようやくリードの鎖を緩められ、悦美は苦しみに呻きながら歩みを再開した。しかし、直腸の内部にわだかまる金属球の圧迫感に彼女は手足を萎えさせ、真っ直ぐ歩くことさえ困難であった。

「しっかりお歩き！」

――ピシーン！

後ろの綺羅羅はともすればよろけそうになる悦美の裸体をリードの鎖で支えながら、気付けの鞭を臀丘に見舞った。

「ファッションショーの最中だということを忘れたの。アナルフックをお披露目するモデルはどうやって歩くの」

「ううっ、お尻を振ってしゃなりしゃなりと……うひぃっ、もう気が変になってしまいます……」

悦美は懸命に双臀をくねらせたが、なよなよと力のない動きはいかにも心もとなく、見物する客たちに被虐感に満ちたマゾ奴隷の姿を伝えてあまりあった。

3

「どう、白豚奴隷？　アナルフックをはめられて悦ぶ姿を、お客さま方に披露している」

「うひいっ、悦んでなんかいません！　つらくて気が狂いそうです」

悦美はよろよろと手足を運びながら、後ろから問いかける綺羅羅に向かって苦しげに返事をした。

「このファッションショーは、お尻の穴にアクセサリーをはめられて悦ぶ姿をご覧いただくためのものだと言ったでしょう。白豚の分際でモデルをさせてもらっているのに、お客さまに悦ぶ姿を見せたくないっていうのね」

「ひっ！　そ、そんなことはありません。つらいから、つらいと言っただけで……」

悦美は慌てて言い訳をした。恐ろしい女王《ドミナ》を怒らせればどうなるか、骨の髄まで知っていたのである。しかし、綺羅羅は彼女の言葉を遮《さえぎ》るようにきめつけた。

「悦びがまだ足りないっていうわけね。それならこうしてやるわ」

「?……ひゃいーっ!」

綺羅羅がリードの取っ手を思いきり引っ張ると、首輪のリングで折り返した鎖はアナルフックをぐいっとうなじに向けて引きずり上げた。すると、アヌスに埋め込まれた金属球はさらに奥深く直腸を穿った。先端にある二個の金属球からU字の湾曲部までは七、八センチあるので、その長さ分だけアヌスを穿つ余地があったのだ。

「ひゃいーん! お許しください! お許しください、綺羅羅さまぁ!」

「白豚! めいっぱい悦んでいるの? それとも、まだ足りない?」

「ひっ、ひいっ! めいっぱい悦んでいます! 白豚奴隷悦美はお尻の穴にアナルフックをはめられて、気が狂うほど悦んでいますぅ!」

「ホホホ、悦んでいるか悦んでいないかすぐ明らかになると、私が言ったとおりだろう」

綺羅羅は勝ち誇って言った。

「ほら、両側のおチンポを見てごらん。どうなっているの」

「うひひっ……みなさん硬くなっています」

悦美はおぞましい被虐感に気を失いそうになりながら、両側の壁から突き出したペニスの列に目をやって返事をした。彼女の言うとおり、猥褻なファッションショーに興奮した客たちはペニスを一様に硬く勃起させていた。

「おチンポ好きの白豚がお尻の穴にアクセサリーをつけられて悦ぶ姿を見て、お客さま方のおチンポが硬く勃ってくる。ファッションモデルとしてこれほど嬉しいことはないだろう」

「う、嬉しいです……」

「ほら、ファッションショーをつづけなさい」

「うひいっ、どうか、アナルフックをもとに戻してください」

「ホホホ、しょうがない牝ね」

目的を遂げた綺羅羅は上機嫌に笑うと、鉤形に曲がった鞭の柄尻をフックの湾曲部に引っかけ、二番目の金属球を抜き出してやった。先頭の球は直腸内に残ったままであるが、一個抜かれただけでも悦美に蘇生の思いを感じさせるのにじゅうぶんであった。

だが、悦美は二度目の往復行で、四、五回も同じ苦しみを味わわなければならなかった。なぜなら、アナルフックお披露目のファッションショーが性具をはめられた悦美の〝悦び〟を知ってもらうものである以上、すべての客に彼女の〝悦ぶ姿〟を間近で見せなくては不公平になるからであった。

「さあ、アナルクンニの御奉仕をはじめなさい」

スタート地点に戻ってくると、綺羅羅は最初の客を指さして命じた。

フェラチオ奉仕のときと同じ順番で、一番手前右側にいる客はすでにアナルクンニを受けるためのポーズをしていた。つまり、彼は客たちの中で一人だけ体の向きを変え、ペニスの代わりに裸の尻を穴から出していたのである。

壁の穴は直径四十センチもあり、そこに尻を押しつけてアヌスをさらけ出しているさまは、その尻が魅力的な美女のものでなくてむくつけき中年男のものであるだけに、或る種の滑稽さと奇怪さを感じさせずにはおかなかった。客としても、他人の目の前でそんな格好をしてアナルクンニをされるのは気恥ずかしことだろう。それで、せめて他人から顔を見られないようにと黒いマスクをしているのであった。

「最初は蕾の上を丁寧に舐めるのよ。私が或る合図をしたら、舌で穴を割って奥まで舐めなさい」

「合図って？」

「ホホホ、わかりきったことでしょう。穴の奥まで舐めてお客さんに悦んでもらうのだから、おまえにも同じことをして悦びを味わわせてあげるわ。それが合図よ」

「……！」

笑いながら説明する綺羅羅の言葉を聞いて、悦美はぞっとした。綺羅羅の合図とは、悦美のアヌスに金属球を押し込むことだったのだ。

「ファッションショーでさんざんいい思いをしたうえに、御奉仕の最中にも同じ悦びを味わわせてもらえるのだから、奴隷冥利《みょうり》に尽きるでしょう。私に感謝しなさい」

「………」

悦美は黙っていたが、たしかに綺羅羅には感謝すべきかもしれなかった。なぜなら、ファッションショーと称するアナルフックのお披露目で彼女は綺羅羅から何度もアヌスに金属球を出し入れされたおかげで、肛門の筋肉がほぐされ、以前ほどの痛みを感じなくなっていたからである。いわば、悦美は公開アナル調教によって、下腹を深く突き上げてくる性具に肛門や直腸を馴致《じゅんち》されたというわけである。

しかも、フックに馴らされただけでなく、それのもたらすアナル感覚に淫らな情感を少しずつ呼び覚まされていった。四つん這いの悦美は性具のはまったアヌスの下に無毛の性器を晒しているが、ラビアやクリトリスが新たに分泌された淫蜜にとろりと濡れそぼっているのは後ろから観察されるだけでなく、彼女自身も肌で感じていた。

「ここにいるお客さま方は全員が白豚奴隷悦美の御主人さまなのだから、どのようなお尻だろうと穴の奥まで悦んで舐め、舌でピカピカに磨いて差し上げなさい」

「は、はい。けっしていやがりません。白豚奴隷悦美はお一人お一人のお尻の穴を丁寧に舐めて、悦んでいただきます」

悦美は肚《はら》を決めて返事をした。そして、壁の穴から尻を露出している最初の客のところに這い進み、四つん這いのまま首を伸ばして双臀の谷底に顔を押しつけた。

仕切り壁の向こうは床が低くなっているので、客たちは立ったまま尻を向けて四つん這いの奴隷にアナルクンニをさせることができるのだ。

「あむ、ぺろ……」

悦美は長く差し出した舌を菊蕾の上に這わせた。

だが、アナルクンニの奉仕はフェラチオとは異なり、生理的嫌悪感に打ち克《か》たなければとうていやり果《おお》せるものではなかった。同じ排泄器官であってもペニスは生殖器の一面を持つのに対して、アヌスは不潔な大便の排泄器官以外の何ものでもなかったからである。そのことを意識するとどうしても怖気づいてしまうのだ。

「ぺろ、ぴちゃ……」

とはいえ、奴隷の身分に甘んじる悦美は吐き気をこらえてでも卑屈な奉仕に邁進《まいしん》しなければならなかった。彼女は菊皺を平《なら》らに均すかのように、舌を上下左右に往復させたり円を描いたりして敏感な粘膜に刺激を送り込み、奉仕を受ける客に倒錯の快感を覚えさせた。

「む、ぴちゃ……」

「……!」

穴の中から尻を突き出した客は菊蕾の上をいやらしげに這い回る舌の触感に、声にならない呻きを込み上げさせて双臀をヒクヒクとうごめかせた。柔らかくてぬらりとした舌にアヌスの媚肉を舐められる感覚はこそばゆくもこのうえなく刺激的で、じっとしていることができなかったのである。しかも、奉仕を行なっているのは豊満な乳房と臀丘を備え、むんむんするような色気に満ちた美人奴隷である。淫らなアナル感覚に加えて、四つん這いの全裸奴隷に尻の穴を舐めさせているというサディスティックな要素が重なり、彼のペニスは一段と硬く張りつめた。

「ぺろ、ぺろ……ぺちゃ」

最初は尻込みしていた悦美だが、奉仕を開始すると本来の淫乱な性《さが》が頭をもたげ、生理的嫌悪感などすっかり忘れてしまった。彼女は両手で客の尻を拡げたいという欲求さえ覚えながらも、四つん這いのポーズを保ったまま顔を双臀の谷底にうずめて舌を熱心に這い回らせた。

「ぺろ、ぴちゃ……あわっ？　わひゃっ！」

尻にはまっているアナルフックが突然動き出し、悦美ははっと狼狽《うろた》えた。後ろの綺羅羅が鞭の柄尻をフックの湾曲部にあてがい、第二の金属球を押し込んだのである。

「うひっ、ひいっ！」

悦美は反射的に尻の穴を窄めて異物の侵入を防ごうとしたが、すでにアナル馴致の公開調教で金属球のサイズに馴らされているアヌスは、肛門の菊皺をめいっぱい拡げて球を直腸の中に迎え入れた。

「うひひっ！　うひーっ！」

悦美はアヌスに生じるぞっとするような感覚と強烈な圧迫感に打ち負かされ、身を捩って苦悶した。しかし、奴隷奉仕に従事する彼女は、金属球の侵入が客への新たなサービスを命じる合図であることをすぐに思い出した。

「うむ、うんむ！」

悦美は懊悩《おうのう》するように双臀をヒクヒクと痙攣させながらも、舌の先端を客の尻の穴に深く挿し込み、直腸の粘膜をえぐるように舐めた。

「うおっ……」

客の口からうわずった声があがった。ヌラヌラした舌で直腸の内壁を舐め回される快感が脳天を突き上げ、声を出さずにはいられなかったのだ。

「うむ、ひゃむ……むひゃ！」

悦美も舌でアヌスを穿ちながら、くぐもった鼻声で悦虐の呻きを込み上げさせた。鞭の柄でアナルフックを操る綺羅羅が直腸内の金属球を前後にゆっくりと動かしたのだ。

「舌の動きをフックに同調させなさい。フックが奥まで入っていったら、おまえも舌を奥まで入れて、フックが引き出されたら舌を手前に戻すのよ」

綺羅羅はそう命じながら、アヌスを穿つ性具をさらに奥まで押し込んだ。

「ひゃんむーっ！」

ステンレスの湾曲部が双臀の谷底に押しつけられると、直腸内の金属球は下腹を深々と貫いて悦美に耐え難い圧迫感を覚えさせた。悦美は呻きを洩らしながらも、死ぬ思いで客のアヌスの奥まで舌を伸ばし、直腸の粘膜に淫らな刺激を与えた。

やがて、鞭の柄に引っかけられたフックがゆっくり手前に動いて金属球が一個だけ引き抜かれると、悦美は安堵のため息を込み上げさせながら客のアヌスから舌を引き戻した。

「どう、悦美？　自分もお尻の穴を虐められながらアナルクンニをすると、お客さんと快楽を共有できるでしょう」

「で、できます……あむ！」

悦美は綺羅羅の問いに深く同意した。彼女はアナルフックのもたらす倒錯的な快感にすっかり溺れ込んでしまったのだ。特に、下腹に耐え難い圧迫感を覚えさせられたあと、ゴルフボールほどもある金属球が出ていくときの安堵感と菊皺がめいっぱい拡がる倒錯のアナル感覚は、もう一度入れられたいという欲望を生み出すほどのものであった。

「さあ、つぎのお客さまのところへお行き」

「はい」

悦美は小声で返事をすると、彼女の奉仕を待つ二番目の客のところへ這っていった。金属製のアナルフックをはめられた奴隷の四つん這い姿は客たちの目に喩えようもなく卑猥なものに映ったが、その要因の一つに媚肉の割れ目からこぼれ伝わる淫蜜があるのは間違いなかった。

彼らは悦美がアナルフックによって激しく興奮していることを知り、自分の順番がくれば同じ快感を彼女自身の舌によって味わうことができるという期待感に胸を躍らせるのだった。

第九章　奴隷競売《オークション》の落札者

1

その夜、悦美は十二人の客全員にフェラチオとアナルクンニの奉仕を行ない、また彼らからヴァギナを一回ずつ犯された。

セックスのやり方もフェラチオと同じように、壁の穴から突き出しているペニスに向かって悦美が裸の尻を差し出すというスタイルであった。悦美はそれぞれの客のところに行くと後ろ向きで壁ぎりぎりまで体を寄せ、四つん這いのまま胡座《あぐら》を組むように下肢を交叉させた。

そして、大きく割り開かれた双臀を物欲しげにヒクヒクとうごめかせながら「どうか、淫乱牝の悦美におチンポをお恵みください」と卑屈に懇願するのであった。

拉致監禁の道中におけるレイプゲームで淫らな本性をすっかり暴かれた彼女は、哲と悠児にしたのと同じ表現で客たちにペニスねだりをしなければならなかったのだ。

だが「おチンポをお恵みください」ほど悦美の切実な心情を表現するのにぴったりな台詞はなかっただろう。悠児が言い当てたように「男日照りの淫乱女《スケ》」である悦美は満たされぬ性欲に衝き動かされて男買いのツアーに参加したのである。見知らぬ客とのセックスは彼女の渇望するところであった。

しかも、フェラチオもアナルクンニも客への奉仕であるが、セックスは悦美にとっておおっぴらに快楽を追求することのできる唯一の機会である。マゾ奴隷となった彼女は客からペニスを恵んでもらう状況に身を置くことにゾクゾクするような興奮と淫らな期待感をわき上がらせるのだった。

もっとも、客たちとのセックスには制約があった。一人の客が悦美の肉体を独占するわけにはいかなかったからである。

それで、客一人につき最長十分という挿入時間の上限が設けられた。その時間内に射精することは自由だが、コンドーム着用という条件もつけられた。

そんな条件の中でも悦美は一人で十二人を相手にしなければならないので、彼女のヴァギナは二時間のあいだペニスで埋まりっぱなしだった。だが、旺盛な性欲の持ち主である彼女は途中何度も絶頂に達しながらも倦むことなく十二人全員のペニスを味わった。そして、客たちも時間的制約があるにもかかわらず、ほとんどの者が倒錯的なセックスに激しく興奮して締まりのよい膣内で射精をしたのであった。

こうして悦美は綺羅羅の仕置きからはじまり、悠児と哲による緊縛凌辱、客たちへのフェラチオ、アナルクンニの奉仕、そして最後の輪姦セックスと、秘密ショーのプログラムすべてを一人でこなしたのである。

しかし、悦美のセックスツアーは高原の温泉旅館を終着点とするものではなかった。

翌日、昼食を済ませると、悦美は再び四トントラックに乗るように命令された。

「どこへ連れていかれるんですか」

悦美は不安に駆られて綺羅羅に訊ねた。

「おまえを買ってくれた御主人さまのところよ」

「えっ、私を買ったって?」

「昨夜十二人のお客さまに御奉仕をして、それぞれおチンポを入れてもらっただろう。あれは、おまえの奴隷としての価値を品定めするための肉体検査だったのよ。それで、おまえがくたびれきってぐっすり眠っている朝早く、奴隷の競売《オークション》が行なわれたってわけ。実物がいなくても、みなおまえの牝穴の締まりや御奉仕テクニックを賞味したあとなので、どれほどの価値があるかじゅうぶんにわかっていたからね」

「………」

「私も女将《おかみ》さんといっしょに立ち会ったけれど、みなさんずいぶんとおまえにご執心で、落札されるまで何度も値が釣り上がり、熱気のあるオークションになったわ」

「そ、それで、だれに買われたんですか」

「名前を聞いても顔と一致しないでしょう」

「………」

たしかに綺羅羅の言うとおりであった。悦美は昨夜客の名前も知らずに性奉仕を行なったり凌辱されたりしたのだから。とはいえ、自分がどのような男に買われたのかということは大いに気になるところであった。

「おまえは奴隷なんだから、たとえハゲだろうと醜男《ぶおとこ》だろうと、買われた御主人さまには心から服従して御奉仕をしなければならないのよ」

「わ、わかっています」

「ホホホ、安心おし。岩崎《いわさき》さまといって、なかなかの男前よ。おチンポも昨夜の十二人のなかでは上々の部類に入るわ」

綺羅羅は笑って教えてやった。彼女は悦美が高値で取引されたことで機嫌がよかったのだ。

「ただし、岩崎さまは正真正銘のサディストで、博多《はかた》にお住まいだけれど、本宅のほかに奴隷調教専用の別宅を持っていらっしゃるわ。おまえを買ったのはご自身の手で奴隷調教をして愉しむためだって。昨夜のショーでおまえが鞭の責めにマゾよがりするのを見て大いにそそられたそうよ」

「うっ、お仕置きをされるために買われるなんて……」

「あの方のお眼鏡にかなうのだから、おまえにはマゾの素質がじゅうぶんあるということよ。みっちりお仕置きをされて、どこに出しても恥ずかしくないマゾ奴隷に躾けてもらいなさい」

「そ、それで、岩崎さまは今どこに？」

「オークションが終了したあと午前中にお帰りになったわ。だから、私たちもあとを追って博多に移動するのよ」

「大事な商品を梱包してトラックに積み込み、お買い上げの御主人さまのもとにお届けに上がるってわけだ」

「ヒヒヒ、商品が傷つかないように、念入りに緊縛梱包をしなくちゃな」

綺羅羅につづいて、哲と悠児がニヤニヤ笑いながら冗談めかして言った。

「うひっ、またトラックの中で肉体をオモチャに……」

「博多までけっこう時間がかかるから、退屈しないように俺たちがサービスしてやろうというのさ。たしかに、おまえはサディストの御主人さまのところへ売られていく奴隷だが、ツアコンの俺たちにとっちゃ大切なお客さまだからな。最後までツアー客の面倒を見るのが俺たちの義務なのさ」

悠児が屁理屈をこねて言い聞かせると、哲も恩着せがましく言った。

「あっちに着いて本格的なお仕置きを受ける前に予行演習をしておけば、奴隷の心構えができるだろう。昨日のような一夜限りのショーじゃなくて、一人の御主人さまから何日にもわたってみっちりSM調教をされるんだから、生半可な気持ちでは務まらないぞ」

「あうっ、そんな恐ろしいところへ……」

悦美は急に怖くなって綺羅羅にすがりつくような視線をやった。

「そ、その……ずっと岩崎さまの奴隷としてお仕えしなくてはならないのですか」

「岩崎さまは他にも奴隷を所有してお屋敷で飼っていらっしゃるけれど、おまえの場合はオークションで落札されたといっても所有権が移ったんじゃなくて、数日のあいだ肉体を自由にする権利が買われただけよ。つまり、おまえは岩崎さまに貸し出されたレンタル奴隷というわけ」

「じゃあ、何日かしたら解放してもらえるんですか」

「岩崎さまがおまえのことを気に入れば、レンタル期間を更新して一週間でも一カ月でも手もとに置いておくかもしれないわね」

「ひいっ、そんな長いあいだ奴隷にされたら、会社に戻れなくなってしまいます」

「おまえの会社がどうなろうと、私たちには関係のない話よ」

「ヒヒヒ、おまえは社長さまよりも奴隷のほうがよほど性《しょう》に合っているだろう。毎晩しこたまお仕置きをされてマゾよがりの悲鳴をあげ、牝奴隷にお似合いの畜生芸を仕込まれて御主人さまに披露するんだ。そうすれば、ご褒美に太くて活きのよいチンポを恵んでもらえるんだから、マゾの淫乱女《スケ》にはこの世の天国ってものじゃねえか」

「あうっ、そんな目に遭うなんて……」

「フフフ、しっかり芸を披露して気に入ってもらえないと、チンポのお預けを食らってお仕置きが追加されるぞ」

「畜生芸って、どんなことを？」

「それは、岩崎さまのご一存で、哲や悠児の与《あずか》り知らぬことよ。でも、一つだけ確実なのは、お尻の穴をたっぷり虐められるってことね。おまえのオークションにはアナル処女の凌辱という権利がついていたのだから」

「あっ……」

悦美ははっと思い出した。綺羅羅は悦美の奴隷としての付加価値を高めるために、哲と悠児にアナル凌辱をさせなかったのだ。

「岩崎さまはご自身の手でお仕置きするためにおまえを落札したのだから、きっとただではお尻の穴におチンポを恵んでくれないでしょうね。お尻の穴を虐めながら、白豚奴隷に相応《ふさわ》しい畜生芸をみっちり仕込んでくれるはずよ」

「じゃあ、昨夜のようなアナルフックを使って？」

「ホホホ、あれを経験しておいてよかっただろう。おまえはおチンポを入れられたことのないアナル処女だけど、あのフックのおかげで直腸の粘膜に伝わる快感を入り口から奥のほうまで知ることができたのだから。御主人さまからアナルの畜生芸を躾けられれば、そこにおチンポを恵んでもらいたい一心で懸命に覚えようとするでしょう」

「ううっ、怖い……」

「ヒヒヒ、怖いだと？　しおらしいことを言っても、だれも信用しないぜ。おまえは牝穴にもケツ穴にもチンポを恵んでもらえると知って内心ホクホクしているんだろう」

「うひっ、ホクホクなんかしていません。怖くてドキドキしているんです」

「そのドキドキに期待感は含まれていないのか」

「あ、あの……少しは……」

「フフフ、怖いながらもマゾの期待感に胸を躍らせているってわけだ。淫乱熟女だけのことはあるぜ」

「さあ、ぐずぐずしているんじゃないの。さっさと梱包をしてトラックに積み込むのよ。素っ裸で駐車場まで歩かせてもかまわないから」

トラックを運転するために繋ぎの作業服身を包んだ綺羅羅は男たちに向かって命令した。

「私が運転するのは、おまえたちを愉しませてやるためじゃなくて、悦美に奴隷の服従心を覚えさせるためなんだからね。みっちりと躾をして、淫乱マゾ牝のテクニックで新しい御主人さまに御奉仕することができるようにしておやり」

「へい、へい。お嬢には感謝してますぜ」

綺羅羅が一足先にコテージを出ると、二人の男たちは悦美を素っ裸にして例の亀甲縛りで乳房をくびり出し、後ろ手に縄掛けをした。縛りが上半身だけであえて股に縄を通さなかったのは、博多に着くまでの道中二つの穴を存分にオモチャにしてやろうという魂胆があったからである。いわば、彼らは奴隷調教を名分に役得に与ろうというのであった。

こうして彼らは荷物をまとめると、素っ裸の縄掛け奴隷を引っ立てて駐車場に停めてあるトラックに乗り込ませた。

2

御亀温泉をあとにしたトラックはしばらく山中の国道を南下し、三次《みよし》ICから中国自動車道に乗った。そしてひたすら西に向かって走り、関門橋を渡って九州の地へ入った。

もっとも、荷物室にいる悦美は外を見ることができないので、トラックがどこを走っているのかまったくわからなかった。

それに第一、〝走る監禁調教室《ダンジョン》〟に閉じ込められている彼女には外の景色どころではなかった。緊縛された裸体を哲と悠児に交互に犯されたのだから。その合間には縄にくびり出された乳房への責め、バイブやディルドウを用いたアナル調教、さらには彼らへのフェラチオ奉仕と、たっぷり時間をかけて肉体を弄《もてあそ》ばれた。

悦美はそのようにして五、六時間のあいだ二人の男によって淫らなプレイを強《し》いられつづけたが、そのあいだにトラックは九州道、福岡《ふくおか》都市高速道を経由して、とある工業団地内に入っていった。そこは福岡空港の近くにあり、広い敷地には工場や流通センター、倉庫などが点在している。綺羅羅はそのうちの一つの倉庫の中へトラックを進入させた。

「悦美、降りておいで」

「………」

トラックが停車して荷物室のドアが開けられ、悦美は二人の男に支えられながら地上に降りた。恐るおそるあたりを見回すと、飛行機の格納庫のように広々とした空間の天井は高さが二階分ほどもあり、あたりには数台のフォークリフトや荷物を積んだパレットなどが置かれていた。だが、時間が遅いためか、それとも倉庫自体が休業しているためか、周囲に人影は見えなかった。

もっとも、トラックから四、五メートル離れた位置に一台のミニバンが停まり、運転席に一人の男が座っていた。

それは悦美を引き取るために、岩崎が差し遣わした迎えの車であった。運送業を営む岩崎はトラックと車の落ち合う場所を彼の所有する物流センターの倉庫に指定しておいたのだ。

「あれに乗り換えるのよ」

一行は倉庫内でトラックを乗り捨てると、迎えの男がドアを開けて待つミニバンに移動した。綺羅羅が助手席に乗り、セカンドシートには哲と悠児が悦美を挟んで座るという順列である。

「哲、悠児！ もう悦美に手を出すんじゃないよ。この車に乗ったら、悦美は岩崎さまに引き渡されたも同然なのだからね」

「わかっていますぜ、お嬢……ほら、悦美！ 帽子をかぶってマスクをするんだ」

哲と悠児は綺羅羅の指示を受けると、リムジンで一般道を走ったときのように帽子とマスクで悦美に変装させた。そして、縄掛けした裸体を隠すようにブランケットで前面を覆った。

迎えにきた男は七十近くの老人であった。背広とワイシャツをつけてネクタイを締めているが、毒にも薬にもならないといった感じで、悦美の緊縛裸体を見ても特に驚いた素ぶりを見せなかった。彼は一行が乗り込むと静かに車を発進させて倉庫を出た。

時刻はすでに午後の七時を回り、あたりは闇の帳《とばり》が下りかけていた。土地勘のある運転手は交通量の多い本通りを避けて裏道から裏道へと車を導き、二十分もしないうちに彼らを目的地へと送り届けた。

そこは福岡市郊外の閑静な住宅街の中にあり、広い敷地とバルコニーつきの二階屋を備えた屋敷であった。車がガレージの中に入って通りからの視界が遮断されると、悦美は綺羅羅に促《うなが》されて外に出た。

「悦美、しばしの別れだな。岩崎さまにみっちり調教されて、マゾの牝芸をしっかり覚えるんだぜ」

「ヒヒヒ、そうなればおまえの奴隷の価値がまた上がるってものだぜ。あとでおさらいをしてやるから、愉しみに待っていな」

屋敷までいっしょについてきた男たちは悦美と綺羅羅の荷物をミニバンから降ろすと、例の意地悪な口調で悦美を言い嬲った。彼らは悦美を岩崎邸まで送り届けて御役御免になったのである。悦美が岩崎の屋敷に監禁されて奴隷調教を受けているあいだ、二人は中洲《なかす》に宿を取って待機することになっていた。

「まだ仕事は完了していないのだから、夜の街で羽目を外すんじゃないのよ」

「へい。わかっています」

哲と悠児がもう一度ミニバンに乗り込むと、運転手の老人は再びガレージを開けて彼らをホテルまで送っていった。

「いらっしゃいませ。どうぞ、こちらへ」

一方玄関からは絣の着物を着た中年の女性が出てきて、綺羅羅と悦美を邸宅に導き入れた。

緊縛裸体の悦美は綺羅羅に縄尻を執《と》られて二階へ上がり、女性の開ける一つのドアをくぐり抜けて部屋の中へ入った。そこは絨毯の敷かれた洋間で、一人のがっしりした体格の男がソファに座ってワイングラスを傾けていた。

「……！」

悦美は男の顔にたしかに見覚えがあった。御亀温泉の旅館にいた客のうちの一人であったのだ。年の頃は五十前後で、角張った顎と大きな鼻、そして鋭い目つきの持ち主である。

悦美はその男、岩崎がショーの会場で右から四番目の席に座っていた男であることを思い出した。

同時に彼女の舌には岩崎のペニスの触感が甦《よみがえ》ってきた。綺羅羅が〝十二人のうちでも上々の部類〟と評したとおり、四番目に奉仕をした彼のペニスはかなりのサイズと硬さを誇っていたのだ。

そして、悦美は舌の触感を甦らせただけでなく、彼のペニスを視覚でも捉えた。というのは、岩崎の足もとには一人の少女がひざまずき、はだけたガウンのあいだから高々と聳えているペニスを懸命にねぶっていたのだから。

少女は全裸で首輪をはめられ、咽喉につけられた鎖を岩崎の手に握られていた。まだ大人になりきっていない華奢な肉体を首輪と鎖で支配され、親子ほども歳の差のある男のペニスに可憐な唇を絡める姿はあまりにも痛々しく、悦美は自分の境遇も忘れて少女に同情を禁じえなかった。

――ピシーン！

「ひいっ、怠《なま》けません、お養父《とう》さま！」

岩崎はワインを嗜《たしな》みながら、ときおりテーブルの上に置かれた鞭を手にとって少女の腰や尻を打ち懲らした。彼女にフェラチオ奉仕をさせるための仕置きであるが、むしろ鞭を打つことで彼自身のサディスティックな情欲をわき立たせているようであった。つまり、岩崎は酒を飲みながら、少女の口淫奉仕と彼女に対する責めを愉しんでいるのであった。

「悦美、ぐずぐずするんじゃないのよ。膝で這って岩崎さまのところへ参上しなさい。

きちんと奴隷のご挨拶をして、買っていただいたお礼を申し上げるのよ」

「は、はい……」

ソファで行なわれている淫らな光景に目を奪われている場合ではなかった。悦美自身も裸体を緊縛され、ホルスタインにも見紛う乳房や巨きな尻を岩崎の目に晒しているのである。彼女は胸をドキドキと高鳴らせながら絨毯の上を膝行《しっこう》し、新しい買い主の前におずおずと進み出た。

「岩崎さま、牝奴隷の悦美です。このたびはお買い上げいただきまして、ありがとうございます」

「フフフ、待っていたぞ。もっと近くに寄れ」

岩崎は少女を脇へ押しやって悦美を間近に呼び寄せた。

「足もとにひれ伏しなさい。新しい御主人さまへの服従を態度で示すのよ」

「あうっ……」

後ろからついてきた綺羅羅に厳しく命じられると、悦美は哀しげに呻いた。彼女は後ろ手緊縛をされているので、上体を一定以上屈《かが》めたら重心のバランスを崩して床に突っ伏すよりほかないのだ。

だが、綺羅羅の命令に逆らうことは不可能だった。彼女は懸命に腰を折り曲げて上体を屈め、その姿勢を保とうとした。彼女の試みは両手の支えなしに四つん這いのポーズをするに等しいものであった。しかも、悦美は並外れて巨きな乳房の持ち主である。たちまち重心が前に傾き、乳房の重みに引っ張られるように上体をどうっと突っ伏してしまった。

「両脚を八の字に開いて、お尻を高く持ち上げるのよ。それが御主人さまにお目見えするときの奴隷のポーズだからね」

「ううっ……」

「フフフ、さすがお嬢だ。奴隷の扱いをよく心得ている」

悦美が呻きを洩らしながら屈従のポーズをすると、岩崎は高々と持ち上がった尻の頂上をシャフトの先の革ヘラで掃き撫でながら感心したように言った。彼は綺羅羅とは懇意であるらしく、哲や悠児と同様彼女を「お嬢」と呼んだ。

「この格好でわが家まで連れてきてくれたとはご苦労なことだ」

「岩崎さまにお届けするための大切な商品ですもの。哲と悠児が念入りに梱包しましたわ。どう、お気に召しましたか」

「フフフ、気に入ったも何も……この肉体をみっちり仕置きしてマゾの悲鳴をあげさせたいからこそ、高い金を出して落札したんだ」

岩崎は悦美の背中越しに鞭を伸ばして巨大な尻肉をピタピタと打ち嬲りながら満足そうに返事をした。

「どうだ、隣に座って一杯やらないかね。お嬢を引き留めたのは悦美の仕置きに手を貸してもらいたいからだけでなく、こっちの牝調教にも腕前をふるってもらいたいと思ったからだ」

岩崎は足もとのもう一人の奴隷に顎をしゃくった。少女は悦美に正面の場所を譲ったものの、横から首を伸ばしてペニスへの口淫奉仕をつづけていた。

「小雪《こゆき》、綺羅羅さまにご挨拶をしろ」

「あ、あむ……岩崎さまに養ってもらっている奴隷の小雪です」

少女は綺羅羅を振り返って初対面の挨拶をした。彼女は悦美を届けにきた女が岩崎同様サディスティックな支配者であることをすぐに理解したようである。

「ホホホ、岩崎さまって極悪人ね。この娘、まだ中学生じゃありませんの」

綺羅羅は小雪の顔や体つきをじろじろと見て年齢を推測した。まだあどけなさの残る顔立ちはどう見ても未成年のものであった。

「フフフ、わしはそこまで鬼畜ではない。十六歳で高校二年生だ」

岩崎は笑って小雪の年齢を明かした。だが、たとえ高校生であっても、腹のでっぷりした中年太りの男が全裸の少女を鞭で打ちながらペニスを咥えさせるのは、じゅうぶん鬼畜の所業に当てはまるものであった。

「わしの養女にして、ちゃんと学校に行かせてやっている……小雪！ わしに感謝しているか」

「感謝しています、お父さま。高校に行かせてもらったり、お小遣いをもらったりして不自由なく生活できるのはお父さまのおかげです」

「それで、感謝の気持ちを伝えるために、わしにお礼奉公をしているんだな」

「はい。小雪はおうちではお父さまの奴隷です。お仕置きをされたり御奉仕をしたりしてお父さまに悦んでいただきます」

　小雪はペニスに舌を這わせながら従順に返事をした。しかし、上目遣いに岩崎を見上げる顔には彼に対する怯えと自分の境遇に対する哀しみの色が滲んでいた。

「つづけろ、小雪！」

　――ピシーン！

「ひゃいっ！ あむ、ぺろ……よい子になります、お父さま！ 小雪は一生懸命御奉仕をして、お父さまのお気に入りの奴隷になります……あむ、ぺろ、ぴちゃ」

「………」

二人のやりとりをそばで聞いていてぞっとしたのは、当然のことながら綺羅羅でなくて悦美のほうであった。彼女は、まだ年端《としは》も行かぬいたいけない少女が養女という名目で奴隷にされているのを知るにつけ、岩崎が尋常でないサディストであると悟ったのだ。

「どれ、こっちの新入りは行儀作法ができているか」

――ピチィーン！

「ひゃひーっ！　お行儀よくします、御主人さまぁ！」

背中越しに鞭を双臀の谷底に打ち込まれ、悦美は少女の手前も忘れて甲高い悲鳴をあげた。額と乳房を床に押しつけて上体を突っ伏した彼女は、八の字に開いた脚で巨大な尻を高く宙に浮かせていたのだ。フレキシブルな長いシャフトの先の革ヘラに無防備なアヌスを打ち弾かれる痛みは絶大で、悦美はあらためて自分の置かれた境遇を思い知った。

彼女はブルブルと双臀を震わせながら、岩崎に向かって媚びるように誓いをした。

「どのような仰せにも従います、御主人さま。どうか、淫乱マゾの悦美を存分にお仕置きしてお愉しみください」

3

岩崎の隣に座った綺羅羅のために、絣《かすり》の着物を着た女中がワイングラスと新しいワインを運んできた。

綺羅羅はトラックを運転していたときの作業着を女王《ドミナ》に相応しいコスチュームに着替えて奴隷たちの前に君臨していた。御亀温泉の奴隷ショーで披露した編み込みのコルセットをつけ、黒メッシュのセパレートストキング、ヒールの高いパンプスという姿である。

ソファに腰を下ろした彼女は珍しく人前で小雪にクンニリングスをさせていた。部下の哲と悠児がいないので、彼らの目を気にすることなく欲望の赴《おもむ》くままに振る舞うことができたのである。

「小雪と言ったわね。四つん這いになってお舐め。隣の白豚のようにお尻を高く持ち上げて、脚を大きく開くのよ」

「はい、綺羅羅さま」

小雪の隣では、悦美が同じような姿勢で岩崎のペニスを舐めしゃぶっていた。もっとも、悦美は後ろ手に緊縛されているので四つん這いになることができず、岩崎の手に髪を引き据えられてかろうじて前屈ポーズを保っていた。

「あむ、ぴちゃ……」

――ピシーン！

「ひいっ！　ぴちゃ、ぺろ！」

小雪がレズクンニの奉仕をはじめると、早速綺羅羅の鞭が背中越しに振り下ろされ、臀丘に灼《や》けるような痛みを覚えさせた。相手が年端のいかぬ高校生でも綺羅羅にとっては一匹の牝奴隷で、容赦をする気などまったくなかったのだ。

「ぴちゃ、ぴちゃ……」

――ピシーッ！

「ひーん！　御奉仕に励みます」

小雪の尻は三十路半ばの悦美のものとは比べものにならなかったが、小ぶりなりにプリプリと弾力があって鞭の手応えじゅうぶんであった。

「小雪、綺羅羅さまに奴隷の作法をみっちり躾けてもらえ。フェラチオだけでなく、レズクンニのテクニックも身につけるんだ」

「はい、お父さま！　あむ、ぺろ」

「悦美！　わしのペニスに見覚えがあるか……いや、舌覚えがあるか」

「ぺろ、覚えています！　御主人さまのおチンポは四番目に御奉仕したものです。お客さまたちの中でも一、二を争う立派なおチンポだったので、ちゃんと記憶に残っています」

悦美は熱心に舌をペニスに絡めながら返事をした。

「白豚！　そんな巨《おお》きなおチンポの持ち主の岩崎さまに買っていただいて嬉しいでしょう。よくお礼を申し上げるのよ」

「ありがとうございます、御主人さま。おチンポ好きの淫乱奴隷の悦美は、岩崎さまに買っていただいて、心から感謝しています……ぺろ、うむ」

「それなら、心を込めて奴隷奉仕をするんだ……それっ！」

──ピチィーン！

「ひゃいっ！　あん、むう」

革鞭のヘラに双臀の谷底を打ち弾かれ、悦美はペニスを咥えたまま甲高い悲鳴をあげた。彼女はアヌスの媚肉に生じる灼けるような痛みに岩崎の残虐な性質を知り、今さらのように恐怖を募らせた。

「小雪はまだ子供なので手加減してやっているが、昨夜のショーであれほどのマゾッぷりを見せたおまえには容赦をしないぞ。どうだ、淫乱熟女のマゾ奴隷！　鞭を打たれれば打たれるほど濡れてくるんだろう」

「うっ、うひっ、おっしゃるとおりです。鞭を打たれながら御奉仕をすると、オチンポの味わいがいちだんと深まります……あんむ、ぺろ！」

悦美は岩崎に迎合しながら、舌をペニスに絡めて必死に淫らな奉仕を行なった。いつまた急所を打たれるかと思うと恐怖に生きた心地がなかったが、かえってその分マゾヒスティックな興奮を感じるのだった。

「お嬢、小雪をどう思う。事業が失敗したうえに女房にまで逃げられて八方ふさがりの父親に押しつけられて仕方なく引き取った娘だが、奴隷としてものになりそうか」

岩崎はわざと迷惑そうな口調で綺羅羅に話を振った。内心ではお気に入りの奴隷少女を褒めてもらいたかったのである。しかし、綺羅羅の評価は手厳しかった。

「岩崎さまはこの子を甘やかしていますわね。それで、いい気になってつけ上がるんですよ」

「いや、甘やかしているつもりはないが……」

「小雪の調教を任せてくださるというのですから、私流のやり方で躾けてやりますわ……小雪！　おまえはいやいやながら奴隷のお務めをしているんだろう」

「ううっ、そんなことはありません。お父さまには心から感謝して奴隷のお務めに励んでいます」

「嘘をつくんじゃないよ。さっきは泣きそうな顔をして岩崎さまのおチンポを咥えていただろう。今だって、なんか気味悪そうに私の性器を舐めているじゃない」

「そ、それは女の人にクンニをするのは初めてだから……」

「お黙り！ おまえは鞭が怖くて、気持ちの悪いものをいやいやながら舐めているんでしょう。そらっ！」

――ピチィーン！

「ひゃひーん！」

悦美が岩崎にされたように、小雪も綺羅羅から強烈なアナル打擲《ちょうちゃく》を浴びせられた。これまで岩崎から敏感な急所を打たれたことのなかった彼女は地獄の業火《ごうか》のような痛みに部屋中に響く悲鳴をあげて泣き悶えた。

だが、そのあとがいけなかった。あまりの痛さに恐怖に駆られた少女は思わず身を起こし、尻を押さえながら逃げようとしたのだ。

「こら、牝ガキ！ どこへ行こうっていうの」

運動神経抜群の綺羅羅は小雪が背中を向けて走り出そうとすると、さっと立ち上がって後ろから尻を蹴り飛ばした。

「立つんじゃない！　奴隷のお作法は四つん這いで歩くことよ。逃げたいのなら、床を這ってお逃げ」

「あわわっ……」

どうと床につんのめった小雪は再び立ち上がる気力もなく、手足を床に這わせて必死に逃げようとした。もし追いつかれたら恐ろしい懲罰を受けるのは必至だが、立って逃げればいっそう綺羅羅の怒りを買うだけでなく、岩崎からも厳しく仕置きをされるだろう。奴隷の身である彼女はこんなときでも作法に従わなければならなかったのだ。

「ホホホ、鬼ごっこの相手をしてやるよ」

小雪が職場放棄をして逃げ出したのは、綺羅羅にとって思うつぼであった。嗜虐心を満たすとともに奴隷を徹底的に躾けてやることができるのだから。

四つん這いであたふたと逃げ惑う小雪と対照的に、綺羅羅は余裕たっぷりであった。彼女は右手に鞭を携《たずさ》えているだけでなく、左手にはワインの湛《たた》えられたグラスを持っていた。

「四つん這いで逃げるのと立って追いかけるのじゃ不公平だから、ハンデをつけてあげるわ。私の持っているワインが一滴でも床にこぼれるか、おまえが私から一メートル以上離れることができたら鬼ごっこを終わりにしてあげるよ」

「あうっ、鬼ごっこなんかやりたくないのに……」

小雪は泣きそうな声で呻いたが、後ろを振り返って盗むような目で綺羅羅を見た。女王《ドミナ》のいでたちで鞭を構えた綺羅羅は、表面に幾何学的な模様の刻まれたクリスタルグラスを左手に保持している。グラスには琥珀《こはく》色のワインがなみなみと満たされているので、それをこぼさずに小雪のあとを追いかけたり鞭をふるったりするのは熟練の技を必要とするだろう。

小雪は決心すると、素っ裸の尻を振り立てて一目散に逃げようとした。だが、綺羅羅は小雪が思っている以上に狡猾《こうかつ》であった。彼女は四つん這いの膝のあいだから延びている鎖をハイヒールのパンプスで踏みつけて犠牲者の動きを止めると、後ろから臀丘を思いきり打ち懲らした。

――ピシーン！

「ひゃいーん！」

小雪は動きを阻《はば》まれたうえに強烈な鞭を生肌に浴び、尻をブルブル震わせて泣き崩れた。彼女は岩崎のペニスを舐めているときから首輪の咽喉に長い鎖を繋がれていたが、四つん這いで歩くとそれが膝のあいだからはみ出し、尻尾のように引きずってしまうのであった。

「ホホホ、辛口でおいしいワインね。シャブリ一級銘柄かしら」

綺羅羅は手にしたワインをゴクリと飲んで上機嫌に笑った。グラスの中身を減らしておけば、多少揺れても液がこぼれることはないという計算ずくの行為であった。

「ほら、お逃げ！」

綺羅羅は鎖から足を離し、けしかけるように命じた。そして、小雪が懸命に這い逃げる後ろから大股で追いかけ、二、三歩行ったところでまたしても意地悪く鎖を踏みつけた。

——ピシーン！

「ひいーん！　お尻が灼けるうっ」

「お尻がピリピリ灼けるのは罪の報いよ。おまえは悪い子で、いやいやながら奴隷の御奉仕をしているのだから」

「うひいっ、いやがっていません。お父さまに気に入ってもらえるように、心から服従して御奉仕をしています」

「小雪、わしが綺羅羅さまにおまえの調教を依頼したのは、偽りの服従心を暴いて、徹底的に心を入れ替えさせるためだ。いつまでも嘘をついていると、それが通用しなくなったときに恐ろしい罰を受けなければならぬぞ」

「うひいっ、つらいお仕置きは堪忍してください。心を入れ替えて奴隷のお務めをしますから」

「ほら、嘘がばれたわね。心を入れ替えるというのは、今まで身を入れて奴隷の御奉仕をしていなかったってことを認めたんでしょう」

「あわっ！　そ、そうじゃなくて……うひゃっ！」

慌てて言い訳をしようとする暇《いとま》もあらばこそ、ハイヒールの靴に頭を踏みつけられて床にどうと上体を突っ伏した。

「ほらっ、根性曲がりの嘘つき娘！」

――ピチィーン！

「ひーん！　かんにぃーん！」

「あばずれの牝ガキ！」

――ピチィーン！

「ひゃーっ！　お許しくださぁーい！」

小雪はジタバタともがいて起き上がろうとしたが、頭を踏んだ靴に顔をぐりぐりと床に押しつけられ、どうすることもできなかった。綺羅羅は足で肉体の自由を奪いながら双臀の谷底に二発、三発と革鞭を打ち込んで、哀れな罪人に涙混じりの悲鳴をあげさせた。

――ピチィーン！

「ひゃいーっ、もう嘘はつきませぇーん！」

「岩崎さまにお尻を向けて、高く持ち上げなさい」

「ううっ、うひっ……」

少女は泣きながら体の向きを変え、頭を踏まれたまま懸命に膝を立てて素っ裸の尻を高く持ち上げた。

「ふん、ションベン臭い牝ガキのくせに、いやらしさだけは一丁前ね。こんなにおつゆをあふれさせて！」

綺羅羅は鞭のヘラで剥き出しの性器をピタピタ打ち嬲りながら口汚く罵《ののし》った。

「岩崎さまにお仕置きをされて、いつも濡らしているの？　どう、返事をおし」

「ぬ、濡らしています。お義父さまにお仕置きをされて、小雪はおつゆをあふれさせています」

「それなのにおまえは濡らしてもらって感謝するどころか、お仕置きをいやがっているのね」

「うひいっ、つらいんです……」

「おチンポを舐めるのもいやなんだろう?」

「お父さまの太いオチ×チンを根もとまで咥えさせられるのがたまらなく苦しくて……うひ、ひく！　二度といやがりません。これからは心を入れ替えて奴隷の御奉仕をします」

「フフフ、お嬢に小雪の調教を任せて正解だったな」

少女が泣きながら白状すると、それを聞いていた岩崎はサディスティックな顔に不気味な笑いを浮かべた。

「この娘がいやいやながら奴隷奉仕をしていることは、わしも薄々気づいていたんだ。小雪！　わしを騙《だま》していたな」

「ひいっ、堪忍してください、お義父さま！」

「わしの自慢の奴隷をお客さまに披露して褒めてもらおうとしたが、褒めてもらうどころかとんだ大恥をかいてしまった。おまえはわしの顔に泥を塗ったんだぞ」

「ひく、ごめんなさい……本当に心を入れ替えます。お義父さまに心から感謝して、奴隷の御奉仕に励みます」

「奴隷の御奉仕だと？　今夜はまず仕置きが先だ。偽りのない服従心をみっちり躾けてやるから覚悟をしておけ」

「ううっ……」

「悦美もいっしょにお仕置きしてやってくださいな。この白豚はマゾの悦びを知ったばかりで、新しい飼い主さまからどんな責めを受けるのかと、期待に胸をわくわくさせていますから」

「あうっ、期待なんかしていません」

「ウフフ、色気たっぷりのマゾ熟女とケツの青い高校生か。面白い取り合わせだな。それなら、お仕置き部屋でじっくり責めてやろう」

岩崎はそう言うと、ビクビクしながらフェラチオをしている悦美の髪を荒々しく引き寄せてペニスを咽喉の奥にぐいっと突き立てた。

第十章　拷問調教室の恐怖

1

悦美のイラマチオを愉しんだ岩崎は、小雪を支配するリードを綺羅羅から受け取ってもう一度四つん這いにさせた。彼女を奴隷調教室に連れていくためである。

「ひいっ、堪忍してください、お父さま！」

小雪は恐ろしい拷問室に連れていかれるのを知ると、残忍な養父を振り返って泣きながら許し乞いをした。

「どんなにつらいお仕置きでも受けますから、どうかあそこへは連れていかないでください」

「お仕置き部屋に連れていかれるのは何度目だ」

「三度目です、お父さま。どうか、あんな恐ろしい部屋へは連れていかないで！」

「おまえを甘やかしているとお嬢が言ったのも道理だ。一度だけ怖い目に遭わせれば心からわしに服従するだろうと期待したのが間違いだった。これから毎晩お仕置き部屋に連れていってやる……さあ、行け！」

――ピシーン！

「うひいっ、きっと、死んじゃう……」

「白豚！　おまえも小雪のあとについていくのよ」

岩崎が小雪を追い立てて部屋を出ると、綺羅羅は自分の支配する奴隷に向かって命じた。

「ううっ、はい……」

悦美は後ろ手の亀甲縛りを施されているので小雪のように四つん這いになることができず、綺羅羅に縛め《いまし》の縄尻を執られながら床についた膝を前後に動かして二人のあとを追った。

「岩崎さまは本格的な奴隷調教室を持っていらっしゃるから、そこで小雪といっしょにお仕置きを受けるのよ」

「……………」

四つん這いで前を歩く小雪は恐ろしい拷問室に連れていかれる恐怖に小柄な裸体をブルブル震わせているが、悦美も彼女の怯える様子を見て不安に胸を締めつけられた。

すると、綺羅羅は小雪に聞こえないように、後ろから悦美に向かってそっと囁いた。

「岩崎さまは口では小雪をお仕置きすると言っているけれど、メインのターゲットはおまえのほうよ」

「えっ？　ど、どうして……」

「小雪はもう一カ月も岩崎さまの奴隷になっているのに、おまえは昨夜と合わせてもまだ二日目でしょう。それに、小雪はお屋敷で飼い犬のように飼われているので、いつでもお仕置きをして愉しむことができるわ。そこへいくと、おまえは三日という期限つきのレンタル奴隷なのだから、密度の濃いお仕置きをしてもとを取ろうとするのは、だれでも考えることじゃない」

「……！」

悦美の恐怖は一気に増大した。たしかに、岩崎が小雪よりも新来の悦美のほうに高い関心をいだいていることは大いにありえる話であった。

「その証拠に、岩崎さまはおまえがやってきたら、小雪を押しのけてイラマチオまでさせたでしょう。今夜はお仕置き部屋で体中の液を搾り取られることを覚悟しておくのね」

「体中の液？」

「体液よ。よがり蜜をこぼすのはおまえの得意技だけど、そのほかに涙や涎、それから、よくて潮吹き、下手《へた》をすればみっともない放尿をさせられるかもしれないわね」

「ひぃっ、そんなことまで……」

「いい歳をした熟女が四つん這いで片脚を上げて放尿するシーンなんて、めったに見られないからね。岩崎さまに提案してみようかしら」

「うひぃっ、やめてください！　そんなみっともないプレイを岩崎さまに勧めないでください」

「ホホホ、ちゃんとプレイだってことを知っているじゃない。おまえが羞恥プレイに興奮するマゾだってことは、とっくにばれているのよ。なんなら、おまえの口から岩崎さまにお願いするようにしてあげるわ。そうすれば、岩崎さまの覚えがよくなることは請け合いよ」

　このように綺羅羅が悦美を意地悪くからかっているうちに、岩崎は素っ裸の小雪を鞭で打ち嬲りながら一つの部屋へ追い立てていった。

「さあ、入れ」

「い、いやっ、入りたくない……あ、あう！」

小雪はドアの手前で怖気《おじけ》づいたように立ち止まったが、小さな尻を一発打ち懲らされると泣く泣く恐ろしい部屋へ入っていった。

「うひっ、こんな部屋をお持ちだったなんて……」

悦美もつづいて中に入ったが、室内の空間を見回して驚きと恐怖の声をあげた。

岩崎の所有する奴隷調教室は二階の床面積のほぼ半分を占めるほど広く、窓のない空間には恐ろしげな設備や奇怪な仕掛けなどが何種類も設置されていた。

そして、壁には何本もの鞭や鎖、縄などが掛けられ、大きな棚にはディルドウ、電動バイブなどの責め具が上から下まで所狭しと陳列されている。

「フフフ、このお仕置き部屋は防音処置が施されているので、おまえたちがどんなに大きな悲鳴をあげようと、隣の家はおろか廊下にも洩れることはないんだ」

岩崎は、初めて奴隷調教室に足を踏み入れた悦美のために自慢かたがた説明してやった。

「せっかく奴隷が二匹いるのだから、マゾ泣きの競演をさせてやろう」

綺羅羅の予言したとおり、岩崎は小雪だけでなくて悦美もいっしょに仕置きをするつもりであった。彼は二人を奥の床に設置された大きな木製の台のところに連れていき、上に乗るように命じた。

だが、それは台といっても平らな上面を持つものではなく、木材を〝工〟の字に組んだ土台の上に支柱を二本立て、その上に三角形の断面を持つ柱を横向きに乗せたものである。いわゆる三角木馬と呼ばれる責め台で、二人の奴隷は尖った稜線の上にまたがらなければならなかった。

「さあ、乗るんだ、小雪」

「悦美、おまえもよ」

床から木馬の頂上までは一メートル以上ある。それで、高さ三十センチほどの踏み台を経て乗るのだが、その踏み台が脇にのけられてしまうと両脚は宙ぶらりんとなり、たちまち体重が木馬の稜線にかかってきた。

「うひっ、痛い！」

「ひいっ、堪忍してください、お父さま」

長い木馬のそれぞれの端に向かい合わせで乗せられた奴隷たちは、脚が宙ぶらりんになるとひいひいと喘ぎ声を発した。角張った稜線が性器の割れ目に食い込んで耐え難《がた》い痛みを覚えさせたのだ。

「小雪、両手を背中に回せ」

岩崎は革手錠を取り出して、木馬にまたがった少女を後ろ手に拘束した。こうすれば手を木馬について体重を分散させることが不可能になり、体の重み全部が股間に集中する。

もちろん悦美も最初から後ろ手に緊縛されているので、小雪と同じ苦しみを味わわなければならなかった。いや、むしろ悦美のほうが苦痛が大きかっただろう。ホルスタインにも劣らない巨乳や悠児にメガヒップと名づけられた巨きな尻を持つ彼女は豊満な肉体が仇《あだ》となって、ずっしりした重みが股間の一点に集中してしまうからである。

「お嬢、悦美の乳首にこれをはめてくれ」

岩崎は棚に並べられて責め具の中から二組の乳首クリップを持ち帰ると、一組を綺羅羅に渡し、もう一組を自らの手で小雪の乳首に装着した。

「あひゃっ、痛い!」

「うひいっ、ズキズキするぅ!」

敏感な乳首に鋭い痛みを感じると、奴隷たちは口々に悲鳴をほとばしらせた。細いチェーンで繋がれたクリップは二個一組でそれぞれギザギザした歯の刻まれた鰐口《わにぐち》を持っていた。強力なバネによって開閉する鰐口は奴隷たちの両の乳首を押しつぶし、芯まで届く痛みに泣き悶えさせたのである。

しかし、それだけで仕置きは終わらなかった。岩崎はさらにもう一本の長いチェーンを取り出し、左右の乳首クリップを繋ぐチェーンに接続した。つまり、小雪と悦美は自分たちの乳首同士をチェーンで繋がれただけでなく、第三のチェーンを介して相手の乳首と繋がれてしまったのだ。

「二匹とも木馬の上をいざって体同士をくっつけろ。自分の乳房を相手の乳房に触れさせるんだ」

「ひゃっ、そんなことは無理です」

「木馬にまたがって動くことなんかできません」

恐ろしい命令を聞いた奴隷たちは当惑と恐怖の叫びをあげた。彼女たちは三角木馬の両端に向かい合わせでまたがっている。木馬は全長が一・五メートルほどもあるので、互いの肉体が触れ合うためには一メートル近く間隔を狭めなければならない。しかし、二人とも脚は床を離れて宙ぶらりんの状態になっているので、動くことは不可能であった。それに第一、体を動かせば股間に食い込む三角木馬の稜線に性器の媚肉をこすられ、耐え難い苦痛を味わうことになるだろう。

「お行き、白豚！　奴隷は御主人さまの命令にはどんなことがあっても従うのよ」

——ピシーン！

「ひあゃっ！」

木馬の頂上にべったり尻をついた悦美は、後ろから鞭を浴びて甲高い悲鳴をあげた。しかし、いくら言いつけに従おうとしても、脚を宙に浮かせた状態では前に進むことはおろか体を持ち上げることさえもできなかった。

「フフフ、いやでも行かせてやるぞ」

岩崎は小雪と悦美のあいだに立ち、二人の乳房を結ぶチェーンの下に鞭をあてがった。その鞭をくるっと一回転してチェーンを柄に絡ませ、宙に高く持ち上げた。

「うひゃっ！」

「ひいっ、ズキズキしますぅ！」

ピンと張ったチェーンに乳首を引っ張られ、悦美と小雪は苦痛に喘いだ。

「さすがに巨乳が売りものの熟女奴隷だけあるな。このボリュームと形のよさを見れば、わしでなくても自分の奴隷にしたくなるものだ」

チェーンに引っ張られて高々と持ち上げられた悦美の乳房に目をやりながら、岩崎は感心したように言った。

「小雪もボリュームでは悦美にかないませんが、体の線が細いわりにお椀のようなおっぱいで、なかなか感度がよさそうじゃありませんか」

「フフ、たしかに……」

岩崎は自慢の奴隷のことを褒められるとまんざらでもなさそうにうなずいた。

「この娘はクリットも乳首もそうとうに敏感だ。つまり、仕置きをするのにうってつけの奴隷ということだ……ほらっ、小雪！」

「うひゃいっ！　そんなに高く持ち上げないでください」

「おまえはいつもわしに乳首やクリットを虐められて泣き悶えているな。どうだ、小雪？」

「うひひっ、よがり泣きをしています。小雪はお父さまにおっぱいを責められて、ひいひいとマゾよがりをしています」

「マゾよがりだと？　嘘をつくんじゃない。おまえが責めをいやがっていることは、今夜はっきりした。徹底的に懲らしめてやるから、せいぜいマゾよがりのふりをしてみろ……ほらっ、前に進め！」

「うひいっ、動けません」

「それなら、こうだ」

岩崎はチェーンを絡めた鞭をもう一ひねりした。すると、チェーンは鞭のシャフトに二重に巻きついて、いっそう強く乳首を引っ張った。

「ひぃーん！　堪忍してぇ！」

「ひゃひっ、お許しください、御主人さまあっ！」

奴隷たちの口から同時に悲鳴がほとばしった。チェーンが短くなれば、小雪だけでなく悦美の乳首も耐え難い痛みに晒されるのである。

「二匹とも、前に進んで間隔を詰めるのよ。そうすれば、おっぱい責めの地獄から抜けられるでしょう。ほらっ、白豚！」

――ピシーン！

「ひゃあっ！」

「小雪！」

――ピシーッ！

「あひーん！」

綺羅羅は三角木馬に沿って何度も往復し、被虐感に悶える二匹の奴隷を交互に打ち懲らした。そのあいだにも岩崎はシャフトを二回、三回とひねってチェーンをぎりぎりと短くし、木馬にまたがった奴隷たちが稜線の角に性器をこすられながらいざり歩くように仕向けるのだった。

2

「ひいっ、ひぃーんっ！　おっぱいがちぎれちゃう！」

「ひゃいーっ、クリットがつぶれますぅ！」

恐ろしげな拷問具や奇怪な拘束台のあちこちに置かれた密室空間に全裸奴隷たちの悲鳴や号泣がこだました。

三角木馬の上に向かい合わせでまたがった悦美と小雪は乳首責めの苦痛から逃れようと必死にいざり歩きを試みたが、脚を宙に浮かせた状態ではほとんど前に進むことができなかった。

「悦美！　もたもたするんじゃない」

──ピチィーン！

「ひゃあっ、進みたくても、進めないんですぅ」

「能なしの白豚！　おっぱいやお尻には肉がいっぱい詰まっているくせに、頭の中は空っぽじゃない。そんなんで、よく社長さまをやっていられるわね」

綺羅羅は容赦なく鞭をふるいながら年上の悦美を痛烈に罵倒した。

「膝を曲げて脚全体を木馬に押しつけるのよ。そうすれば、少しずつ進むことができるでしょう」

「あうっ……」

悦美は命令に従おうとしたが、言うは易《やす》し行なうは難《かた》しでなかなか綺羅羅の言うようにすることができなかった。それでも、宙ぶらりんの脚を懸命に折り曲げて木馬の斜面に押しつけると幾分かは体重が軽くなり、そうやって脚を動かすとわずかずつ木馬の上を移動することができた。

「うひっ、ひいっ！」

「あひ、あひーん！」

小雪も同じように膝を折り曲げて脚全体で木馬を押さえながら必死になっていざり歩いた。

だが、体を動かすにつれてクリトリスやラビアは木馬の稜線にこすられ、二人は急所の粘膜に耐え難い痛みを感じた。そのあいだにも岩崎の手にした鞭のシャフトが回転するごとにチェーンはピンと張ったままぎりぎりと巻き取られ、クリップに咬《か》まれた乳首にズキズキする痛みを覚えさせていく。

さらに、綺羅羅のふるう鞭が柔肌に炸裂し、彼女たちの悲鳴にいっそう切迫した雰囲気をつけ加えた。

「ほらっ、もっと早く！　ぐずぐずするんじゃない、嘘つき娘！」

──ピチィーン！

「ひゃあーん！　お許しください、綺羅羅さまぁ！」

「うすのろの白豚！」

──ピシーン！

「うひゃあーっ、歩きます、歩きますぅ！」

乳房を咬むクリップ、クレヴァスをえぐる三角木馬の稜線、そして、尻や腰を打ち懲らす革鞭が奴隷たちの肉体を三重に苦しめ、四方を壁で閉ざされた密室に阿鼻叫喚の地獄を現出した。

こうして彼女たちは凄惨な仕置きに泣き悶えながら、十五分もの時間をかけてわずか七、八十センチの間合いを詰めたのである。

「ああーっ！」

「うひーっ！」

ようやく乳房同士が触れ合った途端、悦美と小雪は感無量の叫びをあげて互いに体を押しつけた。体力と苦痛の限界に達した二人はもはや上体を真っ直ぐ起こしていることができなかったのだ。

「うひい、ひくう……」

「ひく、うひひーっ……」

息も絶えだえに相手の体にもたれかかった彼女たちは、とめどなく涙を流して咽《むせ》び泣いた。だが、三角木馬にまたがったまま泣きじゃくる奴隷たちの姿を見ても、彼女たちに同情する者はどこにもいなかった。

「……フフフ、責め甲斐のある奴隷たちだ」

岩崎はチェーンを絡めた鞭を抜き取ると、全裸の熟女と少女を交互に見ながら満足そうに笑った。彼の顔はサディスティックな興奮に上気し、はだけたガウンのあいだから顔を覗かせているペニスは硬く勃起して鈴口を淫液でべっとり濡らしていた。

「悦美、私の言ったことを覚えている？　おまえは岩崎さまの責めによって体中の液体を搾り取られるだろうと予言したことを」

「うひっ、ひくっ……覚えています」

悦美は綺羅羅に訊《たず》ねられると、両の目から大粒の涙を滴らせながら返事をした。

「高校生の小雪が泣くのはわかるけど、いい歳をした熟女、それも女社長さまがわんわん泣くのはみっともないんじゃなくて」

「うくうっ……」

年下の綺羅羅に意地悪く言い嬲られ、悦美は懸命に歯を食い縛ろうとした。だが、咽喉の奥から嗚咽が込み上げてくるのを抑えることはできなかった。

「ホホホ、涙のつぎに搾り取られるのはどこの体液になるかしら。おまえもウズウズと期待しているんだろう」

「予想どおりのマゾっぷりだな。雰囲気たっぷりの熟女奴隷でわしを愉しませてくれるぞ……小雪！」

「ひくっ……は、はい！　お父さま」

「おまえも悦美を手本にして、魅力的なマゾ奴隷になるんだぞ」

「う、ひくっ……はい！」

「だが、そうなるためにはいっぱい仕置きをしてやらなければならぬ。マゾの魅力は仕置きのつらさを知って初めて身につくものだからな」

「うひいっ、ひくうっ……」

小雪は絶対的支配者である父の言葉を聞くと、いっそう哀しそうに咽び泣いた。今夜の仕置きは三角木馬の責めだけでは終わらないことを知ったのである。

「さあ、おまえたち！　御主人さまの足もとにひれ伏して、奴隷のお作法を躾けてくださるようにお願いしなさい」

綺羅羅に助けられてやっとの思いで木馬から下りた奴隷たちは革手錠と縛めの縄を解かれたが、すぐに四つん這いのポーズを命じられた。

奴隷調教室には肉体を拘束したり責めたりするための椅子や台がいくつも置かれているが、それ以外にも前の部屋にあったような革製の立派なソファが置かれていた。もっとも、こちらは支配者が座るためのもので、全裸の奴隷たちはその前の床に平伏しなければならなかった。

「御主人さま、どうか淫乱牝の悦美に奴隷のお作法を躾けてください」

「お父さま、奴隷小雪にお作法を仕込んでください」

悦美と小雪は岩崎の足もとに四つん這いで並び、鞭を携えた支配者に向かって恐るおそる願い出た。

「悦美、手がつかえるな」

「はい」

悦美は三角木馬から下ろされたあと、久方ぶりに亀甲縛りを解かれて手を動かす自由を得ていた。それで、彼女は両手、両膝を床について、小雪とともに四つん這いのポーズをしているのであった。

「それなら、パイずりをしろ」

「あっ、はい！」

思いがけぬ奉仕を命じられた悦美は一瞬戸惑ったが、すぐに岩崎の膝のあいだに体を進め、股間から高く聳《そび》え立つペニスに胸を近寄せた。そして、両手で乳房を圧しながら胸の谷間にペニスを挟み、双つの肉塊を上下に動かした。

「フフフ、旅館でおまえのおっぱいを見たときから、パイずりをさせたいと思っていたのだ」

ペニスを挟んだ乳房が肉竿や亀頭に心地よい刺激を与えながら動き出すと、岩崎は全裸の奴隷を見下ろして満足そうに笑った。

「おまえのおっぱいはパイずりをするためにあるようなものだ。他の男にもしてやったことがあるだろう」

「い、いえ！　御主人さまが初めてです」

悦美はぎこちなく体を上下させて乳房に動きを与えながらおずおずと返事をした。

「どうか、御主人さまが御奉仕のやり方を躾けてください」

「躾けるというのは、こういうことだ。それっ！」

──ピシーン！

「ひいっ、怠けません！　牝奴隷悦美はおっぱいでおチンポをこすって、御主人さまに悦んでいただきます」

悦美は肩越しに鞭を打たれると、慌てて服従の誓いをした。そして、両手で乳房を抱《かか》えながら、谷間に挟んだペニスを懸命にこすった。

「お嬢、この牝に穴開きのギャグをはめてやってくれ。奴隷に相応しいやり方でパイずりをさせてやる」

「……これね。ほら、白豚！　口を大きく開けるのよ」

綺羅羅はすぐに棚から注文の器具を取ってきた。それはボールギャグと呼ばれる箝《かん》口《こう》具《ぐ》で、小穴のいくつも開いた白いプラスチック球とそれを口に固定するためのベルトを組み合わせたものであった。彼女は悦美の唇を割ってボールを口に押し込むと、ベルトの尾錠をうなじで留めた。

「あ、あうっ……」

ギャグをはめられた悦美は口を閉じることも、ものをしゃべることもできなくなってしまった。ボールは半分以上口腔内に入り込み、舌の滑らかな動きを不可能にしたのだ。

「これで仕事に専念できるだろう。わしに気に入ってもらいたければ、態度で示すんだ」

――ピチィーン！

「ひゃひーん！　ごほうひにはげみまひゅ（御奉仕に励みます）」

悦美は懸命に服従心を伝えようとしたが、呂律《ろれつ》の回らぬ口では明瞭に発音することができなかった。

「もっと滑らかなパイずりができないのか。それだけの巨乳を持ちながら、ろくな奉仕ができないじゃないか」

岩崎は悦美を見下ろしながらわざと不満そうに奴隷をなじった。硬く勃起したペニスの鈴口からは淫蜜がとろとろとあふれ出して乳房とペニスのあいだに伝わったが、それだけでは潤滑剤として不足であった。

――ピチィーン！

「ひゃひいっ！　ろうやっひゃら（どうやったら）？」

「悦美、パイずりのコツは、おっぱいをスムーズに動かしておチンポに快感を与えることよ。そのためにクリームやローションなどを塗って谷間をヌルヌルにしておくの」

綺羅羅は知ったような口ぶりで教えてやった。だが、彼女は棚からボールギャグを取ってきただけで、クリームもローションも手にしていなかった。

「ただし、おまえはマゾ奴隷だからそんなものを使わないで、マゾ奴隷に相応しい方法でパイずりをするのよ」

「……？」

「岩崎さまがおまえにボールギャグを咥えさせたわけがわからないの？」

「あっ！……」

悦美ははっと気づいて声をあげたが、その途端に口の中にたまっていた唾液がギャグからこぼれ出した。それは唇から顎を伝わって、乳房に挟まれたペニスの上にすーっと垂れ落ちた。

「ほらね、また予言が当たっただろう。マゾ奴隷のおまえは涙のつぎに涎を垂れ流すってわけよ」

綺羅羅の言葉に間違いはなかった。悦美は乳房を寄せ合わせながら淫らな奉仕を行なっているので顔はペニスの真上にあり、口からあふれた涎が糸を引いてその上に垂れていくのであった。

「呆れた淫乱牝だ。おまえはパイずりに発情して涎を垂らしているんだな」

岩崎は悦美があさましい粗相をすると、得たりとばかりに言い嬲った。とろりとした涎はペニスに淫らな快感をもたらすばかりか、奴隷を仕置きする口実も与えるのであった。

「卑しく発情したあげくにわしのペニスを涎で汚すとは、まったくもって不届きな奴隷だ……そらっ、こうしてやる！」

――ピシーン！

「ひゃひーっ！」

悦美はギャグをはめられた口から悲鳴をほとばしらせた。だが、それと同時に小穴からまたしても涎がこぼれ落ち、岩崎のペニスを粘液で潤わせるのだった。

3

「悦美、おまえは女社長さまだそうだな」

餅肌のヌルヌルした乳房にペニスをこすられる快感を味わいながら、岩崎は屈従の奉仕を行なう熟女奴隷を見下ろした。

「お嬢との約束なので、どこのだれかは詮索しないが、社会的地位のある女社長が涎まで垂らしながらパイずりをする姿は淫乱熟女そのもので、いくら見ても見飽きないぞ」

「うひっ、ひじめにゃひでくだひゃい、(虐めないでください)」

悦美は意地悪くからかわれると、呂律の回らぬ口で懸命に訴えた。彼女自身も自分のあさましい姿をよくわかっていたが、岩崎に言われるといっそう堪《こた》えるのであった。

だが、みっともない姿を自覚すれば自覚するほど、マゾの羞恥心がわいてきて股間を熱く濡らすのであった。彼女はペニスを挟んだ乳房を懸命に動かしながら、媚びるような目で岩崎を見上げた。

「めひゅどれひえつみは、ごひゅじんひゃまにおたのひみいただきまひゅ(牝奴隷悦美は、御主人さまにお愉しみいただきます)」

「フフフ、小雪！　悦美の言葉をよく聞いておくんだ」

岩崎は、悦美の隣の少女に向かって声をかけた。

「マゾ奴隷はどんな目に遭っていても、服従心を御主人さまに伝えるんだ。おまえも悦美をよく見習え」

「はい、お父さま」

小雪はうわずった声で返事をした。彼女も悦美のマゾ奉仕に当てられたかのように、顔や肌を熱く火照らせていた。

「小雪、おまえは岩崎さまに目でお愉しみいただくのよ。私がお仕置きをしてやるから、岩崎さまにお尻を向けて、性器が濡れていく様子を見ていただきなさい」

「ううっ、もうじゅうぶん濡れているのに……」

小雪は哀しげに呻いたが、やむなく四つん這いの格好で岩崎に尻を向けた。

「脚を八の字に開いて、アヌスと性器がよく観察できるようにしなさい」

「は、はい……」

「お尻を高く持ち上げて！」

「はい」

綺羅羅の口からつぎつぎと発せられる命令に、小雪は唯々諾々《いいだくだく》と従うよりほかなかった。綺羅羅が残忍な女王《ドミナ》であることを、すでに身をもって知っていたのである。

「さあ、お尻を振って岩崎さまにご覧入れなさい」

「はい……」

小雪は岩崎に向けた尻をおずおずと振り立てた。小粒ながらプリプリした弾力感のある臀丘は熟女の悦美のものとはひと味違う趣《おもむき》があった。

——ピシーン！

「ひゃいっ、お父さまにお愉しみいただきます」

早速鞭が振り下ろされると、小雪はあえかな悲鳴をあげて岩崎への服従を誓った。

「もっと上手《じょうず》に振って、岩崎さまに悦んでもらうのよ」

——ピシイッ！

「ひいっ、一生懸命振ります！　お尻をいやらしく振って、お父さまに悦んでもらいます」

鞭の痛みにマゾの感性を刺激された小雪は、すぐに尻の動きを大きくした。性器やアヌスを無防備にさらけ出す尻をけなげに振り立てる仕種はぎこちなかったが、それがかえって初々《ういうい》しさを感じさせ、サディストの情欲を刺激せずにはおかなかった。

「岩崎さまに、見てくれるようお願いしなさい」

——ピシーン！

「ひーん、お父さまぁ！」

小雪は鞭の痛みに悲鳴をあげながら、懸命にサディストの養父を振り返った。

「どうか、小雪のいやらしい仕種を見てください。小雪はもうすっかりマゾ奴隷に躾けられました」

「嘘つきのおまえがしおらしいことを言っても信用できないぞ」

「もう嘘はつきません。どうか信じてください。性器をヌルヌルに濡らして、割れ目からおつゆをあふれさせています」

「フフフ、三角木馬の仕置きが効いたのか」

岩崎はようやく口もとをほころばせた。小雪の言葉に偽りはなく、彼女の性器は淫蜜にまみれてラビアをヌラヌラと濡れ光らせていた。

「効きました。あんな恐ろしいお仕置き台に乗せられたのは初めてです」

「ホホホ、悦美と泣き比べをしたのがよかったんでしょう。あの頃からおまえのマゾ泣きが本物っぽくなってきたからね。お手本の悦美に感謝するのね」

綺羅羅も上機嫌に笑いながら少女を見下ろした。そのあいだにも、小雪は岩崎に取り入るように淫蜜にまみれた双臀を懸命に振り立てていた。

「でも、それだけぽっちの濡れ方じゃ、まだ本物のマゾ奴隷とは言えないわ。悦美のようにおつゆを垂れこぼす奴隷に仕込んでやるから覚悟をおし」

「ううっ、一生懸命にお尻を振って、お父さまに悦んでもらいますから……」

「本物のマゾ奴隷なら、お仕置きをされればされるほど濡れるはずだからね……ほらっ！」

――ピシーン！

「ひぃーん！　お尻が灼けますぅ」

「小雪、綺羅羅さまにいっぱいお仕置きをしてもらって、いつもの倍も濡らしてもらえ。そうすれば、またわしが舐めてやるから」

「岩崎さま、この娘の毛を剃ってしまったほうがいいんじゃありませんか。高校生ですから、私や悦美以上にパイパンがよく似合うと思いますわ」

「フフフ、実は小雪はまだ処女なんだ」

綺羅羅が小雪の剃毛を勧めると、岩崎は思いがけないことを言った。

「わしもゆくゆくは小雪をパイパン奴隷に仕立てるつもりだが、処女を破って女にするときに毛の処理をしようと思っているのだ。つまり、女になった証拠にパイパン奴隷にされるというわけだ」

「まあ、処女だなんて！　驚いたわ」

「この娘の学校では今年の秋に修学旅行がある。他の生徒といっしょに風呂に入るので、どうか毛を剃るのは修学旅行が終わってからにしてくださいと泣きつかれてな……小雪、わしに感謝しているか」

「感謝しています、お父さま。小雪は心から感謝して御奉仕に励みます」

小雪は熱心に返事をしながら、四つん這いの双臀をいっそういやらしげに振り立てた。羞恥に顔を赤く染めながら行なう卑猥な仕種は、岩崎に対して精一杯感謝の気持ちを表そうとするかのようであった。

「それで、毛を剃られるまでのあいだ、おまえはどういう奴隷になると誓ったのだ。悦美と綺羅羅さまに教えてやれ」

「あ、あの……お尻の穴専門の奴隷になることを誓いました。ヴァギナの代わりにお尻の穴を使っていただいて、お父さまに満足していただきますと」

「……！」

岩崎のペニスにパイずりをしながら小雪の話を聞いていた悦美はどきっと胸を昂《たかぶ》らせた。

悦美はアナル処女を捧げる条件で岩崎に買われたのだ。ヴァギナが処女である小雪とは正反対の境遇であった。

「ホホホ、そうだったの！　おまえは岩崎さまのペニスでアナルを開通されていたのね」

「はい。お父さまにお尻の穴を何度も犯されたり、いろいろな道具で責められたりしています。お屋敷にきてから小雪はお尻の穴の快感を知り、そこを責められるたびに前の穴からおつゆをいっぱいこぼすようになってしまいました」

「そのおつゆをわしが柔らかな舌でたっぷり舐めてやるんだ。バイブやディルドウなんかを使って処女膜を破ってしまっては元も子もないからな。前の責めはラビアとクリットだけにとどめ、ハードな責めはもっぱらケツの穴で行なうことにしている」

「なるほど。それで悦美を落札したわけですね。二匹の奴隷のお尻の穴比べをしようと」

「フフフ、そのとおりだ。旅館のショーで悦美がアナルフックによがり狂うさまを見て、小雪といっしょにハードな責めをしてやれば、さぞかし面白いだろうと思ったのだ」

「悦美！　岩崎さまのお言葉を聞いたわね。おまえはお尻の穴におチンポをいただく前に、小雪といっしょにアナル責めをされるのよ。小雪以上に岩崎さまを悦ばせないと、いつまでたっても太いおチンポにありつけないからね」

「は、はひっ（は、はいっ）！」

悦美は胸をドキドキさせながら、呂律の回らぬ口で返事をした。小雪がすでに何度もアナル調教を経験し、岩崎のペニスにそこを犯されているのは彼女にとって驚きであるし、また不安のタネでもあった。彼女よりもずっと年下であるにもかかわらずアナルセックスを経験して、倒錯の快感を知っている少女と張り合わなければならないのだから。

悦美は懸命にパイずりをつづけながら、昨夜彼女を被虐感に悶え泣かせた金属ディルドウの冷たい感触をアヌスに甦らせた。

第十一章　アナルパールの穴比べ

1

岩崎はイラマチオでもパイずりでも射精することはなかった。だが、熟女の行なう淫らな奉仕によってペニスを硬く勃起させ、やる気満々でつぎの仕置きに臨もうとしていた。

一方悦美は淫欲と恐怖の狭間《はざま》で心を激しく揺らしていた。旅に出て以来哲と悠児、そして綺羅羅によって淫乱な性をすっかり暴かれた彼女は、調教や仕置きがはじまるとサカリのついた牝犬のように発情し、ペニスが欲しくてどうにもならなくなってしまうのであった。

それなのに、今夜はまだペニスをヴァギナに挿入されていないのだ。イラマチオを含む口淫奉仕やパイずりなどによって、岩崎のペニスのサイズと硬さを実感しているだけに、その巨《おお》きな肉棒で早く膣の奥を突き上げられたいとウズウズしていたのである。

だが、反面彼女は恐怖に胸を押しつぶされそうであった。なぜなら、これから岩崎がやろうとしているのはヴァギナの凌辱ではなくて、アヌスを責め嬲ることだったからである。アナル感覚を開発されて日の浅い——いや、まだ開発途上の悦美は、肛門や直腸をディルドウによってえぐられるあのおぞましい感覚を思い出すと背筋にゾクッと冷たいものを走らせてしまうのであった。

悦美と小雪がビクビクしながら見ている前で、岩崎は綺羅羅の助けを借りて部屋の中央に二脚の回転椅子を隣り合わせにセットした。椅子は周囲に張り出した五本の支脚とその中心から垂直に立つステンレスのポールによって支えられるというがっしりした造りで、少々重心が片寄っても倒れることはなさそうであった。

「さあ、乗るんだ」

「お乗り、白豚」

準備ができると、岩崎と綺羅羅はそれぞれ奴隷たちを椅子の上に押し上げた。

彼らは「乗る」という語を用いたがまさしくそのとおりで、悦美と小雪はシートに座るのではなく、背もたれに向かって左右の肘掛けにまたがるように強《し》いられたのである。つまり、腰を下ろす位置も、また体の向きも通常の着座方法とは大きく異《こと》なっていたのである。

そして、この二脚の回転椅子が奴隷調教用のSMチェアであることは紛れもなかった。

シートの左右には足首を拘束するための革枷が鎖で吊り下げられていて、椅子にまたがった奴隷たちは早速それらの枷に足首を繋がれてしまったからである。

さらに、彼女たちは背もたれの後ろに両手を回すように命令され、手首にも革手錠をかけられた。こうして悦美と小雪は椅子にまたがって、背もたれを抱きかかえるポーズを固定されたのである。

「フフフ、二匹ともケツの穴が丸見えだな。穴比べにはもってこいだ」

岩崎は奴隷たちのアヌスを覗き込みながら不気味な笑い声をあげた。悦美と小雪は隣合わせに並んで椅子に乗っているが、肘掛けにまたがっているので宙に浮いた双臀は大きく割り開かれて性器もアヌスも丸見えとなっているのであった。

（ううっ、怖い……）

悦美はちらりと後ろを振り返って岩崎の顔色を窺いながら、心臓をドキドキと高鳴らせた。

三角木馬とは異なり、椅子の背もたれや肘掛けにはレザー張りのクッションが施されているので体を押しつけても苦痛はなかったが、その代わりにアヌスはまったく無防備に晒されていて、どんなことをされても防ぐ術《すべ》はなかった。

「?……あわっ!」

「ひゃっ!」

悦美と小雪は菊蕾に異物の侵入する気配を感じ、ほぼ同時に悲鳴をあげた。岩崎と綺羅羅が彼女たちの肛門にアヌス用の責め具を押し込んだのである。

彼らが手にしているのは銀色に輝く球を何個も繋いだディルドウであった。一個の球のサイズは直径三センチ近くあり、表面には潤滑用のゼリーが塗ってある。それで、すでに極太のアナルフックを経験している悦美も受け入れることができたが、かといってすんなりというわけにはいかなかった。

巨大なパールを想わせる球が菊蕾を押しひしいで直腸に吸い込まれる感触はおぞましいアナル感覚を呼び覚まし、悦美をブルッと震わせた。

「あひゃっ! うひいっ……」

侵入してくるパールは一個だけではなかった。中心に紐を通したディルドウは巨大なパールを三十個ほども連ねている。岩崎と綺羅羅は奴隷たちのアヌスに二個、三個、四個と埋めていったのだ。悦美と小雪は新しいパールが侵入してくるたびに被虐感に満ちた悲鳴や呻きをあげ、裸体をブルブルと痙攣させた。

「四個から開始してやろう」

小雪のアヌスにパールを押し込んでいた岩崎がそう言うと、綺羅羅も悦美のアヌスに四個のパールを侵入したところで手を止めた。

「おまえたち、ケツの穴同士を繋がれたのがわかるか」

「えっ？」

「あっ！」

二人の奴隷は驚いて後ろを振り返った。三十個ものパールを連ねたディルドウは一繋がりになっていて、悦美と小雪はその両端からパールを四個ずつ埋め込まれたのだ。残りのパールは緩やかな弧を描いて奴隷たちの尻のあいだに架け渡されていた。

「フフフ、三角木馬ではおっぱいを繋いでやったが、今度はケツの穴を繋いでやったというわけだ。おまえたちが馴染んで互いに親しみを持てるようにな」

岩崎は自ら作り上げた芸術作品を自賛するように奴隷たちを見比べた。

「小雪！　アナル責めの好きなおまえのことだから、パールが入ってくるたびにゾクゾクと悦びを感じただろう」

「興奮しました、お父さま」

小雪はうわずった声で正直に返事をした。日頃アヌスを責められている彼女は、おぞましいアナル感覚に悦楽を覚える体になっていたのである。

「じゃあ、もっと入れてほしいか」

「ひいっ！　これ以上は堪忍してください、お父さま」

「悦美、おまえは感じたか」

「あうっ、感じました」

「おまえはお嬢から白豚と呼ばれるくらいだから、いつも発情していてまだ物足りないだろう」

「わひっ！　苦しくてたまりません。こんなにいっぱい入れられるなんて思っていませんでした」

「お嬢、牝奴隷の穴比べではどこに目をつけて優劣を判定するのか、ひとつ教えてもらおうじゃないか」

岩崎はそばの綺羅羅を振り返って謎かけするように訊《たず》ねた。

「締まりと感度……それから、見た目でしょうか。あんまり黒ずんでいたり、疣《いぼ》があったりしたら不潔ですからね」

綺羅羅は控えめに返事をした。彼女は自分よりも岩崎のほうがアナル調教に長《た》けていることを知っているので、むしろ彼がどのような責めを行なうのか興味があったのである。

「見た目はわしも気にするほうだ。それで、小雪がうちにやってきた最初の日に、真っ先にケツの穴を見てやった。気に入らなければ、娘を父親に突き返そうと思ってな」

岩崎は小雪のアヌスに目をやりながら自慢するように言った。

「あのとき、おまえはどうされたんだ。綺羅羅さまに教えてやれ」

「ううっ、セーラー服はつけたままスカートとパンティを脱ぎ、下半身剝き出しの姿になりました。そして、立ったまま腰を折り曲げて両手を膝の後ろに回し、丸出しになっているお尻の穴を検査してもらいました」

「どんな気分だった?」

「ああっ、恥ずかしくて脚がガクガク震え、立っているのがやっとでした」

そのときのようすを思い出した小雪は、顔を赤くして返事をした。

「そのあと、お父さまの指にお尻の穴をいじられると、もう我慢できなくて涙をぽろぽろこぼしてしまいました」

「わしの奴隷になるための最初の試練だったというわけだ。だが、わしが穴の奥まで調べて合格だと言ってやったときは、ほっとしただろう」

「ううっ、奴隷になったことを実感しました。お父さまにお尻の穴を自由にされる奴隷になったと……」

「フフフ、おまえのケツの穴は見た目も締まりも上々のものだ。それで、おまえの願いを聞き入れてアナル奴隷にしてやったのだ」

岩崎は上機嫌に笑うと、つづいて隣の熟女奴隷に目をやった。

「こっちの悦美もわしが目をつけただけあって、上等のケツの穴だ」

小雪と並んで回転椅子にまたがった悦美は、大きく桃割れした双臀を左右の肘掛けに支えられながら宙に浮かせていた。少女の尻がプリプリした弾力性に満ちてフレッシュな若々しさを感じさせるのと対照的に、こちらの尻はたっぷり脂肪がついていて、脂の乗りきった熟女の妖艶さを醸し出していた。

「おまえは肌が白いから、茶色いケツの穴との対比がきわ立っていて、小雪よりもずっといやらしさを感じさせるぞ」

「ううっ……」

悦美は岩崎の言葉嬲りにみじめな気分をかき立てられながら、皺の集まる窪みを懸命に窄めた。

「とろとろに濡れている性器同様、男に飢えた淫乱熟女に相応《ふさわ》しい持ちものだ。どうだ、女社長！　丸出しのケツの穴をわしに褒められて嬉しいか」

「あうっ、褒められているなんて！　意地の悪い言葉で虐められています……ああっ、お願いですから、あんまり焦らさないで」

「焦らさないでだと？　つまり、早くお仕置きをしてくれとねだっているんだな」

「あひゃっ、違います！」

悦美は慌てて打ち消したが、彼女が本音を口走ったのは間違いなかった。四個のパールをアヌスに埋められた悦美は、直腸へのおぞましい圧迫感に平常心を奪われ、いても立ってもいられない気分にさせられてしまったのだ。

「フフフ、それでさっきからケツの穴をヒクヒクさせて催促しているのだな」

「ひゃっ！……」

岩崎の指摘はますます悦美を狼狽させた。彼女は見られる恥ずかしさに懸命にアヌスを窄めようとしているのだが、岩崎の目には周期的に筋肉を動かす仕種がせつない催促と映るのであった。

「お嬢、穴比べにはもう一つ判定材料があるんだ。それは、アナル芸のテクニックというやつだ」

「アナル芸のテクニック？」

「フフフ、説明するよりも実行だ。奴隷たちは早く仕置きをはじめてほしいとウズウズしているからな。特に悦美なんか、待ち遠しくてたまらないといった様子でケツの穴をヒクつかせているくらいだ」

岩崎は怪訝《けげん》な表情の綺羅羅を尻目に、奴隷たちのアヌスを繋ぐパールの数珠《じゅず》を鞭の柄で持ち上げた。

「さあ、穴比べをしてやろう。ケツの穴に埋まっているパールを穴から穴へリレーするんだ」

「えっ？」

「リレーって？」

奴隷たちは綺羅羅と同じように戸惑いの声をあげた。しかし、彼女たちの顔には、綺羅羅にはない不安と恐怖の表情が浮かんでいた。

「パールを一個ずつケツの穴から出していけ。糞をひり出す要領で排泄するんだ」

「ひっ、そんなこと無理です」

真っ先に悲鳴をあげたのは悦美であった。彼女とて、できることなら下腹を耐え難《がた》く圧迫する責め具を全部出してしまいたかった。だが、手を用いずに下腹を息ませるだけで巨大なパールを排泄することができるとはとうてい思えなかった。

「お父さま、どうか堪忍してください。こんなに大きなパールをひり出すことなんかできません」

小雪も縋《すが》るような目で岩崎を振り返りながら哀願した。すでにアナル調教を何度も経験している小雪にとっても、岩崎の命令はハードルが高かったのだ。

「フフフ、どちらが先に出すかの競争だ。負けたほうには仕置きがつくぞ……さあ、やれ！」

「あっ、うーん！」

「ううーん！」

岩崎が合図をすると、奴隷たちはもう泣き言《ごと》など言っていられなかった。相手より先にパールをひり出すことができなければ仕置きを受けなければならないのだ。その仕置きが何であるのかは明らかにされていないが、アナル調教を得意とする岩崎のやることだから無事では済まされないだろう。

彼女たちはパールで繋がれた菊蕾を岩崎と綺羅羅の視線に晒しながら、その部分の皺を拡げたり窄めたりしてあさましい排泄行為を試みるのだった。

2

「ううっ、うーん！」

「うひっ、ううっ！」

奴隷たちの込み上げさせる苦しげな呻きが密室の空間に響いた。彼女たちが下腹に力を込めるたびに、意図せぬ声が鼻や唇のあいだから洩れてしまうのだった。

悦美も小雪も声をあげるだけでなく、またがっている肘掛けを太股で懸命に締めつけたり背もたれを両手できつく抱きしめたりしてアヌスの筋肉に力を添えようとした。

「フフフ……」

そんな彼女たちを後ろから見つめる岩崎の口から低い笑い声が洩れた。額に脂汗を滲ませて苦悶する奴隷たちの姿はサディストにとって大いなる快楽のタネであったのだ。そばで綺羅羅もサディスティックな好奇心に満ちた目で残酷なゲームを見つめていた。

だが、淫らな光景のハイライトは何といっても排泄の瞬間であった。

「うあっ、うーん！……」

小雪は下腹を波打たせながら何度も息んだが、やがて、菊蕾の粘膜が周囲に押し拡げられ、円く開いた飴色の囲いの中に銀白色の物体が見えるようになった。それは粘膜の後退とともに少しずつ表面積を大きくしていき、菊蕾の皺がすっかり伸びきる頃にははっきり球とわかる曲面が姿を現した。

「うっ、うひっ……うあっ！」

球が半分ほど出かかったところで渾身の力を込めて下腹を息ませると、最大径の箇所がついに肛門を越えた銀色のパールはアヌスからすうっと排泄された。

「フフフ、やっと出たか」

岩崎は小雪のアヌスがパールを完全に排泄するのを見届けると、満足そうに笑った。

「小雪の勝ちだな。悦美、おまえはまだひり出せないのか」

「うっ、うひっ……できません、御主人さま」

悦美は恐怖におののきながら返事をした。小雪が排泄に成功したときには、悦美はまだ半分もパールをひり出していなかった。だが、負けた時点で、それまでの努力はすっかり無駄になってしまう。なぜなら、岩崎はようやく出かかったパールを押し戻したばかりか、五個目のパールを手に取ったからである。

「ひゃっ、お許しください！　ひいっ、もう入れないでぇ！」

新たなパールが菊蕾の窪みを穿《うが》つと、悦美はパニックに駆られて悲鳴をあげた。彼女は排泄競争の敗者が受ける仕置きが何なのか、恐怖とともに悟ったのだ。だが、男の手にしたパールは無防備な肛門を突き抜けてたちまち直腸の中に吸い込まれてしまった。

「うひひっ、お腹が苦しい」

両手両足を椅子に固定された悦美はおぞましい感触にブルブルと体を痙攣させた。先の四個に一個加わって五個となったパールは直腸の粘膜を押し拡げ、耐え難《がた》い圧迫感をもたらした。

「パールの穴リレーと言っただろう。小雪が穴から一個出したのだから、おまえは穴に一個入れられるんだ」

岩崎は苦悶する悦美をサディスティックな目で見下ろしながら、意地悪く言い聞かせた。

「苦しくてたまらないのなら、つぎはおまえが小雪よりも先にパールをひり出すことだな。そうすればイーブンに戻すことができるぞ」

「ううっ、絶対にかなわない……」

悦美は絶望感に打ちのめされた。一回目の排泄競争で、彼女はとうてい小雪に勝てないことを悟っていたのだ。アナル奴隷の小雪は岩崎から似たような仕置きを何度も受け、パールを排泄するテクニックを身につけているに違いなかった。

「穴リレーは、どちらかのアヌスからパールが全部抜けるまで行なうんだ。もちろん、負けたほうはそのたびにパールを一個ケツの穴に入れられる」

「じゃあ、八個も！」

悦美は恐怖の叫びをあげた。五個入れられた状態でもいても立ってもいられないような圧迫感に苦しんでいるのに、あと三個も入れられることを想像すると目の前が真っ暗になった。

「さあ、二回目だ。開始しろ」

「は、はい！……ううっ！」

「ううっ、また負ける……うあっ！」

勝負の行方はやる前から決しているも同然であった。一個排泄するのに成功して体が楽になった小雪と、新たに一個入れられて被虐感に打ちのめされた悦美では気力、体力ともに差が歴然としていた。

こうして悦美は二回目も三回目も競争に負けて、直腸の狭い空間を巨大なパールで満たされてしまった。

「フフフ、あと一個で小雪のケツの穴からパールが抜けるからな」

岩崎は七個目のパールをアヌスの中に押し込むと、苦しみに喘ぐ悦美を見下ろしながら意地悪く警告した。

「そうなったらおまえの負けだ。残りのパールをおまえ一人で引き受けなくてはならないぞ」

「ど、どういうこと？」

「垂れ下がっているパールを全部ケツの穴に押し込まれるんだ」

「あうう！　そんなお仕置きをされたら、腸が破裂してしまいます」

悦美は椅子の上で裸体をブルブル震わせながら、呻き声を絞り出して訴えた。七個のパールに直腸内を埋め尽くされた彼女はおぞましい圧迫感に打ち負かされ、手足の痙攣を抑えることができなくなっていた。

「フフフ、あと何個入るか試してやろう。この責め具はちょうど三十個のパールを連ねているので、入りきらない分はヴァギナに入れてやる」

「お許しください！　お許しください！　どんなことでもしますから、どうかこれ以上パールを入れるのは堪忍してください」

悦美は恐ろしい予告を聞くと、いっそう体の震えを大きくして必死に許し乞いをした。合計三十個ものパールを性器とアヌスに詰め込まれることを想像すると、歯の根も合わないほどの恐怖に捉えられた。

「悦美! おまえがお仕置きされるのは、岩崎さまを愉しませることができないからなのよ。小雪はパールを三個もひり出して、いやらしい光景を愉しんでもらったのに、おまえときたら無芸の能なしで、一個も排泄できないじゃない」

「うひいっ、ほかのことで愉しんでもらいます。お尻の穴以外でどんな芸でもしますから……」

「じゃあ、さっき私が言ったことを岩崎さまにお願いしてごらん。うまくいけば岩崎さまはそれと引き換えにお尻の穴のお仕置きを許してくれるかもしれないわよ」

「さっき言ったこと?」

「ほら、片脚を上げてする芸のことよ」

「あっ!」

綺羅羅のヒントをきくと、悦美はすぐに思い出した。彼女は奴隷調教室に連れていかれる途中で、綺羅羅からあさましい犬芸のことを耳打ちされていたのである。彼女は岩崎に向かって必死に懇願した。

「あ、あの……御主人さま！　奴隷悦美はまだ訓練が足りなくて、お尻の穴からパールをひり出すことができません。御主人さまに飼われているあいだにきっとできるようになりますから、どうか今夜はお許しください。その代わりに、御主人さまにお愉しみいただくために、悦美は犬のように四つん這いになって、片脚上げのポーズでお小水をします」

「片脚を上げてションベンをするだと？　お嬢、この牝はそんな芸を躾けられているのか」

「ホホホ、まだ躾けていませんわ。白豚奴隷に相応しい畜生芸について話してやっただけです。そうやって岩崎さまに悦んでもらえば、きっと太いおチンポを恵んでもらえるでしょうって」

「なるほど。小雪をここへ連れてくるとき、後ろでこそこそ話をしていたのはそういうことだったのか」

岩崎は悦美の哀願を聞くと納得したようにうなずいた。

「フフフ、面白そうだな。だが、今は穴リレーの最中だ」

岩崎は興味を示したが、かといって仕置きをやめるわけではなかった。彼は悦美の尻の穴から出ているパールに再び手をかけた。しかし、それ以上パールを押し込もうとはせず、反対に手前に引っ張って直腸内のパールを少し引き出した。

「おまえはわしに飼われているあいだにケツの穴の芸を覚えると言ったな」

「は、はい……きっとできるようになって、御主人さまに悦んでもらいます」

「フフフ……ほらっ、息んでみろ」

「あっ！　うーん、ううーんっ！」

悦美が必死に下腹を息ませると、肛門を割って半分ほど姿を見せていた銀色のパールは菊蕾の皺をいっぱいに伸ばしてぽろっとこぼれ出した。

「あぁーっ……」

ようやく一個のパールを排泄することができた悦美は、深い安堵のため息をついた。

「おまえはこうやってわしの助けを借りなければ、奴隷の芸をすることができないのだ。小雪のように一人でできるようになるまで、何度でもさせてやるからな」

「ううっ、御主人さまに躾けてもらって、きっと一人でできるようになります」

「どうだ、パールをひり出すのは快感か」

「ああっ、ゾクゾクするほど感じてしまいました。パールに穴をこすられる刺激と、ウンチの瞬間を見られるような恥ずかしさが重なって……」

悦美は掠れた声で返事をした。実際、彼女は尻の穴を塞いでいた巨大なパールが粘膜をこすりながら排泄されていく皮膚感覚に脳天の痺れるような興奮を覚えたのである。しかも、無防備にさらけ出した菊蕾を岩崎や綺羅羅に細大洩らさず観察されている。

「フフフ、ケツの穴がだらしなく開いているぞ」

「あっ！……」

男の意地悪な指摘に、悦美は慌ててアヌスを窄めようとした。しかし、岩崎は排泄されたばかりのパールを再び菊門に押し込んだ。

「あわわっ！　ひゃーん！」

たちまちパールはアヌスを穿って直腸に侵入し、悦美に甲高い悲鳴をあげさせた。

「どうだ、パールを呑み込むのは快感か」

「うひいっ、快感じゃありません」

もとのように七個のパールに直腸を塞がれた悦美は、手足をわななわなと震えさせて苦しみを訴えた。出るときと違って、入ってくるときのおぞましい感覚は彼女を被虐感のどん底に突き落としたのだ。

「入れなければ出すときの快感は得られないぞ……小雪！　おまえはパールを呑み込

むときに快感があるか」

「あります、お父さま。お父さまに何度も躾けられて、小雪はパールを入れられるときもひり出すときも悦びを感じるようになりました」

「悦美、これでわかっただろう。尻の穴の芸を覚えるにつれて、快楽も覚えていくというわけだ」

岩崎はそう言いながら、パールを引き出したり押し込んだりして悦美を被虐と快楽の狭間で泣き悶えさせた。

「ひっ、ひっ、おひーん！」

「さあ、もう一度やってみろ。できるだけわしの手を借りないで排泄するんだ」

「あ、あうっ……あぁーん！」

悦美は呻きを込み上げさせながら、半分ほど出かかったパールをひり出そうと下腹を何度も息ませた。それにつれて銀色の球体は菊蕾の皺を拡げたり縮めたりして卑猥感あふれる光景を現出し、岩崎の目を愉しませるのだった。

3

「白豚！　パールひりの芸ができるようになった？」

「ううっ、まだ完全にはできません。御主人さまに途中まで出していただかないと……」

小雪と並んで椅子の上でアヌスを晒している悦美は、綺羅羅に訊ねられると声を掠れさせながら返事をした。

彼女は岩崎の手を借りながら、やっとの思いで三個のパールを排泄したところであった。

だが、残りの四個はまだ直腸の中に埋められたままである。そして、穴リレーのルールに従って、悦美の排泄した三個分のパールが小雪のアヌスに入れられていた。つまり、彼女たちは仕置きがはじめられたときの状態に戻されていたのである。

「フフフ、アナル芸は小雪のほうに一日《いちじつ》の長があるな」

岩崎は奴隷たちの後ろ姿を見比べながら、満足そうに笑った。悦美のアヌスを存分に嬲った彼はサディスティックな興奮に顔を赤々と上気させていた。

「ケツの穴の外見は甲乙つけがたいが、アナル芸では小雪の勝ちだ……お嬢、穴比べの判定基準はあと何と何だった？」

「感度と締まりですわ。感度については二匹ともずいぶんとマゾ泣きをして岩崎さまを愉しませたんじゃありませんか。もっとも、小雪はマゾの思い入れたっぷりによがり声をあげていましたが、悦美はお仕置きがつらくてひいひいと悶え泣いていましたわね」

「じゃあ、感度も小雪が勝《まさ》っているということかな」

「ホホホ、そうとも言えませんわ。ほら、シートの上を見てください」

「シートの上？……ははあ、なるほど！　そういうことか」

岩崎は綺羅羅に注意を促《うなが》され、それぞれの奴隷たちがまたがっている椅子のシートに目をやった。そして、レザー張りの二つのシートを見比べて納得の声をあげた。

「さすがにいやらしいことの大好きな淫熟奴隷だ。シートの上に蜜溜まりができているじゃないか」

「……！」

〝淫熟奴隷〟が自分のことだと知った悦美は、あさましい粗相を指摘されると真っ赤になって狼狽えた。

奴隷たちは背もたれを両腕で抱《かか》えて肘掛けの上にまたがっているために、肉体はシートの上に浮いていた。そのため、股間から大量に淫蜜をあふれさせると、粘膜の上にとどまりきれずにシートの上に滴り落ちてしまうのだ。

岩崎が二人を見比べると小雪は性器をとっぷり濡らしているものの垂れ落ちるまでは至ってないのに対し、隣の悦美は淫蜜を何度も滴らせてシートの上にとろりとしたプールを作っていた。まさしく岩崎のいうところの〝蜜溜まり〟ができていたのである。

「いくらアナル調教の初心者でも、淫乱牝の血は争えぬということだな……淫熟奴隷悦美！　仕置きに興奮したのか」

「ううっ、興奮しました。御主人さまにお尻の穴を虐められているうちに、おつゆがどんどんあふれて、垂れこぼしてしまいました」

「フフフ、穴比べはこうでなくては面白くない。アナル専用奴隷の小雪に引けを取らないとは、おまえもたいしたものだ」

「………」

悦美は岩崎に褒められても、恥ずかしさとみじめさを感じるばかりだった。アヌスも性器も丸見えの格好で椅子にまたがり、アナル責めに卑しく興奮したことの動かぬ証拠である蜜溜まりをシートの上に晒しているのだから。

「さて、お嬢！　穴の締まりはどうやって比べる？　昨夜のショーで見事な手並みを見せてくれたお嬢だから、さぞかし面白いアイデアを持っているだろう」

「ホホホ、面白いかどうかわかりませんが……とりあえずやってみますから、岩崎さまは私の言うとおりに動いてください」

綺羅羅は謙遜して言ったが、すでに残虐な責めのイメージが浮かんでいるようで、迷うことなく作業に取りかかった。

まず、奴隷たちの乗った椅子のリクライニングを操作して背もたれをほぼ水平に倒した。こうすることで悦美と小雪は椅子にまたがったまま四つん這いに近いポーズを強いられるのである。

つぎに綺羅羅は椅子の向きを変え、それまで隣同士に並んでいた奴隷たちの尻と尻を向かい合わせにした。キャスター付きの椅子は人が乗っていても、女手一つで簡単に方向転換ができるのであった。

「岩崎さま、小雪にご褒美をやってくださいな。パールの穴リレーでは、小雪のほうがよほど上手《じょうず》に芸をしましたから。ご褒美に太いおチンポをたっぷり舐めさせてやってください」

綺羅羅は岩崎に勧めて小雪の前に立たせると、彼女の乗った椅子はそのままにして、悦美の椅子のキャスターだけにストッパーをかけた。

「こうやってフェラチオをさせながら岩崎さまが後ろに下がれば、小雪はせっかくいただいたおチンポを離すまいと必死に口を窄めて御奉仕に励むでしょう。もし、離せば、お仕置きをされることぐらいわかりきっていますからね」

綺羅羅は、岩崎のペニスを咥えようとして首を伸ばしている小雪を見下ろした。小雪の舌はまだペニスに届いていなかったが、水平に倒された背もたれの笠木《かさぎ》から顔をはみ出した彼女は口をペニスとほぼ同じ高さに保っていた。

「岩崎さまが後ろに下がれば、小雪の体はおチンポを咥えたまま椅子ごと前に進んでいくことになります。でも、悦美のほうは椅子にストッパーがかけられているので、小雪の動きについていくことができません。それで、奴隷たちは否応なしにパールの引っ張りっこをさせられるというわけです」

「なるほど、穴リレーとは反対のことをやらせようというんだな」

岩崎は綺羅羅の意図をすぐに察してうなずいた。

「さあ、小雪！　ペニスを咥えろ。パールを上手にひり出して、わしを愉しませたご褒美だ」

「はい！　あむ、ぺろ……」

すぐに小雪はペニスを咥え、口の中で熱心に舌を絡めた。アナルパールを用いた奴隷たちの責めにすっかり興奮した岩崎は、亀頭の鈴口から大量の蜜液をあふれさせていた。小雪はそれを褒美として与えられたのである。

「うむ、あむ、ぴちゃ」

「旨いか」

「おひひいれふ、おとうふひゃま（おいしいです、お父さま）……あむ、あんむ」

「しっかり咥えて、口から離すんじゃないぞ」

岩崎はペニスに絡みつく舌や唇の感触を愉しみながら、少しずつあと退《ずさ》りしていった。

「むむっ！　うむっ！」

小雪は岩崎が動きはじめると、必死に唇を窄めて肉竿に圧力をかけた。そうしないと、ペニスが口から抜けてしまうのである。

「うーんむ！」

キャスターの車輪がそろそろと回転し、小雪を乗せた椅子は尻を向かい合わせにしている悦美から少しずつ遠ざかっていった。そして、一定の距離に達したとき、彼女たちのアヌスを繋ぐ一連のパールはピンと張りつめた。

「むうっ！」

「うひっ！」

奴隷たちは後ろが見えなかったが、尻の穴に伝わる気配から弛んでいたパールが一直線に張ったことを悟った。途端に彼女たちは思いきり尻の穴を窄め、直腸からパールが抜け出るのを防ごうとした。

つい先ほどの穴比べではパールを排泄しようと躍起になって息んでいたのに、今度は出ていくのを阻止するためにアヌスの筋肉を懸命に収縮させるというのだから、何とも皮肉なことであった。

しかし、彼女たちにはよけいなことなど考えている暇はなかった。相手にパールを抜き取られてしまえば、尻の穴の締まりのない奴隷という烙印を押されてしまうのだから。

「うむうっ！」

「あうっ、ひいっ！」

「離すなよ、小雪！　きちんと咥えているんだ」

岩崎はペニスを咥えている小雪に向かって厳しく命令した。彼女が口からペニスを離してしまうと動力源は失われてアヌス同士を繋ぐパールの緊張が緩んでしまうのである。

「むむぅ……」

しかし、キャスターの車輪にかかる床の摩擦と、反対方向にかかるパールの張力には唇を窄めるだけでは対抗できず、小雪は岩崎が後退するにつれてずるずるとペニスを吐き出していった。

「ついてこれないのか。それなら、わしが助けてやろう」

岩崎はいったんあと退りを停止すると、小雪の髪を引き寄せてペニスを咥え直させた。そして、髪を摑んだまま再びあと退りした。こうされると小雪はペニスを口の中に保持していられるが、体は少しずつ前に進み、いやでもアナルパールを引っ張らざるをえなくなった。

「悦美！　気合いを入れてお尻の穴の筋肉を締めないと、パールを引っこ抜かれてしまうわよ」

「ううっ、あうっ！……」

綺羅羅に言われるまでもなく、悦美はパールの出ていこうとする力と懸命に戦っていた。小雪が一定以上遠ざかれば、二人のうちのどちらかのパールは抜かれざるをえないのだ。それがどちらのパールになるかによって、彼女たちに対する評価は変わってくる。悦美も小雪も必死になってアヌスを窄めるのは当然のことであった。

「うむーっ！」

絶望感に満ちた小雪の声がペニスを咥えた口から洩れた。彼女は筋肉の収縮を持続させることができず、ついに菊蕾を開いてパールを穴からひり出してしまった。

「ああっ、あーん！」

つづいて悦美もパールが排泄されるときのゾクッとするような触感に悲鳴をあげた。

小雪が尻の穴を開いたあとも岩崎はあと退りをやめず、かろうじて肛門に引っかかっていた悦美のパールも抜き出されてしまったのだ。

奴隷たちは数秒の間隔をおいてつぎつぎに悲鳴をあげたが、その声にはパールを引き抜かれる恐怖心とともに、淫らな情感がこもっていた。いや、むしろ排泄の快感を知ってしまった悦美などはマゾの思い入れたっぷりに悲鳴をあげたのである。

「さて、二個目はどっちが先にひり出すか」

岩崎はさらにあと退りしながら、サディスティックな好奇心に満ちた目で奴隷たちを見下ろした。

奴隷たちが必死に尻の穴を窄めて行なうパールの引っ張り合いは、見ていてサディスティックな興奮を呼び起こすものであった。彼は小雪の髪を摑んだ手に力を込め、硬く怒張したペニスを咽喉の奥まで深々と突き立てた。

第十二章　マゾ奴隷のアナルクンニ奉仕

1

穴比べの最後の試技が終わると、奴隷たちはそれぞれのアヌスからパールをすべて抜き取られ、椅子の向きをもとに戻された。

すなわち、悦美と小雪は再び隣合わせに並んで、無防備な後ろ姿を岩崎の目に晒したのである。

「悦美！　ケツの穴はほぐれたか」

「ほ、ほぐれました……御主人さまにパールのお仕置きをしていただいて、悦美のお尻の穴はマシュマロのように柔らかくなりました」

岩崎に問われると、悦美は媚びるような目で彼を振り返った。椅子にまたがって四つん這いに等しいポーズをつづける彼女は仕置きの終わった今でもラビアからとろりとした液を滴らせ、蜜溜まりをいっそう大きくしていた。

「ああっ、体が火照って気が変になりそうです」

悦美は椅子に拘束された不自由な身でありながら、大きく割り開いた双臀ヒクヒクとうごめかせて岩崎に訴えた。彼女はすっかり発情して、ペニスへの慕情をせつなく募らせていたのだ。

「フフフ、どれ……」

岩崎は二本の指をアヌスの中に挿し込んだ。そして、えぐるようにしながら直腸の粘膜をゆっくりとかき回した。

「あっ、あっ……あぁーん」

「たしかに柔らかくほぐれているな。おまえが小雪のようなアナル好きの淫乱奴隷だったとは思いもよらなかった」

岩崎は指に伝わる粘膜の感触を確かめながら満足げに言った。

「だが、パールをひり出す芸はまだできていないぞ」

「ううっ、もっと調教をしてもらって、必ずできるようになります」

「白豚！　おまえは期限付きのレンタル奴隷なのだから、小雪のようにじっくり訓練されている暇《ひま》はないのよ。すぐにできるやり方で岩崎さまに躾けてもらったら？」

綺羅羅が横から意地悪く口を出した。根っからのサディストである彼女は残虐なプレイをいくらでも思いつくことができたのである。

「パールをお尻の穴にはめられた状態でイチジク浣腸をしてもらうのよ」

「あわわっ！　そんな恐ろしいお仕置きを！」

「この方法なら、七ついっぺんにひり出すことができるわ」

「フフフ、お嬢はいつも面白いアイデアを出すな。この調教室にはエネマプレイに対応できるコーナーがあって、便器も洗浄用のビデも備えている。さっきおまえが畜生同然の格好でションベンをさせてくださいと言ったが、そのついでにイチジク浣腸もしてやろう」

「ひーっ、お許しください！　お許しください、御主人さま！　きっと自分の力だけでパールひりの芸ができるようになりますから、イチジク浣腸なんかしないでください」

悦美は恐怖にパニックを起こして金切り声で許し乞いをした。浣腸をされたらパールだけでなく、いっしょに大便まで排泄してしまうに違いなかった。

「期限は明日いっぱいだ。明日中に自力でひり出すことができるようにならなければ、お嬢のやり方で強制排泄をさせるぞ」

「ううっ、明日中なんて……」

「猶予期間をもらえたのだから、ありがたいと思いなさい……さあ、こうやってお尻の穴をほぐしてもらったのだから、岩崎さまにおねだりすることがあるだろう」

「あっ！　あの……どうか、御主人さまの太いおチンポをお尻の穴にお恵みください。御主人さまのおチンポでお尻の穴の処女を奪い、悦美を卑しくよがらせてください」

悦美は胸をドキドキさせてアナルセックスを懇願した。パールでさんざん尻の穴をオモチャにされていても、生身のペニスで犯されるのは別ものであった。しかも、彼女はアナルセックスの経験がない。悦美は恐怖と期待に胸の鼓動を激しく昂《たかぶ》らせた。

「パールの綱引きでは小雪に勝ったのか、負けたのか」

「うっ、ちょっとだけ負けてしまいました」

岩崎に問われると、悦美は悔しそうに返事をした。パールの綱引きは一進一退の攻防で、途中まで勝ったり負けたりを繰り返していたが、最後のパールはわずかの差で悦美のほうが先に排泄してしまったのである。

「ちょっとでも、負けは負けだな。となると、わしのペニスをいただく権利は小雪にある。おまえは小雪がアナルセックスでよがり泣いているあいだじゅう、隣で指を咥えているんだ」

「あうっ……」

悦美は哀しげに呻いた。数度の穴比べでパールのもたらすおぞましい感触にすっかり惑乱した彼女は、アナルセックスに怯えながらも生身の太いペニスを味わってみたいと胸をドキドキと高鳴らせていたのだ。

「どうだ、わしのものをほしいか」

「ほしいです！　どうか、悦美のお尻の穴に御主人さまのおチンポを恵んでください」

「フフフ、オークションでおまえを落札したわしには、アナル処女を奪う権利がある。その権利を使わぬ手はないな」

岩崎はようやく焦らすのをやめて言った。彼としても悦美の処女アヌスに対する欲望は大いにあったのである。

「それなら、ペニスの穴渡りをしてやろう。二匹とも後ろ向きで尻を差し出しているから、交互に犯してやる」

「ホホホ、ウグイスの谷渡りですわね。小雪！　悦美！　いい声で泣いて岩崎さまに悦んでもらうのよ」

「最初は悦美だ……そらっ、思いきり泣いてみろ」

「あひゃっ？……いひーん！」

菊蕾を割って荒々しく侵入してくるペニスの感触に、悦美は被虐感に満ちた悲鳴をほとばしらせた。恐怖に駆られて反射的に肛門の筋肉を窄めたものの、パールによる前戯で粘膜をほぐされているために侵入を防ぐことはかなわず、悦美は太いペニスに直腸を深々と貫かれてしまった。

「いひっ、いひっ、いひぃーん！」

すでにアナル感覚を知っているはずの悦美だが、生身のペニスによる凌辱は動き、触感ともに無機質な性具とは次元を異にしていた。彼女は直腸を自在に穿《うが》つ肉棒にマゾヒスティックな悦虐感をかき立てられ、両手や両足で椅子を抱きしめながら悶え泣いた。

「おひひっ、おひーん！」

「どうだ、悦美、アナル処女を失った気分は？」

「おひっ、あひっ……こんな快楽があるなんて！　もっと早く知っていれば……」

「ペニス狂いの発情牝！　ヴァギナじゃなくてケツの穴でもペニスを入れられるのが

嬉しいのか」

「おひひいっ、いいですぅ！　お尻の穴の快楽をはじめて知りました。御主人さまのおチンポがよくて、気が狂いそうですぅ」

「そらっ、もっと狂え！」

「いひーん！　太いおチンポにお尻の穴をえぐられますぅ」

「奴隷の務めを忘れるんじゃないぞ。穴をきゅうと引き締めて、わしを愉しませるんだ」

――ピシーン！

「ひゃいーっ！　お愉しみいただきますぅ」

悦美は鞭を打たれると、懸命に浮かせた尻をヒクヒクとうごめかせてペニスの動きに迎合した。鳥肌が立つようなアナル感覚に加えて鞭の痛みがマゾヒスティックな情感を呼び覚まし、彼女はアヌスを凌辱される奴隷の境遇を骨身に沁みて自覚した。

「おひいっ、おひいーん！」

「此奴《こいつ》め、尻をぷるぷる震わせながら、マゾッ気たっぷりにわしを挑発しているな。もっと恵んでほしいのか、発情マゾ牝？」

「お恵みください、御主人さまぁ！　男日照りの悦美に、御主人さまの太いおチンポをお恵みください」

「小雪！　おねだりはどうしたの。黙ってじっとしているだけじゃ、おチンポをいただくことができないわよ」

「あっ、お父さま、小雪にも！」

隣で息を呑んでいた小雪は、綺羅羅にけしかけられるとうわずった声で岩崎に訴えた。

「小雪もお父さまのオチ×チンがほしくてたまりません。どうか、早く小雪のアヌスを犯してください」

「悦美が羨ましいのか」

「羨ましいです。小雪もお父さまのオチ×チンでお尻の穴を突かれて気持ちよくなりたいです」

「ほう、珍しいこともあるものだ。ふだんは黙ってわしのされるままになっている娘が、今夜は積極的におねだりをするとはな」

岩崎は小雪の告白を聞くと、意外そうな声をあげた。

「ホホホ、悦美が岩崎さまに卑しく取り入るのを見て、おチンポのもらい方を学習したんでしょう。悦美ときたら、おチンポをいただけるなら、どんな卑しいことでも悦んでやる淫乱畜生ですからね。内気な小雪も悦美の淫乱っぷりを見せつけられて、うかうかしていられないとお尻に火がついたんじゃないですか」

「フフフ、まったくだな。悦美を落札した甲斐があるというものだ」

岩崎は笑って綺羅羅に同意した。小雪が悦美から刺激を受けるのは彼にとって喜ばしいことであった。

「悦美、しばらくお預けだ……さあ、小雪！　お待ちかねのものをたっぷり味わわせてやるぞ」

「あっ……あいーん！　お父さまのオチ×チンがお尻の穴に入ってくる」

悦美のアヌスから移動してきたペニスに菊蕾を穿たれると、小雪は悦楽の叫びをあげてブルブルと四肢を震わせた。淫乱な熟女奴隷がよがり狂うさまをすぐ隣で見ていた少女は、自身すっかり興奮してペニスへの欲望に身を焦がしていたのだ。

「あひひっ、あひいーん！　お父さまの太いのがいいっ！」

「悦美に負けないくらいのいい声で泣いて、わしを悦ばせるんだぞ。できるか？」

「できます！　いっぱいマゾ泣きして、お父さまに悦んでもらいます……ひいっ、ひいーん！」

「………」

悦美は少女の初々《ういうい》しい泣き声を聞きながら、羨ましげにため息をついた。熱く充血したアヌスを晒しながら、椅子にまたがったまま空しく唇を嚙んでいなければならないのだ。

だが、幸か不幸か、アヌスを虐めるサディストは岩崎だけでなく、女王《ドミナ》の綺羅羅もいた。

「寂しいだろう、悦美？　岩崎さまのおチンポがいつ帰ってくるかわからないのだから。発情しきった牝畜生には死ぬほどつらい時間ね」

「あうっ……」

「ほら、そのあいだ私がおまえをお仕置きをしてやるよ」

そう言いながら、綺羅羅はパールの数珠《じゅず》繫ぎになった例の性具を無防備なアヌスに押し込んだ。

「さっきは七個だったけれど、今度は八個まで入れてやるわ。そうすれば、小雪以上にマゾよがりをして、岩崎さまを振り返らせることができるでしょうからね」

「いひっ、いひっ……いいです、お父さま！　いつもよりオチ×チンが硬くて太く感じられます」

2

「うむ、そうだろう。おまえの締まりもふだん以上だぞ」

岩崎は愛奴の小雪のアヌスを夢中になって凌辱したが、その隣では綺羅羅が女王《ドミナ》の残虐性を発揮して悦美にパールの責めを行なっていた。

「ほらっ、さっきのように七個入ったわ」

「うひっ、うひいっ……もう限界です、綺羅羅さま。これ以上押し込まれたら腸が破裂してしまいます」

「お黙り！　私に泣き落としは通じないよ。さあ、今度は八個目！」

「うぎゃ……うぎゃーん！　うひーん、うあうーっ……」

それまで未知であった八個目のパールを肛門の中に押し込まれ、悦美は断末魔の獣のような悲鳴をあげた。

「ほらね、ちゃんと入ったじゃない。きっちり中まで入って、影も形も見えないわ」

綺羅羅は悦美の悲鳴が悶え泣きに変わると、冷酷な口調でうそぶいた。彼女の言うとおり八個目のパールは完全にアヌスに呑み込まれ、閉じた菊蕾の中心からは連結用の紐が出ているだけであった。

「お尻を振って岩崎さまにアピールしなさい。太いおチンポに早く戻ってきてほしいんだろう」

「ううっ、苦しくて死にそうなのに……」

悦美は呻きながら懸命に重い尻を浮かせ、岩崎におもねるようにヒクヒクとくねらせた。残った二十二個のパールは数珠繋ぎになってアヌスから垂れ、かろうじて床から浮いているが、それらは悦美が尻を動かすたびに宙でぶらぶらと揺れた。

「八個入れることができたのか、悦美?」

岩崎は小雪のアヌスを深々と貫きながら、必死にアピールをする熟女奴隷に目をやった。

「で、できました! ですから、どうか早く……」

「じゃあ、それを全部ひり出していけ。そうすればもう一度ペニスを恵んでやる」

「そんな! まだ排泄の芸ができないことをご存じのくせに」

「できない分はお嬢にお願いして抜いてもらうんだ。もっとも、お嬢がおまえの願いを聞き届けてくれるかどうか、私の知るところではないが」

「あうっ、お願いします、綺羅羅さま！　お尻をいやらしく振って御主人さまにお愉しみいただきますから」

「一個ずつ抜くのは面倒臭いから、一日早い浣腸をしてやろうかしら」

「うひいっ、綺羅羅さまぁ！」

悦美は泣き声で哀願した。彼女はあらためて自分が年下の女王《ドミナ》に頭が上がらないことを痛感し、彼女への恐怖心をかき立てられるのだった。

「それなら、私を気持ちよくさせてごらん」

綺羅羅は長く連なるパールを持ち上げて背中の上に置いた。そして、悦美の前に立つと髪を摑んでパイパンのデルタに顔を引き寄せた。

「あっ！　うむ、むぐ……」

淫靡な匂いを発する性器はとろりとした淫蜜にまみれていた。女王《ドミナ》である彼女も岩崎と同様にサディスティックな興奮を昂らせていたのである。

「あむ、ぺろ、うむ……」

悦美は首を伸ばしてクンニ奉仕を懸命に行なった。回転椅子の背もたれはほぼ水平に倒されているために、悦美も小雪も椅子にまたがったまま四つん這いのような体位を保っている。それで彼女たちは後ろからペニスを挿入されたり、前の性器にクンニ奉仕をしたりすることができるのであった。

「おいしいかい、白豚？　でも、おまえはおチンポに飢えた牝畜生だから、凹んだものを舐めるよりも、出っ張ったものを舐めるほうがよほど好きなんだろう」

綺羅羅は髪を手荒く引き回してクレバスの奥やクリトリスを舐めさせながら、熟女奴隷を意地悪く嬲った。

「でも、おチンポ好きの白豚だけあって、なかなかいい勘をしているわね……ほら、ご褒美よ！」

——ピシーン！

「ひゃむっ！」

綺羅羅の手にした鞭が背中越しに臀丘を打ち弾き、ふくよかな臀丘をぷるぷると震わせた。

——ピシーッ！

「ひゃいっ！　あむ、ぺろ」

「お尻を振るのを忘れちゃだめよ。岩崎さまにアピールできなくては、おまえのところへおチンポは帰ってこないのだから」

「は、はい！……あんむ、あむ」

鞭の痛みは悦美に奴隷の務めを思い出させた。彼女は直腸の狭隘な空間にぎっしり詰め込まれたパールのおぞましい圧迫感に苦しみながら、巨《おお》きな肉塊を左右に振り立てて岩崎の気を惹こうとした。

「フフフ、たいした淫乱牝だ。ペニス欲しさにパールのはまった尻をいやらしげにくねらせるじゃないか」

岩崎は悦美のあさましい仕種を見下ろしながら、満悦の表情をした。未熟な少女のアヌスをペニスで犯しながら、熟女奴隷が隣で行なう卑猥な尻振りダンスを目で観賞する――サディストには堪《こた》えられぬ快楽であった。

しかも、長く垂れたパールを綺羅羅がわざわざ背中の上に乗せ換えたために、アヌスの下の性器はとろとろに濡れた媚肉を遮るものなく岩崎の目にさらけ出している。

「小雪！　おまえも一日も早く、悦美のようにいやらしくケツを振ってわしを愉しませることのできる奴隷になるんだ」

「あん、なります、お父さま！　あひっ、あん！　お父さまのオチ×チンがいいですう！」

小雪は悦美の存在にライバル心を刺激されているようであった。彼女は悦美が尻を振り立てて岩崎の気を惹こうとしているのを知ると、アヌスを犯されながらもプリプリした臀丘を見よう見まねで左右にくねらせた。

「フフフ、そうやって少しずつわし好みの奴隷になっていくんだ……そら、いいだろう！」

「あいーん！　オチ×チンにこすられてゾクゾクします」

（ううっ、私だってほしいのに……）

悦美は少女のよがり泣きを聞きながら体を熱く火照らせた。アナル凌辱の快感を覚えた彼女は、パールなんかの代用品でなく、ペニスそのものでもう一度尻の穴を穿ってもらいたかったのである。

しかし、そのためにはアヌスに挿入されているパールをすべて排泄しなければならない。自力で排泄することができない悦美は綺羅羅に縋《すが》るよりほかなかった。

「あむ、あむ……」

「この白豚ったら、がつがつして！　本当に卑しい牝畜生だわ……ああん、あひいっ！」

綺羅羅は悦美を口汚く罵《ののし》りながらも、彼女のレズ奉仕に悦楽の喘ぎを何度も込み上げさせた。綺羅羅自身すっかり欲情して淫蜜の分泌が止まらなくなっていたのだ。彼女は三角木馬の乗降用ステップを右足で踏んで膝を曲げ、大きく開口した性器に悦美の鼻や唇を押しつけた。

「むむむ、ぺろ、ぴちゃ！」

「あん、あああーいっ！　この卑しい白豚め！　懲らしめてやるわ」

――ピシーン！

「ひゃんむうっ！……うむ、ぺろ」

舌のもたらす快楽に溺れそうになった女王《ドミナ》は逆上して鞭を激しくふるった。だが、マゾ奴隷の悦美は鞭の痛みにいっそう淫らな情感をかき立てられ、以前にもまして熱心に舌をラビアやクリトリスに絡めた。

「あひいっ、ああーん！　こんな卑しい白豚によがり声をあげさせられるなんて……ほら、お尻の穴をお開き。パールをひり出すのよ」

綺羅羅は根負けしたように、悦美の背中の上から数珠繋ぎになっているパールを拾い上げた。

アヌスに入りきらない二十二個のパールは下に垂れているのではなく、尻の穴から頂上を通って悦美の背中の上に延びていた。綺羅羅はその端を握ると、うなじに向かってぐいっと引っ張った。

「あっ！　あうーん……」

綺羅羅の手の動きが直腸内のパールに伝わると、悦美は排泄の瞬間の淫らな快感をすぐに思い出した。彼女はううんと下腹を息ませ、肛門に引っかかっているパールを押し出そうとした。

「あううっ……あひっ、ああーっ」

渾身の力を込めて下腹を息ませると、銀色のパールは菊皺を押し拡げてアヌスから排泄された。彼女は粘膜をこすりながら抜けていくパールの触感に倒錯的な悦楽感を甦《よみがえ》らせ、ブルッと背筋を震わせた。

「フフフ、私を愉しませてくれる奴隷だ」

そばで一部始終を観察していた岩崎は満足そうにうなずいた。悦美のような美人奴隷がおぞましい所業を行なうのは何度見ても見飽きなかった。しかも、アヌスに連なる無毛の性器は興奮の証《あかし》である淫蜜にまみれ、とろりとした粘液が糸を引いて真下のシートに垂れ落ちていく。シートはレザー張りなので液を吸収することなく、液が垂れるにつれて蜜溜まりを徐々に大きくしていくのであった。

「悦美、コツを覚えたか」

「あうっ、何とか少しずつ……」

悦美は喘ぎ喘ぎ返事をした。たしかに綺羅羅に助けてもらった面はあるが、ぐいっと引っ張られたのは最初だけで、あとは自力で排泄できたと手応えを感じたのである。いわば、重い車輪が動き出すまでが難関で、いったん動けば何とか一人でできるようになったのである。

「奴隷の仕事をおろそかにせずに芸をすることができなければ一人前とは言えないわ……さっさとお尻を振って！」

——ピシーン！

「うひいっ、ご覧ください、御主人さま！」

悦美は尻を卑猥に振り立てながら、下腹を波打たせて二個目のパールをひり出そうと試みた。

「クンニはどうしたの。私へのクンニもおまえの仕事よ」

「舐めます、綺羅羅さま！　あむ、ぴちゃ、ぺろ！」

「ああん、スケベな白豚だけあるわ。いやらしいテクニックで私に取り入ろうとするなんて……ああーん、クリットがいいわ！……ほらっ、お仕事をしながらひり出すのよ！」

直腸の中でパールの数珠が動きはじめると、悦美はその動きを加速するように下腹を波打たせてパールを排泄した。

「ああっ、あーん！　パールにお尻の穴をこすられるのが好きになりました……綺羅さまの性器もとろっとしておいしいです」

「そんなことをいってご機嫌を取ろうとしても……あひっ、感じちゃうわ！」

「フフフ、お嬢！　二匹の奴隷は私を愉しませてくれるが、お嬢のよがり顔も大いにそそらせるぞ」

「いやね、岩崎さまったら！　でも、私も変な気分になってしまったわ。今夜は二匹の奴隷たちにたっぷりクンニをさせてやろうかしら」

「それがいい。お嬢もたまには商売っ気《け》抜きで羽目を外して愉しむことだ。わしの前ならいくら乱れても気が楽だろう……さあ、つぎつぎとパールをひり出させてやってくれ。わしも穴渡りがしたいのでな」

「白豚！　岩崎さまのお情けに感謝するのよ」

綺羅羅はそう言うと、悦美の背中越しにパールの数珠を引っ張った。悦美は懸命に息んでパールを肛門の外に押し出しながら、岩崎のペニスが帰ってくるのを待ちわびるのだった。

3

「おひいっ、おひぃーん！　御主人さまぁ！」

「あむ、ぴちゃ、あむ、あんむ……」

奇怪な装置や恐ろしげな責め具のずらりと並べられた密室空間に奴隷のあげる悲鳴やくぐもった舌音、さらには蜜液の淫猥な匂いが立ち込めた。

岩崎は小雪から悦美に戻り、パールをすべてひり出したアヌスにペニスを突き立てて悦虐の悲鳴をあげさせていた。そして、椅子の向こう側に立った綺羅羅は小雪の髪を荒々しく引き回しながら、彼女の行なうクンニ奉仕を味わっているのだった。

「いひひっ、いひーん！　御主人さまのおチンポは最高ですぅ！」

「ホルスタインの淫熟奴隷め！　ヴァギナだけじゃなくてケツの穴にもペニスを咥えるのが好きになったのか」

「好きになりました。ヴァギナとは全然違う味わいで、おチンポ好きの悦美はすっかりはまってしまいました……おひひーん！　お尻の穴がゾクゾクしますぅ」

悦美は岩崎のペニスに直腸の奥を突き上げられながら、恥も外聞もなく泣き悶えた。

拉致監禁を経て岩崎の奴隷となった現在、悦美は淫乱な本性を隠す術《すべ》もなかった。

アナルセックスの倒錯的な快楽を知った彼女は、その快楽をとことん味わいたいという欲望の虜になってしまったのである。

「うむ、いいぞ！　さっきよりも締まりがよくなった。お嬢にパールひりの特訓をしてもらったおかげだな」

「おひっ、おひひっーっ！　綺羅羅さま、感謝しています。お尻の穴のお仕置きを何度もしてもらったおかげで、白豚奴隷の悦美は御主人さまに悦んでもらっています」

「ホホホ、自分から白豚と言うくらいだから、よほど自覚ができてきたのね……ああん、あひいっ！　こっちの牝も、ションベン臭い牝ガキのくせにいやらしさは白豚に負けていないわ……ああっ、お仕置きをしてやらなければ我慢できないわ」

──ピチィーン！

「ひゃんむーっ！　お尻の穴がピリピリ灼けますぅ！」

綺羅羅が腹立ち紛れに鞭を打ち込むと、少女は双臀をヒクヒクと痙攣させて泣き悶えた。しかし、悦美を見ていて奴隷の本分を知った彼女は、サディスティックな女王《ドミナ》におもねるように舌をいっそう熱心に動かした。

「あんむ、ぴちゃ！」

「あん、ああっ！　おまえもクンニが上手になったわ。それに、何よりも服従心がこもっているのがいいわ。いやいやながら御奉仕をしているのがばれたらどんな目に遭うか、よくわかったんだろう」

「とてもよくわかりました。小雪はお父さまにも綺羅羅さまにも心を込めて御奉仕します……うんむ、ぺろ！」

「服従心を覚える一番の近道は、悦美のように淫乱なマゾ奴隷になって、御奉仕そのものを好きになることよ。つまり、心から悦んで御奉仕をするってこと……ほら、見ていてごらん」

綺羅羅は少女の口から性器を離すと、隣の悦美の前に移動した。彼女も小雪と同じ向きで椅子にまたがり、綺羅羅に顔を向けているのだった。

「白豚！　何がしたいのか言ってごらん」

悦美の前で後ろ向きになった綺羅羅は彼女の髪を掴んで剝き出しの尻の近くに引き寄せた。

「あっ、綺羅羅さまのアヌスを……いえ、女王さまの芳《かぐわ》しいお尻の穴を舐めて、マゾの悦びを感じたいです」

綺羅羅に謎かけをされると、悦美はその意をすぐに悟って熱心にアナルクンニをねだった。

「どうか、悦美に女王さまのお尻の穴を舐めさせてください」

「ホホホ、女王さまなんて言って、私に取り入ろうとしているのね……ほら、お舐め。私を気持ちよくさせなければ承知しないからね」

綺羅羅は尻を突き出したまま、後ろ手で悦美の顔を双臀の谷底に押しつけた。

「ひゃむ、むんぐ！……あむ、ぺろ」

「うぅーん、いいわぁ！ 女社長さま変じておケツ舐め奴隷になったたってわけね……白豚！ 穴の奥まで舌を入れてペロペロおし」

「ひゃひ！ 悦んでくだひゃひ……ひゃむ、んむ、ぺろ」

「あーん、ゾクゾクするわ……岩崎さまぁ！ こんないやらしいことばかりしている牝畜生を懲らしめてやってください」

「懲らしめるのは鞭でかね。それとも肉棒でかね」

「あん、その両方よ！ 思いきり懲らしめて、白豚に卑しい奴隷の性を思い知らせてやってください……あひいっ、この牝畜生ったら、本当にいやらしくお尻の穴をえぐるんだから」

「フフフ、お嬢が取り乱すくらいだから、おまえの舌はよほどいやらしい動きをするに違いない」

岩崎はそう言うと、手にした鞭で腰を一発打ち懲らした。

――ピシーン！

「ひゃむうっ！」

「そらっ、肉棒のお仕置きだ」

「ひゃんむうっ！　ひゃむっ、ひゃむうっ！」

岩崎に腰を激しく動かされ、悦美は倒錯的なアナル感覚に体を捩って悶え泣いた。しかし、それでも舌でアヌスを穿ったまま直腸の粘膜を舐め回して綺羅羅をよがり狂わせた。

「あひっ、あーん！　こんないやらしい女に出遭ったのって、初めてよ」

綺羅羅は後ろに回した手で悦美の顔を尻の割れ目にぐいぐいと押しつけて舌による淫らな奉仕を満喫すると、つづいて小雪のところに戻って鼻先に尻を突きつけた。

すると、悦美に感化された少女はすぐに綺羅羅に向かって屈従の奉仕を願い出た。

「ああっ、小雪も女王さまのお尻の穴を舐めたいです。女王さまにいやらしい牝だと叱られて、お父さまからオチ×チンでお仕置きをされたいですぅ」

「ホホホ、わかったようね。そうやって心から御奉仕を好きになれば、マゾの悦びを味わうことができるのよ」

綺羅羅は上機嫌に笑うと小雪の顔を双臀の谷底に引き寄せた。彼女のアヌスはすでに悦美の唾液でヌルヌルに潤っていたが、小雪は臆することなく不潔な排泄器官に口をつけ、舌を伸ばして直腸の粘膜を舐め回した。

「あむ、ぺろ、あむ……ぺろ、ぺろ」

「あひゃーん！ いきなりお尻の穴をえぐるなんて！ おまえも悦美と同じくらいいやらしく舐めるわね」

悦美は小雪の積極性に驚いたが、むしろそれこそ彼女の思惑に合致するものであった。小雪に奴隷の自覚を促すとともに、彼女自身淫らな快楽に思いきり浸ることができるのだから。

「ぺろ、あむ、あむ……」

「ひゃっ、ひゃっ！ ゾクゾクしちゃうわ」

熟女奴隷のクンニ奉仕にすっかり惑乱した綺羅羅は、役目を引き継いだ少女の積極的な舌遣いにいっそう激しく興奮した。

「ひゃん、あひゃん！ 小娘のくせに私を舌でめろめろにさせるなんて、本当に生意気だわ」

「ぴちゃ、うんむ……ぺろ！　どうぞ、お父さまに言いつけてください。小雪は悪い子だから、たっぷり懲らしめてくださるようにって」

小雪は舌でアヌスを穿ちながら、綺羅羅を巧みに挑発した。そして、後ろの岩崎に向かっては、淫蜜にまみれた双臀をヒクヒクとくねらせて無言のマゾねだりをした。

「フフフ、たしかにおまえは悪い子だ。お嬢をそそのかして私に仕置きをさせようとしているのだから……よし、後ろ向きで鞭の使えないお嬢に代わって、私が懲らしめてやる」

——ピシーン！

「ひいーん、お尻がピリピリ灼けますぅ！」

小雪は岩崎に鞭を打たれると、甲高いマゾの悲鳴をあげた。しかし、以前にもましていやらしげに尻を振り立て、アヌスに挿し込んだ舌をいっそう熱心に動かした。

「ああーん、この子ったら！　あひいっ、あーっ！……」

綺羅羅は女王《ドミナ》の威厳を保とうと懸命に小雪を叱りつけた。しかし、その途端にぞっとするような快楽が背筋を突き抜け、へなへなと腰砕けになってしまった。彼女はアナルクンニによって絶頂に達してしまったのだ。

——ピシーン！

「お父さまぁーっ！　鞭以外のお仕置きも……」

小雪はクネクネと双臀を振り立てるだけでなく、無防備にさらけ出されている菊蕾を窄めたり拡げたりして淫らな情欲を訴えた。綺羅羅に奴隷の心得を教え込まれた少女は、岩崎におもねるためにそんなテクニックを使うことさえも思いついたのだ。

「よし、穴渡りをしてもう一度太いペニスで懲らしめてやろう」

岩崎は悦美のアヌスからペニスを引き抜くと、すぐに隣の小雪に突き立てた。

「ああっ、あいーっ！　お父さまぁ！」

小雪は待望のペニスが戻ってくると、喜悦の声をあげて尻をビクビクと痙攣させた。

「ひいっ、いひいっ……いいーん！」

「どうだ、お仕置き棒は？」

「ひいっ、ひいっ、効きますぅ！　オチ×チンのお仕置き棒は、悪い子の小雪を懲らしめるのにぴったりです」

小雪は悦虐の泣き声をあげながら岩崎に卑しくおもねった。すでに彼女はアナルセックスの悦びを知っていたが、悦美とともに受けた調教でマゾ奴隷の本分も知ったのである。

「お父さまのオチ×チンで小雪を徹底的にお仕置きして、どんな御奉仕でも悦んででするよい子の奴隷に生まれ変わらせてください」

「フフフ、仕置きで改心するというのなら、望みどおりにしてやるぞ」

岩崎は小雪が完全に奴隷の服従心をつけたのを知ると、大きく腰をスイングさせて二発三発と直腸を貫いた。彼はいちだんと激しさを増した小雪のよがり泣きに自らの官能を昂らせながら、熟女と少女のアヌスを交互に犯す穴渡りのクライマックスが近いことを予感するのだった。

第十三章　奴隷たちの果てしなき喜悦

1

岩崎の予感どおり、穴渡りのセックスは彼が小雪のアヌスに射精することで終了した。少女をイカせながら、彼自身も絶頂に達したのである。

しかし、奴隷凌辱の愉しみはアナルセックスだけでは終わらなかった。男盛りのサディストにはまだ精がじゅうぶんに残っていたのである。

岩崎は結合を解いて小雪の前に立つと、彼女の顔をペニスに引き寄せた。

「イカせてもらったあとは、どうやってわしに恩返しをするのかわかっているな」

「はい、お父さま。小雪は舌でオチ×チンの汚れをきれいに舐めてお父さまに感謝します」

小雪は従順に返事をすると、半分萎れかけているペニスに口をつけた。アナル専用奴隷である小雪は、セックスのあと自分のアヌスから抜き出されたペニスを口で清めるという奉仕を義務づけられていたのである。

「あむ、ぴちゃ……」

「うん？　いつもは不潔なケツの穴から出てきたペニスを泣きそうな顔で舐めるのに、今夜はさも旨そうにしゃぶるじゃないか」

「あん、小雪はよい子になりました。お父さまと綺羅羅さまに厳しく躾けられて、心から御奉仕を悦ぶマゾ奴隷に生まれ変わりました……あむ、あむ」

「岩崎さま、この子は油断できませんわよ。おケツの青いガキかと思ったら、この私をアナルクンニでイカせてしまうんですから」

「あ、あの……いつもお父さまのお尻の穴を舐めさせられて、何となくコツがわかっているので……」

「お黙り、牝ガキ！　くだらない自慢をしていないで、お清めの御奉仕をつづけなさい」

「は、はい……あむ、ぺろ！」

「ホホホ、それにしても、大した娘ですわ。このまま調教をつづけたら、きっと悦美以上に淫乱なマゾ奴隷に仕上がることでしょう」

綺羅羅は岩崎に向かって上機嫌に進言した。彼女は口では小雪をけなしていても、心の中では彼女の素質を高く評価していたのである。

「悦美！　おまえには白豚に相応《ふさわ》しい仕事をさせてやるよ」

綺羅羅は悦美の手足の拘束を解いて椅子から下ろし、小雪の後ろにひざまずかせた。

「小雪がお尻の穴から精液をひり出したら、それをきれいに舐め取ってやりなさい……どう、白豚奴隷に相応しいお仕事だろう」

「う、はい！　仰せのとおりにいたします」

悦美は小雪の尻拭いという屈辱的な役目に甘んじるよりほかなかった。彼女は両手で少女の双臀を割り開くと、精液にまみれた菊蕾に舌を押し当てた。

「小雪、出しておやり」

「はい！　うーん！」

小雪は綺羅羅に声をかけられると、岩崎のペニスを口に咥えながら下腹を思いきり息ませた。すると、しどけなく開きかけている肛門の奥から白濁した粘液がこぼれ出してきた。

「あむ、ぺろ、あんむ……ぴちゃ」

「どう、おいしい？」

「おいしいです、綺羅羅さま」

悦美は生理的嫌悪感を必死にこらえながら、綺羅羅にへつらって返事をした。

「どうしておまえに小雪のアヌスの後始末をさせたかわかる？」

「ううっ、きっと岩崎さまに悦美のお尻の穴でイッてもらえなかったから……」

「そのとおりよ。おまえは岩崎さまの精液をいただくことができなかった。だから、せめて小雪のひり出したおこぼれを味わわせてやろうというのよ。ありがたくちょうだいしなさい」

「はい。卑しい白豚奴隷の悦美は、おこぼれをありがたく味わわせていただきます……あむ、んむ！」

悦美は自らを白豚奴隷と卑下しながら、小雪のアヌスからひり出される精液を舐め掬《すく》っては飲み下していった。まさに彼女は文字通り白豚奴隷に相応しい仕事をさせられているのであった。

「でも、まだおまえには岩崎さまのおチンポを独り占めするチャンスがあるのよ。小雪は処女なので前の穴は使えないのだから」

「あっ！」

「ただし、そのためには岩崎さまに元気になってもらわなくちゃね」

「ご、御主人さま！……」

悦美は期待のこもった目で岩崎を見上げた。しかし、それよりも早く綺羅羅の目配せに気づいた絶倫家のサディストは、何食わぬ顔をしてこう言った。

「小雪の奉仕でだいぶ回復したが、まだおまえを満足させるほどは硬くなっていない。何か面白い芸でも見ればビンビンになるのだが」

「……！」

悦美は岩崎の台詞の真意をすぐに悟った。だが、悦美には拒絶する意思も理由もなかった。ペニスに飢えた彼女にとって、岩崎の謎かけはむしろ渡りに舟だったのだ。

「どうか、悦美に卑しい芸をさせてください。御主人さまに白豚奴隷の畜生芸を見ていただいて、おチンポを硬くしていただきますから」

「何をするんだ」

「さっき申し上げたように、四つん這いで片脚を上げてお小水をします」

「白豚！ おまえはそれほど岩崎さまのおチンポをいただきたいのかい」

「いただきたいです！ 御主人さまのおチンポが太くて硬いことはお尻の穴や口でよ

く知っています。そのおチンポをヴァギナで味わえるなら、どんな卑しいことでも悦んでします」

「ホホホ、感心じゃありませんか。この白豚は岩崎さまに元気になってもらいたい一心で畜生芸をしてみせると言っているのですから」

「フフフ、そこまで言うなら、芸を見てやろう」

岩崎は綺羅羅に取りなされると上機嫌で笑った。すでに彼のペニスはじゅうぶんに硬くなっていたが、熟女奴隷のあさましい芸を見ればいっそう情欲がかき立てられることだろう。

「お許しが出たわ。エネマ調教室に行くのよ」

綺羅羅は岩崎の同意を得ると、四つん這いの悦美を部屋の奥へ追い立てていった。

「小雪！　おまえもいっしょにくるんだ。悦美の芸をよく見学して、同じことをさせられるときの手本にしろ」

岩崎は小雪を椅子から下ろすと、悦美のあとを追うように命令した。

奴隷調教室の奥にはさらにもう一つの小部屋があり、アコーディオンドアで仕切られていた。綺羅羅がそこを開けると中はタイル張りになっていて、壁の戸棚には大小の浣腸器やエネマシリンジなどの器具が多数置かれていた。岩崎の自慢するように、奴隷調教室にはエネマプレイに対応するための空間まで造ってあったのだ。

「さあ、脚を上げてごらん」

「うっ、はい……」

悦美は小声で返事をすると、三人の男女の見ている前で右脚を宙に浮かせて卑猥なポーズをした。

「もっと高く！　犬が電柱にマーキングをするときのように高々と上げるのよ」

「ううっ、恥ずかしい……」

悦美は顔を赤く染めて掠れた呻きを込み上げさせた。自ら願い出た芸であるが、実際にやってみると想像以上に淫らであさましい格好であるか身に沁みてわかった。四つん這いのまま右脚を高々と宙に上げ、膝を直角に曲げるポーズはまさしく犬がマーキングのために電柱に小便をするときのものだったのである。

「ホホホ、そうやって脚を上げると、卑しい匂いがぷんぷんしてくるわね。ここは狭いから特に匂うのね」

綺羅羅は悦美の股間を覗き込みながら意地悪く嬲った。

「何の匂いなの」

「え、悦美の性器の匂いです。白豚奴隷の悦美は卑しく発情して、いやらしい匂いを部屋中に立ち込めさせています」

悦美は卑猥なポーズを保ちながらサディストの女王《ドミナ》へ懸命におもねった。足先がブルブルと震えてくるのは肉体の疲れというよりも、あさましいポーズを衆人環視の中に晒しながらじっとしていることに耐えられなかったからである。

「ど、どうか早くお許しを……」

「じゃあ、この中にひり出すのよ」

綺羅羅は棚から小さな金盥《かなだらい》を取り出すと、それを宙に浮かせた脚の下に置いた。

「犬以上に上手におしっこをすれば、きっと岩崎さまはおチンポを硬くしてくださるわよ」

「フフフ、お嬢の言うとおりだ」

岩崎も笑って応じた。彼はいっしょに連れてきた小雪に再びフェラチオをさせはじめたが、実際のところ、ペニスはアナルセックス以前の硬さと勃起力を取り戻していた。

「さあ、やってみろ。わしを満足させたら褒美をやるぞ」

「………」

悦美は顔を上気させながら、片脚上げのあさましいポーズで尿道を緩めた。下膨れでホルスタインそっくりの巨乳を胸から重たげに垂らし、ヒップサイズが一メートルを遥かに超える双臀を割り開いて行なう排泄行為は見る者にドキドキするような期待をいだかせた。二人の支配者だけでなく、岩崎の足もとにひざまずいた小雪もペニスを咥えながら、横目で悦美の後ろ姿に見入っていた。

——シャーッ！

三人の男女が固唾《かたず》を飲んで見守るなか、ラビアを割って琥珀色の液が勢いよくほとばしった。

悦美の心境としては、自分から願い出た畜生芸なので今さらいやというわけにはいかないし、中途半端にひり出せば尿は力無くこぼれて自分の脚をびしょびしょに濡らしてしまう。どうせやるなら、岩崎の眼鏡にかなうように思いきりひり出そうと肚《はら》をくくったのである。

しかし、透明な液体は放物線を描きながら宙を飛んだものの、勢い余って金盥の上を通り越してしまった。

「まあ！　こんなに飛ばすなんて」

綺羅羅は悦美が予想以上に勢いよく放尿するのを見ると、急いで放物線の落下点に金盥を移動してやった。

悦美は恥ずかしさに耐えながら無言で放尿をつづけたが、彼女の沈黙の代わりに「じょじょじょ、どぼぼ！」と金盥に打ち当たる液体の音が畜生芸の淫猥さをきわ立たせた。

「………」

「あ、あうっ……」

悦美は最後の一滴をひり出すとようやく大きなため息をついた。何とか無事に芸をやり遂げることができたという達成感が彼女に感無量の声をあげさせたのである。

しかし、彼女は放尿終了後もあさましいポーズをつづけなければならなかった。だれかに後始末をしてもらわなければ脚を下ろすわけにはいかなかったのだ。彼女は片脚上げの卑猥なポーズで性器を晒しながら、媚びるような目で岩崎を振り返った。

「小雪！　おまえはさっき悦美をティッシュ代わりにしてケツの穴を掃除をしてもらったな」

岩崎は悦美の心のうちを察すると、彼のペニスを熱心にしゃぶっている小雪に向かって言った。

「今度はおまえがティッシュになって後始末をしてやれ」

「はい、お父さま」

小雪はすぐに自分のやるべきことを理解した。彼女はペニスを口から離して四つん這いになり、悦美の後ろから首を伸ばしてパイパンの性器をクンニリングスした。

「あむ、ぺろ」

「あっ、あん！……」

小雪の舌がクリトリスやラビアに絡んで尿の残滓《ざんし》を舐め掬うと、悦美はようやく安堵の声をあげた。片脚上げの放尿という畜生芸が岩崎の眼鏡にかなったことを、彼女は小雪の舌の感触によって確信したのである。

2

「御主人さま！　奴隷悦美の卑しい芸をお愉しみいただけましたでしょうか」

悦美は奴隷調教室に連れ戻されると、岩崎に向かって恐るおそる伺いを立てた。

「愉しむとはどういうことなんだ」

「あ、あの……興奮して、おチンポが硬くなったかどうか……」

「フフフ、よほど気になるようだな」

ソファに座った岩崎は足もとの悦美を見下ろしながらニヤニヤ笑った。

「たしかに、ペニスは硬くなったが、芸の出来は六十点だ」

「ど、どうして……」

「尿を上手《うま》くコントロールできずに、盥の外にだいぶこぼしただろう。それから、最後のほうに勢いが弱くなって、太股に伝わらせてしまったな」

「あうっ、申し訳ありません」

「もっとも、芸のスキルは六十点だとしても、いやらしさは百点満点だな……小雪！悦美の芸を見ていただろう。この牝奴隷は、ペニスをもらいたい一心であんないやらしい芸をしたんだ。おまえも悦美のように可愛気のある奴隷になって、わしを悦ばせるんだ」

「うっ、小雪にも同じ芸をさせてください。いやらしい格好でおしっこをして、お父さまに悦んでもらいます」

「フフフ、おまえはまだ処女だから、悦美のようにきれいな放物線を描くことはできないだろう。あんな格好でションベンをひり出せばあちこちに飛び散って、脚がびしょ濡れになってしまうぞ」

岩崎は小雪がけなげに申し出ると、上機嫌に笑った。

「その芸は修学旅行のあとで躾けてやる。今はほかのことで可愛気のある奴隷になって、わしに気に入られるようにするんだ」

「はい、小雪はお父さまにいっぱいお仕置きをしてもらって、お気に入りの奴隷になります」

「悦美、今がチャンスじゃないの。岩崎さまのご機嫌がよいときにおねだりをしたらどう」

「御主人さま！　どうか悦美に硬いおチンポをお恵みください」

悦美は綺羅羅に耳打ちされると声を励まして懇願した。

「マゾ奴隷の悦美は御主人さまに見られながら恥ずかしい芸をして、自分自身激しく興奮してしまいました。悦美は硬いおチンポが欲しくて、牝穴を熱く疼かせています。どうか、卑しく発情している悦美の牝穴に、御主人さまの太くて硬いおチンポをお恵みください」

「フフフ、おまえは根っからのマゾ奴隷だな」

岩崎は嬉しそうに応じた。彼も悦美のヴァギナを犯したい欲望に駆られていたのだ。

「よし、ベッドに上がれ。小雪、おまえもだ」

「え、私も？」

「悦美の介添え役をするんだ。おまえにもたっぷり愉しませてやるぞ」

岩崎は二人を連れてベッドに上がった。まず小雪を仰向けにさせ、彼女と反対向きに悦美を上にまたがらせた。

「四つん這いになれ。後ろから入れてやる」

「はい、御主人さま」

悦美は小雪の足先に顔を向けながら、彼女に覆いかぶさるように四つん這いになって尻を岩崎に差し出した。

「フフフ、とろとろだな。こっちに入れられるのは昨夜以来なんだろう？」

「あ、あの……」

「昨夜以来ですって！　この白豚がそんなに長いあいだ我慢できるわけがありませんわ」

悦美が返事を躊躇《ためら》っていると、すかさず綺羅羅が口を挟んだ。

「ここにくるまでのあいだ、トラックの中で哲と悠児にハメられっぱなしだったんですよ。それも、自分のほうから卑しくおねだりをして」

「何だと？　おまえはわしに買われた奴隷のくせに、二人の男をつまみ食いしてきたのか」

綺羅羅の告げ口を聞くと、岩崎は顔色を変えて悦美を問い詰めた。

「岩崎さまのもとへ届けられる前の3Pだから、さぞかしスリルがあったことだろうね」

「ううっ、亀甲縛りをされて肉体をオモチャにされたら我慢できなくなってしまったのです」

「黙れ！　言い訳は聞かないぞ」

――ピシーン！

「ひゃっ、ごめんなさい！」

言い訳をする暇《いとま》もあらばこそ、四つん這いで尻を無防備に差し出した悦美は鞭の打擲《ちょうちゃく》を浴びて悲鳴をあげた。

「やはり、この淫乱牝にはハメている最中も鞭を使ってやる必要があるな」

岩崎は鞭を手にしたまま、硬く怒張したペニスを荒々しく性器に突き立てた。

「そら、どうだ！」

「あっ、あひいっ！　あわっ……ひゃっ、ひゃっ、ひゃいいーっ！」

ラビアを割って入ってきたペニスが膣を貫通すると、悦美は種付けをされる牝馬のように声高くいなないた。道中の3Pセックスを綺羅羅にすっぽ抜かれた悦美は岩崎の怒りを恐れてビクビクしていたが、荒々しいペニスの触感をヴァギナで感じるとたちまちマゾヒスティックな淫欲の虜になってしまった。

「うひひっ、ひい、ひぃーん！」

「この欲張りの淫乱牝め！　二本のペニスをつまみ食いしてきたというのにまだ食い足りないのか」

「あっ、あっ、あぃーん！　御主人さまのが一番いいですぅ！」

「嘘をつくんじゃない！」

——ピシーン！

「ひぃーん、効きますぅ！　鞭を打たれながら太いおチンポにヴァギナをえぐられると、ゾクゾクと興奮します」

「此奴《こいつ》め！　仕置きをされればされるほどよがり狂うというのだから始末が悪い」

岩崎はあきれ果てたように悦美を罵った。だが、熟女奴隷の粘襞はペニスをすっぽり包み込んできゅうと締めつけ、岩崎をゾクッとするような快感の虜にした。

「小雪！　舌で奉仕をしろ」

「は、はい！」

小雪は、四つん這の悦美の下で仰向けになっていたが、岩崎に命令されると頭を持ち上げてペニスのつけ根に舌を這わせた。

「あむ、ぺろ、うむ……」

「玉袋を咥えて舌で転がすんだ」

「はひ！……うむ、むぐ」

小雪はつけ根から垂れている陰嚢をすっぽり咥え、双つの睾丸を口の中で擦り合わせた。

「うむ、いいぞ！　初めてのわりには上手に舐めるじゃないか」

岩崎は陰嚢や睾丸に伝わる刺激を心地よく味わいながら、小雪の初々《ういうい》しい奉仕を褒めてやった。皺だらけで表面に陰毛のもじゃもじゃ生えている玉袋を舐めさせられるのは今夜が初めてだった。いつもの小雪なら、こんなグロテスクなものを咥えさせられたら涙をこぼしてしまうところであった。だが、これまでの仕置きですっかり改心した彼女は岩崎のお気に入りの奴隷になりたいという一心でいじらしい奉仕をするのであった。

そして、小雪の奉仕が悦美を凌辱するペニスの動きに影響を及ぼしたことは言うまでもない。陰嚢クンニリングスによって肉竿をいちだんと硬くした岩崎は、サディスティックな情欲を激しく燃え立たせて悦美の膣を激しく突き上げた。

「ひいっ、いひーん！　太いのにえぐられるぅ！……おひひーん！　御主人さまのおチンポがいいですぅ！」

「御主人さまのおチンポがいいですだと？　さんざんつまみ食いをしてきた発情牝がよく言うわ。二人の男にハメられた3Pセックスのほうがよほど興奮したんだろう」

「ひいっ、そんなことありません！　今でも興奮しています」

「此奴め、ボロを出したな。『今のほうが興奮しています』じゃなくて『今でも興奮しています』と言ったのが動かぬ証拠だ」

「ホホホ、岩崎さま。哲と悠児は悦美をマゾに躾ける奴隷調教師なので、彼らのことはどうか大目に見てやってください」

ベッド脇の椅子に腰掛けてセックスの様子を観察していた綺羅羅が笑いながら取りなした。

「けれども、この白豚は存分にお仕置きをしてやってかまいませんわ。岩崎さまの奴隷になったことがわかっているくせに、二人のおチンポを自分からねだる淫欲な牝畜生なんですから。岩崎さまご自慢のおチンポできつくお灸を据えて、だれの奴隷であるのか骨身に沁みて思い知らせてやってください」

「フフフ、お嬢の魂胆はわかっているぞ。わざと3Pのことわしに告げ口して、怒りと嫉妬を煽ろうとしたのだろう」

岩崎は冷静な口調に戻って綺羅羅に応じた。

「彼らは白黒ショーを立派に務めるほどのペニスの持ち主で、わしよりも若いときている。そんな活きのよい二本のペニスを入れ替わり立ち替わりハメられて、この淫乱熟女がよがり狂ったと聞けば、わしも穏やかではいられない……こら、チンポ狂いの牝奴隷！　つまみ食いは旨かったか」

「うひいっ、聞かないでください……あお、あひひっ、あひーん！」

岩崎が腰を前後させてペニスの先端で子宮を突き上げると、悦美はたまらずに悲鳴をあげた。

「おまえはお嬢のおかげで、マゾの悦びを味わわせてもらっているんだ。お嬢の告げ口がわしの嫉妬と怒りを燃え立たせ、ペニスをいっそう凶暴にしてくれたのだから」

「わひひーん！　御主人さまのおチンポは凶暴ですぅ！　子宮をズシズシ突き上げて、悦美をマゾ泣きさせますぅ……ひいっ、ひぃーん！」

「小雪、舌をアヌスに移動しろ。尻の穴をペロペロ舐めて、わしを気持ちよくさせるんだ」

「はい、お父さま！　小雪はお尻の穴をいっぱい舐めて、お父さまに気に入ってもらいます」

小雪は仰向けのままさらに上体を起こし、悦美のヴァギナをえぐっている最中の岩崎の尻に唇を押しつけた。

「ぺろ、ぺろ、ぴちゃ」

「うむ、いいぞ！　わし好みの奴隷になってきたな……それにつけてもこっちの淫乱牝ときたら！」

「うひいっ、きつく懲らしめてください。発情狂の白豚奴隷を存分にお仕置きして、おチンポのつまみ食いをしたいなどという気を二度と起こさないようにしてください」

「その言葉を忘れるなよ。レンタル期間はまだあるから、明日、明後日と徹底的にお仕置きをしてやる……それっ、卑しいよがり泣きを小雪にも聞かせてやれ」

「ひいっ……あひひっ、あひーん！　御主人さまのおチンポにお仕置きされるぅ……ひいーん、太いおチンポにお仕置きされてイッちゃうーっ！」

嫉妬と憎悪で凶器と化したペニスに子宮を激しく打ち叩かれ、悦美はエクスタシーの叫びをあげた。だが、岩崎の怒りは収まる気配を見せず、アクメに悶え泣く熟女奴隷の膣をさらに激しくえぐり回した。

3

「小雪！　悦美の上にまたがって尻をわしに向けろ」

「はい、御主人さま」

小雪は四つん這いの悦美の下から這い出すと、いそいそと命令に従った。岩崎が何かしてくれると期待したのである。たとえそれがつらい仕置きであっても、奴隷のマゾヒスティックな服従心に目覚めた小雪にはドキドキするような期待感がをいだかせるものがあったのである。

小雪は悦美の体をまたいで立つと、腰を海老のように曲げて素っ裸の尻を岩崎に差し出した。すると岩崎は四つん這いの熟女奴隷にペニスを挿入したまま、両手で少女の双臀を割り開いて性器を覗き込んだ。

「悦美に負けないくらいとろとろに濡れているな。ヌルヌルのマゾづゆが垂れかかっているぞ」

「あん、お父さまが悦美さんとセックスをするのを下で聞いていて、小雪もすっかり興奮してしまいました」

「おまえも欲しくなったのだろうが、まだ処女穴を貫通するわけにはいかぬ。代わりに舐めてやろう……うむ、ぺちゃ！」

「ああっ、いいです！　小雪はお父さまの舌に舐められるのが大好きです……ああっ、あん」

悦美の体をまたいで立った小雪は、腰を海老のように曲げて素っ裸の尻を岩崎の口に押しつけた。彼女はペニスを挿入されない代わりに、岩崎から毎晩のように性器をクンニされているのである。

「うむ、旨いぞ。とろりとしていて甘く、何ともいやらしげな匂いだ。仕置きをしたあとに舐めてやると、おまえがどれだけ興奮したのかよくわかる」

「今夜は今まで感じたことがないくらい興奮しています。お父さまのクンニに体がウズウズしてきます……あん、あん！　ヌルヌルした舌がナメクジのように這って、鳥肌が立ってくるほどゾクゾクします」

「うむ、ぴちゃ……たしかに興奮しているな。悦美といっしょに調教されるのがいいのか」

「ああーん、いいです。悦美さんがお父さまにお仕置きされてマゾのよがり泣きをしたり、お許し乞いをしたりするのを聞くと、小雪もあんなふうにマゾ奴隷のお作法を覚えてお父さまに可愛がられたい……いえ、虐められたいと憧れてしまいます」

「フフフ、悦美！　おまえのマゾッぷりは小雪の憧れの的だそうだ。さすが熟女の貫禄だな。小雪にあのように言われて嬉しいだろう」

「う、嬉しいです……」

「ほらっ、小雪をもっと羨ましがらせてやれ」

「あひっ、ひーん！　御主人さまのおチンポにお仕置きされますぅ……ひっ、ひっ、いひぃーん！」

岩崎が再び腰を動かすと、悦美は小山のような双臀をぷるぷると震わせながらマゾよがりの悲鳴をあげた。彼女はつい今し方絶頂に達したばかりであるが、淫乱な情欲はいっこうに衰えていなかった。

「小雪、おまえも悦美に負けないように、いい声で泣いてみろ……ぺろ、うむ」

岩崎は悦美のヴァギナにペニスを撃ち込みながら、舌を性器からアヌスへ移動した。

「あん、あいーん！　お父さまの舌にお尻の穴をえぐられますぅ……あん、あん、ああーん！」

舌の先に菊蕾を穿たれた小雪はたちまち淫らなアナル感覚を思い出した。彼女は悦美に負けじと張りのある双臀を小刻みに痙攣させながら、無防備なアヌスを岩崎の顔に懸命に押しつけるのだった。

「よし、悦美！　今度はソファの上で入れてやる」

岩崎はペニスと舌を巧みに使い分けて奴隷たちをマゾよがりさせると、いったん結合を解いてベッドからソファへ移動した。

「おまえが上になるんだ」

岩崎は革張りのソファにどっかりと腰を下ろし、その上に悦美をまたがらせた。一人掛けのソファだが横幅が広いので、悦美は岩崎の両膝をまたいで革のシートに足を置くことができた。

「腰を下ろして、わしのものをヴァギナに咥え込んでいけ」

「はい、御主人さま」

悦美は岩崎に背を向けてソファに乗ると、彼の指図に従って腰を落としていった。大きく割り開かれた股間にはラビアやクリトリスが剝き出しとなっているが、無毛で淫蜜にまみれたデルタは見るからに卑猥で、淫欲の虜になった熟女の興奮状態を余すところなく伝えていた。

「あっ、ああっ……」

腰を沈めるにつれ、股間から聳え立つペニスがラビアを割って膣の中に侵入してきた。悦美は眉根を寄せてあえかな呻きを洩らし、再びペニスを咥え込む悦びに浸った。

「おまえが動くんだ。膝を割って、わしのペニスをこすりながらスクワットをしろ」

岩崎は首輪のうなじにチェーンを繋ぐと、それでもって彼女の肉体を支配しながら命じた。

「はい！　あん、あひん……ああーんっ！」

悦美はすぐに命令に従った。膝を菱形に開き、両手で頭の後ろを抱《かか》えながら、ペニスのはまった股間を上下に動かす——首輪に繋がれたチェーンを岩崎の手にコントロールされながら行なうスクワット運動は、支配者へのセックス奉仕としていかにもマゾ奴隷に相応しいものであった。

「あっあっ……あひゃん！」

岩崎はソファに腰を下ろしたままで自ら動くことはしないものの、悦美が体を持ち上げてスクワット運動の頂点に達するたびにチェーンをぐいっと引っ張って彼女のデルタをペニスのつけ根に打ちつけた。そのたびにペニスの先端は勢いよく子宮を突き上げ、熟女奴隷に悦虐の悲鳴をあげさせるのだった。

「ひゃーん！　太いおチンポに串刺しにされますぅ……いひひ、ひーん！」

「小雪！　おまえはペニスとヴァギナの結合している部分を舐めろ」

岩崎は足もとにひざまずいている小雪に命じた。

「はい！　あむ、ぺろ」

小雪はすぐに岩崎の脚のあいだに体を割り込ませ、男女の結合している最中のペニスやラビアに舌を這わせた。

「うむ、いいぞ。おまえも一人前の奴隷に仕上がってきたな。そうやって奴隷の奉仕を覚えていくんだ」

「あむ、ぺろ、ぴちゃ」

「ひひひーん、小雪ちゃんの舌がいっそう刺激になります！　ひゃひい、御主人さまぁ！」

小雪は、ラビアからはみ出している竿筋や陰嚢に舌を這わせたり、剝き出しのクリトリスをペロペロ舐めたりして岩崎と悦美の快楽に交互に尽くした。

しかし、岩崎と悦美のセックスを間近で見せつけられると、彼女もマゾヒスティックな欲望に胸を焦がさずにはいられなかった。

「岩崎さま、小雪にも愉しませてやってはどうですか。ほら、これを使って……」

綺羅羅は部屋の隅に置かれた巾着《きんちゃく》袋から一本のディルドウを取り出した。それはU字に湾曲したステンレスの先端に巨大な球を二個連ねた例のアナルフックで、悦美のショーで用いられたものである。彼女はそのフックを自分の荷物として岩崎の屋敷に持ち込んでいたのだ。

「うん、アナル奴隷の小雪にお誂《あつら》え向きだ」

岩崎は綺羅羅の示した性具を見ると満足げにうなずいた。

「小雪、綺羅羅さまにフックをハメてもらえ。パールよりも一回り径が大きいから、きっと今までにない快楽を得られるぞ」

「ハメてください、綺羅羅さま！　小雪はお父さまたちのセックスを間近で見て、どうにも我慢できないほど興奮しています」

「そう思ったからこそ、これを持ってきてあげたのよ。ほらっ、お尻を出して！」

「あっ？　ああっ、太いーっ！」

小雪はアナルフックの金属球を肛門の中にねじ入れられると、額に脂汗を浮かべて苦悶した。

「うひいーっ！　こんな巨きな球を入れられるなんて初めてですーっ！」

「おまえはおケツの穴専用の奴隷なんだから、これぐらいどうってことはないだろう」

「そんなあーっ！　お尻の穴が裂けてしまいます」

「お黙り！　素人の悦美だって昨夜のショーにこれを使われて、おつゆをたらたらこぼしながらマゾよがりをしたのだから、おまえが感じていないわけがないだろう」

綺羅羅はぴしゃりと小雪の口を封じると、フックの根もとから延びているチェーンを岩崎に渡した。

「二個目の球はまだ外に出ていますから、岩崎さまがお尻の穴に呑み込ませてやってください」

「フフフ、小雪！　わしと悦美を舌で愉しませながら、おまえは尻の穴で快楽を味わうんだ。さあ、仕事をつづけろ」

「あむ、あんむ、ぺろ……あひゃあーん！」

岩崎がチェーンをぐいっと引っ張ると、フックの先端は直腸の奥へ向かって進もうとした。小雪はこちらに顔を向けているので尻は反対向きになっている。しかし、フックはUの字形に湾曲しているので、背中越しにチェーンを引っ張れば湾曲した先端は粘膜をえぐりながら奥へ向かうという寸法であった。

だが、先端の金属球はすでに直腸内に入っているものの、二個目が菊蕾を押し拉《ひし》いで内部に侵入してくる圧迫感は、何度もアナル調教を受けている小雪にとっても苦痛以外の何ものでもなかった。

「うひゃあっ！……あんむ、ぴちゃ」

「フフフ、入ったようだな」

岩崎はチェーンの手応えから二個目の金属球もアヌスに収まったことを知ると、指先の力を弱めた。

「フックの感触をじっくり味わいながら仕事をするんだ。自分の力でひり出すことができたら、わしに報告しろ。そうしたらまた入れてやる」

「ああんっ、こんな太いのをひり出せません……あむ、あんむ」

小雪は泣きを入れながらも、悦美の性器や岩崎のペニスに舌を熱心に絡めた。アナル感覚の淫らさを知っている彼女は、フックのもたらす冷たい感触と直腸をめいっぱい押し拡げるおぞましい圧迫感にすっかり心を奪われてしまったのだ。そして、彼女は男女の性器に舌を這わせながら、下腹を息ませて金属球をアヌスから押し出そうと何度も試みた。

「あん、うむ！……ぺろ、ぴちゃ」

「あん、あひーん！　太いおチンポをハメられながらクリットを舐められると、気が狂ってしまいます」

岩崎の膝をまたいで開脚スクワットをする悦美は、小雪の舌がクリトリスに触れるたびに悦楽のよがり声を一オクターブ高くした。

腰を低く落とした体勢から菱形に曲げた膝をジャッキのように持ち上げて亀頭のすぐ近くまで体を浮かせると、すかさず岩崎が首輪のリードを引いて彼女に尻餅をつかせる。すると、垂直に聳え立つペニスが膣を貫通して子宮をドスンと打ち抜き、脳天の痺れるような被虐感をもたらすのだった。しかも、悦美が腰を落とすと待ってましたとばかりに小雪の舌がラビアやクリトリスに襲いかかってくる。

「うひーっ！　ひぃーーん！」

「あむ、ぴちゃ……うう−ん！」

そして、快楽を味わっているのは小雪も同様であった。彼女はペニスやクリトリスに舌を這わせながら下腹を息ませ、金属球を肛門の外に押し出した。

「あーん、お父さまぁ！」

「もうひり出したのか、そらっ、もう一度！」

「うひーん！　お尻の穴が痺れますぅ……あん、あむう！」

岩崎がアナルフックのチェーンを手前に引き寄せると、いったん排泄された金属球はもう一度菊蕾を割ってアヌスの中に吸い込まれた。倒錯的なアナル感覚の中毒患者である小雪は排泄・挿入と繰り返される金属球の動きに脳天の痺れるような快感を覚えるのだった。

「ひいっ、ひぃーん！　御主人さまぁ！」

「うむ、締まりがいいぞ、悦美！」

ソファに腰を下ろした岩崎は自らも腰を上下に動かして悦美のスクワット運動に呼応した。ペニスをきゅうと締めつけてくる膣襞の淫らな触感がサディスティックな劣情をかつてないほど昂《たかぶ》らせたのだ。

彼はスプリングの反動を利用して何度も腰を跳ね上げ、太竿でヴァギナの粘膜をえぐったり亀頭を子宮に打ちつけたりして快楽の頂点へと突き進んだ。

「ああっ、もうだめ！　もうイッちゃいそうです……あひーん、太いおチンポが突き上げてきますぅ！」

「おうっ、イクぞ！　そら、そらっ！」

「ひひゃあっ、ひぃーん！　イクうっ、いーん！」

岩崎が渾身の力を振り絞ってペニスから精液を射ち出すと、悦美も全身をブルッと震わせて咽喉の奥から掠れた叫びをほとばしらせた。鈴口から精液をあふれさせさせながらも子宮を激しく突き上げてくる太いペニスの触感に、頭の中が真っ白になるほどのエクスタシーを感じたのである。

「ふうっ……」

さすがの岩崎もめまいを感じてほっとため息をついたが、足もとから訴える小雪の声が彼を我に返らせた。

「お父さま、もう一度入れてください。ちゃんとひり出しました……どうか、もっと荒々しく!」

「!……」

岩崎は小雪がアナルフックの金属球を排泄したのを知ると、萎えかけたペニスを悦美の膣に埋めたまま、手にしたチェーンを思いきり引っ張った。

「ひゃいーん! イクぅ……小雪もイキますーっ!」

ステンレス製のディルドウをフックの湾曲している箇所まで尻の穴に押し込められ、悦美にも劣らぬ甲高い叫びを部屋中にまき散らした。ソファの上の男女につづき、彼女も倒錯のアナル性戯によって絶頂に達してしまったのだ。

エピローグ

1

岩崎に三日のあいだ奴隷として仕えた悦美は、彼の屋敷から解放されるとトラックの置かれている倉庫で哲たちと合流した。

「久しぶりだな、悦美。男日照りは解消したか」

「ヒヒヒ、顔の色艶がよくなって、肌にもしっとりした潤いが感じられるぜ。たっぷり男の精を吸い取ってきたんだろう」

哲と悠児は倉庫の中で悦美に再会すると、早速乳房や尻を撫で回したり耳もとに息を吐きかけたりして彼女の肉体をオモチャにした。

悦美は岩崎の屋敷を出てくるときは服をつけていたが、この分ではトラックに乗せられたらすぐまた裸にされてしまうだろうと覚悟せざるをえなかった。

しかし、悦美には肉体を凌辱されるよりも気がかりなことがあった。彼女は綺羅羅を振り返って心配そうに訊ねた。

「あ、あの……今度はどこへ？　旅行のスケジュールは明日までなので、それまでに帰らないと周りが心配しますし、警察に捜索願が出されるかもしれません」

「会社とは毎日連絡を取っているんだろう」

「はい……」

悦美は彼女の弟で「浜精」の専務を務める英二に、一日一回メールを送ることを許されていた。もちろん文面を綺羅羅にチェックされているので拉致されたことを伝えたり助けを求めたりすることはできなかったが、むしろ現在では実情を隠しておきたい気持ちのほうが強かった。

「それなら、あと一週間ばかり旅行が延びるとメールしてやればいいじゃないの」

「そ、そんな！　いくらなんでも不自然で、変に思われてしまいます」

「ヒヒヒ、変に思われずにお愉しみをつづけたいってわけか。チンポ狂いの社長さまでも世間体ってものがあるからな」

悠児はへらへら笑って悦美をからかった。彼は早くもスカートの下に手を突っ込んで性器を弄びはじめていた。

「つぎの御主人さまに届けられて新しいペニスにありつけるまでの半日間、俺たちがトラックの中で慰めてやるぜ」

哲も悦美の後ろから手を尻の谷底に挿し込んでアヌスを指嬲りしながら意地悪く言い聞かせた。

「つ、つぎの御主人さま？　そんな話は聞いていません……綺羅羅さま！」

「実はおまえには二件の予約が入っているのよ」

綺羅羅は落ち着いた声で応じた。

「温泉旅館でおまえのオークションが行なわれたことは知っているだろう。あのときは決着するまで三つどもえの競《せ》りになって金額がどんどん跳ね上がったのよ。まあ、私たちや旅館の女将《おかみ》にとってはありがたい話だけれど」

綺羅羅はその場にいなかった悦美のために、奴隷売買オークションの様子を話してやった。

「結局岩崎さまが落札したのだけれど、あとの二人もそうとう未練があるようで、岩崎さまの御用が済んだら同じ値段で買いたいとおっしゃっているの。だから、おまえはあと二件の予約をこなさなければ家に帰れないってわけ」

「そ、そんな！」

「岩崎さまのお宅で毎晩お仕置きをされたり、前と後ろの穴にハメられたりして、発情狂《ニンフォマニア》のようによがり狂っていたじゃないの。あれがおまえの本当の姿なんだろう」

「………」

「奴隷の御奉仕がいやなの」

「ううっ、いやじゃありません」

悦美は小声で返事をした。彼女は拉致された当初こそ抵抗したり逃げ出そうとしたりしたものの、旅館でも岩崎邸でも完全に服従して奴隷の身分に甘んじていた。それがいやいやながらでないことは、悦美自身よくわかっていた。

「ホホホ、それなら話が早いわ。旅行を一週間延ばす理由は私が何とか考えてあげるから、心配事は忘れて新しい御主人さまたちのおチンポを堪能するのね」

「ヒヒヒ、移動中は俺たち二人がおまえの大好きなレイプゲームで愉しませてやるぜ……さあ、乗るんだ！」

男たちが悦美を荷物室に連れていくと綺羅羅は運転席に上がり、ハンドルを握って倉庫から出ていった。

そして、悦美の予想したとおり、彼女はトラックが走り出すまもなく二人の男たちによって素っ裸に剝かれ、例によって後ろ手縛りの縄掛けをされてしまった。亀甲縛りは哲と悠児が悦美に対して行なうレイプゲームの定番スタイルだったのである。

走る監禁室に閉じ込められた悦美は家に帰ることのできない絶望感と新たな買い主のところへ連れていかれる恐怖感に胸を押しつぶされそうだったが、肉体をきつく縛められた途端ムラムラと淫らな情欲をわき上がらせた。いわば、彼女はパブロフの犬のように、亀甲縛りをされるだけで唾液ならぬ淫液を分泌してしまうのであった。

もちろん哲と悠児にとっても悦美は嬲り甲斐のある奴隷であった。彼らは三日のあいだ悦美の肉体から離れていたのだから。

しかも、岩崎の屋敷から戻ってきた悦美は男たちに新たな愉しみを提供した。というのは、彼女のアヌスは岩崎のペニスによって初開通されたので、その箇所の凌辱が男たちにも解禁されたからである。

それで、哲と悠児はヴァギナだけでなくアヌスも存分に責め嬲り、前後の穴を用いた凌辱セックスを堪能したのである。

綺羅羅の運転するトラックはやはり高速道路を走っているようで、たまに渋滞に巻き込まれたとき以外はほぼ同じ速さで走りつづけた。ときおりPAやSAに入って三十分ほど停車することがあるが、全裸で亀甲縛りをされた悦美は外に出ることができなかった。代わりに哲と悠児が弁当や飲み物を買ってきてくれたが、仮に服を着て駐車場の売店や食堂に行くことが許されても、彼女は逃げたり周囲の者に助けを求めたりしなかっただろう。

悦美はそれほど自分の置かれた境遇に馴染んでしまっていたのである。

そのため、車外に出られない悦美は生理的欲求が募ってきたときにも、例の片脚上げ放尿を男たちに披露しなければならなかった。彼らは悦美が岩崎邸であさましい犬芸を覚えてきたことを綺羅羅から聞いていて、彼女が尿意を訴えると同じ格好で放尿するように強要したのである。

こうして悦美は恥ずかしい芸をやらされたり、開通したばかりのアヌスを凌辱されたりしたが、彼女自身も激しく劣情を燃やして卑猥なプレイに没頭し、時間がたつのも忘れてしまうほどであった。

やがて綺羅羅の運転するトラックはとあるサービスエリアに入った。博多を出発してから通算五、六回目の休憩であった。

「悦美、服を着ろ。ここで車を乗り換えるんだ」

携帯を通じて綺羅羅から指示を受けた哲と悠児は、悦美の縄を解くと服を返してやった。悦美は車の乗り換えと聞いてどきっと胸を高鳴らせた。新しい買い主の車に乗せられるに違いなかった。

「ここはどこですか」

「東名の海老名SAだ」

「え、じゃあ、東京の近くに……」

悦美は哲の返事を聞いて意外の感に打たれた。オークションは山陰地方の旅館で行なわれたので、第二の買い主も岩崎のように西日本在住の者だとばかり思い込んでいたのだ。

しかし、そうとう長いあいだ荷物室の中で過ごし、弁当も二回出されたことを思い返すと、トラックが博多から長駆して東京のすぐ手前までやってきたことには納得がいった。問題はこのあとどこに連れていかれるかであった。

「もう夜中の二時か……悦美、いちだんといやらしいマゾ牝になって俺たちを愉しませてくれたぞ」

「ヒヒヒ、愉しんだのは俺たちよりもむしろ淫乱女《スケ》の方だぜ。俺たちは悦美一人の肉体しか愉しむことができなかったが、悦美は一人で二本のチンポを独占することができたんだからな」

男たちは悦美を狎《な》れなれしくからかいながら、荷物室のサイドドアを開けて彼女を外に降ろしてやった。

時刻は午前二時少し前で空は真っ暗であったが、二十四時間稼働しているサービスエリアには明るい照明がともり、売店や自動販売機の前には幾人かの人影が見えた。

「お久しぶりです、浜本さま」

「！……」

トラックのそばには綺羅羅とともに迎えの運転手が立っていたが、悦美は彼の顔を見てびっくりした。旅行の初日に彼女を空港まで送る役目を担っていた村木だったのである。

「ど、どうしてここへ？」

「話はあとよ。哲、悠児！　荷物を持っておいで」

綺羅羅は悦美を促して、大型トラックの駐車エリアから少し離れた位置に停まっているリムジンのところへ急がせた。すぐに村木は後部ドアを開けて二人の女性を乗り込ませ、あとにつづく男たちがトランクに悦美の荷物を放り込んだ。

「じゃあな、悦美！　またしばらくお別れだ」

「ヒヒヒ、もっと淫乱な女《スケ》になって戻ってくるんだぞ」

男たちは口々に別れの言葉を言うと、トラックに戻っていった。

村木は直ぐにリムジンを発進させ、ＳＡを出て上り線に乗った。

「あの、綺羅羅さま！　今度はどのような御主人さまにお仕えするのですか」

「ホホホ、先方と話がついたのよ」

悦美が心配そうな口調で訊ねると、隣の綺羅羅は彼女の頬を軽くつねりながら返事をした。

「先方って、弟の英二ですか」

「いや、そうじゃないの。おまえを買ってくださった二番目と三番目のお客さまよ。おまえの事情を説明したら、二、三カ月待ってもよいとおっしゃってくださったの。それで、おまえを家まで送ってやるために村木を迎えにこさせたのよ」

「ほ、本当ですか？」

悦美は思いもよらぬ言葉を聞いて、飛び上がらんばかりに悦んだ。村木の車に乗せられたのは、つぎの買い主のところへ連れていかれるためだとばかり思っていたのだ。

「悦ぶのはまだ早いわ。おまえを帰してやる条件は、お客さまから呼び出しがあったら素直に応じて、決められた日数の奴隷御奉仕をすることよ」

「は、はい！　きっと言いつけに従います」

「代金はもういただいているのだから、もし、おまえがそのときになっていやだと言ったら、私や旅館の女将さんに迷惑がかかるのよ」

「絶対に約束は破りません。悦んで奴隷御奉仕をします」

「ホホホ、たしかにおまえはマゾの悦びにすっかりはまってしまったからね」

綺羅羅は悦美の頰を平手でピタピタと打ち嬲りながら愉快そうに笑った。

「でも、念のために写真や動画をスマホで撮っておいたからね。おまえも知っているでしょう」

「………」

悦美は黙ってうなずいた。抜け目のない綺羅羅は岩崎邸でときどきスマホを構え、悦美が仕置きや凌辱セックスに泣き悶える様子を記録しておいたのである。

「それが約束のカタよ。もし言いつけに背いたら……あとは言わなくてもわかるわね」

「はい。けっして命令に背きませんから、どうか恥ずかしい写真や動画を変なことに使わないでください」

悦美は観念して服従の誓いをした。すると、綺羅羅は叩いたばかりの頰を優しく撫でながら、前の運転手に向かって檄を飛ばした。

「さあ、村木！　事故のないように運転して、悦美を無事に家まで届けておやり」

2

悦美の自宅は「フローラ浜精」の店舗から歩いて十分ほどにあるマンションの七階にあった。村木はそちらのビルの前にリムジンをつけたが、時刻はすでに午前三時を回っていて、路上に人影はほとんどなかった。綺羅羅は村木に荷物を持たせてマンション内のエレベータホールまでついてきたが、別れぎわに悦美に手提げの大きな紙バッグを渡した。

「えっ、これは？」

「T国のお土産よ。適当に取り揃えておいたから、留守番をしていた社員や知り合いに配るといいわ」

綺羅羅は悦美の旅行が周囲から不審がられないように、本来の訪問地であるT国の土産品を用意しておいたのである。悦美は彼女の行き届いた配慮と手回しのよさに驚き感心したが、同時に拉致、監禁、凌辱、奴隷奉仕という異常な経験について何となく腑に落ちるものを感じた。今回のことは綺羅羅と二人の男だけで仕組んだのではなく、周到な計画を準備した組織があるのだろう。それがどういうものであるか見当がつかなかったが、彼女はその組織に逆らうことのできない奴隷にされてしまったのである。

「じゃあね。近いうちに連絡をするわ」

「浜本さま、どうもお疲れさまでした」

エレベータのドアが開くと、綺羅羅と村木は別れの挨拶をしてマンションから出ていった。

「………」

ようやく自分の家に戻った悦美はほっとするとともに、旅装を解く気力もないほどの疲労感に襲われた。彼女は居間のカウチに倒れ込むように横たわり、しばらくのあいだぐったりとしていた。しかし、目を閉じると旅先で経験したさまざまな責めや凌辱セックスのことがつぎつぎに思い出され、疲れきった彼女の肉体を熱く火照らせた。旅が終わって日常生活に戻るのが惜しくもあり、また表の社長の顔と裏のマゾ奴隷の顔を使い分けることへの不安もあった。なぜなら、悦美は綺羅羅から呼び出しがあれば彼女の肉体を自由にする権利を買い取った男のところに行って、奴隷奉仕をしなければならないのだから。アブノーマルな責めやセックスへの期待とともに不安や恐怖が交互にわき上がり、怏々《おうおう》として心を休めることができなかった。

だが、そのとき、床にうち捨ててあったキャリーバッグの中から着信を告げるメロディが流れ、悦美をどきっと怯えさせた。こんな深夜に電話をかけてくるのは綺羅羅以外考えられなかった。悦美は慌ててバッグの中からスマホを取り出して発信者を確認してみると、相手は意外にもS&V社の社長であった。

「も、もしもし……」

「こんな時間に失礼しますよ。旅行からお戻りになったようですな」

生田昇平はスマホの向こうから、例のねちっとした口調で話しかけた。

「どうして、そのことを？」

「先ほど社員から連絡がありました。お客さまを自宅まで無事にお届けしましたと」

「しゃ、社員？」

「あの三人は浜本さまにツアーを愉しんでいただくための、我が社のツアーコンダクターです」

悦美が驚いて訊き返すと、昇平はあっさりと真相を教えた。

「そんな！　あの人たちが社員だったなんて……」

「旅行はじゅうぶんお愉しみいただけましたかな」

「じゃあ、私をレイプしたり、恥ずかしいショーに出演させたり、奴隷として売ったりしたのも、全部最初から仕組まれていたのね……」

「そのとおりです」

「ひ、ひどいわ！　私を騙したなんて。とてもつらい目に遭ったのよ。もし最初から知っていれば、こんなツアーになんか絶対に申し込んでいなかったわ」

悦美は憤然として抗議した。彼女を拉致監禁して奴隷に仕立て上げた組織がS&V社そのものだと知ると、無性《むしょう》に怒りが込み上げてきた。

「ネタを伏せておいたから、お仕置きやセックスのドキドキするスリルや異常な興奮を味わえたのですよ。哲と悠児の報告によると、浜本さまの乱れっぷりは半端じゃなかったそうですな。彼らのペニスを思う存分堪能したんでしょう」

「そ、それは……」

悦美はセックスのことを指摘されると、初めの怒りはどこへやら急に口ごもってしまった。

「こ、こういう目に遭うことを知っていたら申し込まなかったとおっしゃいますが、こういう目に遭ってご帰宅になった今、やはりツアーに申し込まなければよかったと後悔していますか？」

「旅行はお気に召しましたか、お気に召しませんでしたか？」

「うっ、あの……」

「あ、あの……旅行自体のことはともかくとして、奴隷としてつぎの御主人さまに仕える義務を負ったり、恥ずかしい姿を写真や動画に撮られてしまったんです」

「二人のお客から奴隷調教の予約が入っているというやつですな。ご安心ください、その件については浜本さまをいっさい拘束しませんから」

自分が三人を操る黒幕であることを明かした老人は、意外にも悦美の不安を取り除くように言った。

「でも、綺羅羅さまから、スマホの画像は約束を守るための担保だと言われているんです」

「ヒヒヒ、あの跳《は》ねっ返りはこんな美人の浜本さまを白豚呼ばわりするなど、さぞかし無礼なふるまいをしたんでしょう。娘に代わってあやまりますので、どうかご容赦ください」

「えっ、綺羅羅さまは社長さんの娘さんなんですか」

またしても明かされた意外な真相に、悦美は愕然とした。

「年をとってから授かった子供なので、私もつい親バカになって甘やかしてしまいました。そのため、あのようなじゃじゃ馬になってしまって、お恥ずかしいかぎりです。もっとも、この商売ではけっこう役に立ってくれていますが」

悦美は綺羅羅が昇平の娘だと聞かされて、彼女が哲と悠児から「お嬢」と呼ばれているわけを理解した。だが、女王《ドミナ》としての貫禄は堂々たるもので、例え彼女が社長の娘でなくても二人を顎で使っているだろうと思われた。

「スマホに撮られた画像も弊社で悪用することはありません。こちらはあくまでもお客さま第一の商売なので、仮に浜本さまが二件の予約を断っても画像をネタに脅したりすることはないのでご安心ください」

「………」

「それと、今回のツアーの経費についてですが、お支払いいただいた二百万円は全額キャッシュバックいたします」

「えっ、どうして？」

「ヒヒヒ、当然でしょう。あれは男を買うための金だったのですが、浜本さまは反対に男に買われたわけですからな。こちらは旅館のショーだけでもじゅうぶん元が取れたし、岩崎氏の落札金額もあの手のオークションでは破格のものでした。おかげでじゆうぶん儲けさせていただきましたよ」

老人はもとのいやらしげな口調に戻ってキャッシュバックのからくりを説明した。

「あとは浜本さまがリピーターになって例の二件の話にも応じてもらえれば、我が社としては万々歳なのですが……あっ、いやっ！　けっして強制しているのではなくて、あくまで浜本さまにその気があればということで」

「あの、もし時間の都合がつけば……」

悦美は思いきって受諾の返事をした。彼女は奴隷となって仕置きを受けたり淫らな奉仕をさせられたりしたときのゾクゾクするような悦虐感が忘れられなかったのだ。

「ヒヒヒ、その言葉を待っていましたぞ。S&V社にとっては、浜本さまのような色気たっぷりのむちむち美人がツアーに繰り返し参加してくれるのが一番ありがたいんです。何しろ、こちらの儲けが大きいですからな」

昇平は商売っ気を丸出しにして嬉しがった。

「実は、順番待ちの二人だけでなく、岩崎氏からも再リクエストがあったのです。貴女のことを容貌、肉体、マゾの三拍子揃った極上の奴隷と評価してくれて、是非もう一度調教をしたいと言っておられるのですよ」

「………」

悦美は小雪のことを思い浮かべた。彼女は秋の修学旅行を終えたら恥毛をすっかり剃られてパイパンにされ、岩崎から処女を奪われることになっている。その場に立ち会って、女になったばかりの小雪といっしょに奴隷奉仕をすることを想像すると、熱い期待に胸が締めつけられるようであった。

「それから今回は騙すようなかたちで国内ツアーになってしまいましたが、本物のT国ツアーもちゃんと用意してありますよ。もちろん、男を買うのじゃなくて、奴隷として異国の男に買われる悦虐ツアーですがね……ヒヒ、お友だちの桑島さまはむしろこちらがお気に入りだ」

「遥菜が？」

悦美はすっかり忘れていた親友のことを思い出した。悦美は彼女の勧めに応じたために、異常なセックスを経験することになったのだ。

「異国で言葉の通じない男の奴隷にされると、身ぶりや態度で服従心を伝えなくてはならないでしょう。口で言う代わりに懸命に尻を振ってご機嫌取りをしたり、両手を合わせて許し乞いをしたりする。そのようにみじめな仕種をすることで、アブノーマルなマゾの興奮が無性にかき立てられるとおっしゃっていましたよ。あなたも国内で奴隷の修業を積んだら、T国に連れていって差し上げますよ。そこの奴隷市場でお友だちといっしょに競りにかけられるなんてことを想像すると、最高にドキドキするでしょう」

「…………」

悦美は息を呑んで昇平の言葉に聞き入るばかりであった。彼女が近い将来味わうであろうさまざまなSM的快楽が彼によって示されたのである。

「お疲れのところ長々と電話をして申し訳ありませんでした。キャッシュバックは口座に振り込むこともできますが、一段落ついて我が社においでいただければ、返金かたがた今後のスケジュールなどについてご相談させていただきます」

昇平はそう言って電話を切ったが、悦美はスマホを握りしめたまましばらくのあいだ呆然としていた。

◎本作品の内容はフィクションであり、登場する個人名や団体名は実在のものとは一切関係ありません。

◉新人作品**大募集**◉

マドンナメイト編集部では、意欲あふれる新人作品を常時募集しております。採用された作品は、本人通知のうえ当文庫より出版されることになります。

【応募要項】未発表作品に限る。四〇〇字詰原稿用紙換算で三〇〇枚以上四〇〇枚以内。必ず梗概をお書き添えのうえ、名前・住所・電話番号を明記してお送り下さい。なお、採否にかかわらず原稿は返却いたしません。また、電話でのお問い合せはご遠慮下さい。

【送付先】〒一〇一-八四〇五 東京都千代田区神田三崎町二-一八-一一 マドンナ社編集部 新人作品募集係

熟女連姦《じゅくじょれんかん》ツアー《つあー》 魔《ま》の奴隷調教《どれいちょうきょう》

著者◉深山幽谷【みやま・ゆうこく】

発行◉マドンナ社
発売◉二見書房 東京都千代田区神田三崎町二-一八-一一
電話 〇三-三五一五-二三一一(代表)
郵便振替 〇〇一七〇-四-二六三九

印刷◉株式会社堀内印刷所 製本◉株式会社村上製本所 落丁・乱丁本はお取替えいたします。定価は、カバーに表示してあります。

ISBN978-4-576-19202-4 ◉Printed in Japan ◉